CW01499353

«Elles disent qu'elles ont appris à compter sur leurs propres forces. Elles disent qu'elles savent ce qu'ensemble elles signifient. Elles disent, que celles qui revendiquent un langage nouveau apprennent d'abord la violence. Elles disent, que celles qui veulent transformer le monde s'emparent avant tout des fusils. Elles disent qu'elles partent de zéro. Elles disent que c'est un monde nouveau qui commence.»

Les Guérillères, Monique WITTIG

«Il faut se quitter déjà? Ne me secouez pas. Je suis plein de larmes.»

Peau d'ours, Henri CALET

Alors c'est elle

Une femme la cherche au village. C'est son ami John qui la prévient, avec son accent impossible, derrière sa barbe buissonnière. Ses yeux bleu pâle font semblant de ne pas observer, de ne pas insister, mais Mano sait très bien qu'il aimerait en savoir plus. Qu'elle lui explique, lui raconte. Elle ne dit rien, met de l'eau à chauffer sans trembler.

— À quoi elle ressemble ?

— Maigre. Petite.

Mano sourit, incapable de réfléchir. Le chuintement de l'eau qui bout absorbe son regard, perdu dans les petites bulles brûlantes qui lèchent les parois en inox.

— Comment tu sais que c'est moi qu'elle cherche ?

— Elle a demandé après toi, avec ton nom complet.

— Tu lui as parlé ?

Il lève les yeux sur elle, secoue la tête, son regard grimpe aux arbres par la fenêtre de la caravane. Mano coupe le gaz, saisit la casserole à deux mains, verse doucement dans une théière en fonte, lourde comme un parpaing. L'eau recouvre une mixture de feuilles sèches qui révèlent soudain leur odeur de forêt. Les gestes lui permettent de repousser le moment d'être inquiète, celui de comprendre.

— Tu veux rester boire un thé?

Les mains de John s'enroulent autour de la tasse à l'anse brisée, celles de Mano autour d'une en grès noir. Ses bagues en argent cliquettent contre la faïence. Mano joue avec ses doigts, convoque une musique familière. Elle est inquiète. Bouleversée par une joie immense et profondément inquiète. Ici, personne ne connaît son passé. Quand elle l'a rencontré, John a eu la délicatesse de ne pas poser la moindre question, et les autres non plus. C'est une des choses qu'elle a appréciées, dans ce village du bout du monde, avec ces quelques allumés en lisière. Des gardiens de chèvres, fabricants de bijoux, saisonniers, résidus d'anciens salariés qui ne s'y laisseraient plus prendre, d'inadaptés chroniques – des marginaux tolérés par le maire et la boulangère, jusqu'à ce qu'ils aient l'idée de faire leur pain eux-mêmes.

— Je savais que ça arriverait un jour.

— Quoi?

— Que tu partirais.

— Qu'est-ce qui te fait croire que je vais partir?

Les rides se multiplient dans le visage de John, quand il sourit il se fripe, on voit bien qu'il est vieux, même s'il a les yeux qui chantent.

— Dis-moi le contraire.

— Je ne peux pas.

— Tu es en danger?

Mano hausse les épaules, souffle sur le liquide brûlant. Le nuage de buée chaude rend son visage humide. Elle passe un doigt sur ses sourcils. La caravane lui a longtemps offert la sensation d'une bulle impénétrable, mais il a suffi qu'on la recherche, au village, pour comprendre à quel point c'est faux.

C'est forcément Axelle. Elle compte dans sa tête, comme si elle ne le faisait pas chaque jour depuis vingt-cinq ans. Comme si elle pouvait se tromper, depuis le temps qu'elle l'attend.

— Elle a le nez cassé ? Les yeux noirs ?

— J'ai pas vraiment fait attention.

— Est-ce qu'elle est belle ?

— Peut-être.

— Mais vieille ?

John hausse les épaules mais acquiesce, il ne veut blesser personne, il se sent vieux lui aussi, d'ailleurs il l'est.

Mano a encore du mal à croire qu'Axelle soit devenue vieille. Axelle a quarante-cinq ans et pour Mano, Axelle a vingt ans.

Son corps se réveille soudain, ses muscles se rappellent à l'urgence. Elle pense au lapin vivant que John lui a demandé de tenir la semaine dernière avant de lui tordre le cou, son cœur battant de terreur malgré les caresses qui précèdent la fin. Elle n'est pas très douée pour ça, elle lui a dit, Fais-le sans moi, je préfère. Maintenant, le lapin, c'est elle. Son sourire s'étire en même temps qu'elle ramasse un sac en toile au milieu du désordre, y fourre des fringues. Ne pas penser aux lapins, ne penser qu'à fuir. Seule ou à deux ? Que voudra Axelle ?

— Elle est où maintenant ?

— Quand je suis parti elle était au bistrot. En terrasse.

Si proche, après tant d'années.

John pose une main sur son bras. Ses ongles sont noirs de terre, sa peau cireuse et brune. Il serre un peu, tendrement, à la jonction du coude.

— Je peux faire quelque chose, Mano ?

— Tu peux descendre au village boire un coup. Si elle bouge, tu me préviens ?

La carcasse du vieil Anglais se déplie, il lâche le bras de son amie et la regarde avec un tas de tristesse dans les yeux, l'impression fugace qu'il ne la reverra pas avant longtemps, qu'elle vit un moment décisif et qu'elle ne le laissera pas entrer dans son intimité. Avant de passer la porte de la caravane – il devra se plier en deux tant elle est basse – il se retourne vers elle.

— Tu sais que je suis là. Peut-être que je peux t'aider, si tu m'expliques.

Mano continue de trier le nécessaire qu'elle glisse dans le grand sac. Rien que le nécessaire. Elle s'immobilise soudain, lève la tête.

— Ce coup-ci, John, tu ne peux vraiment rien pour moi. Personne ne peut plus rien pour moi.

Où étais-tu, Mano ?

Mes jambes me portaient à peine quand la gardienne m'a mise à l'isolement, le premier jour. Je tremblais comme Bambi à cause de la fièvre. Elle me poussait aux épaules, persuadée que je faisais semblant. Une meurtrière, ça ne mérite pas beaucoup plus que des coups et une cellule. Une tueuse de flic, c'est encore pire. Elle devait se sentir menacée, l'uniforme était menacé, la République était menacée, elle était dans le camp des gentils, elle. Je me souviens de sa queue-de-cheval qui se balançait fièrement d'une épaule à l'autre, des cheveux qui encadraient son visage huileux. J'étais si agitée par le chagrin et la fièvre que j'aurais pu lui arracher une oreille avec les dents, la faire saigner. Si j'avais su quelle salope c'était, je l'aurais fait.

De la première nuit, il me reste le souvenir d'éclats métalliques qui me faisaient serrer les yeux, de cauchemars sans imagination – des lumières aveuglantes balayaient mon crâne en faisceaux. Mes dents claquaient si fort qu'elles battaient la mesure de mes arythmies. Il y en a eu d'autres, des nuits dégueulasses, mais on se souvient toujours de la première. Je voyais en boucle l'étonnement de Nacer, les larmes de Jicé. L'éclat fulgurant du feu, les réflexes que nous

13

n'avions pas eus. Après la fièvre, le froid m'a saisie en cellule. J'ai appelé pour une couverture, tambouriné sur la porte. Un gardien a crié Ta gueule. Je me suis demandé où était Jicé, s'il avait été incarcéré dans la même prison que moi mais dans un autre quartier, s'il vivait la même chose dans une autre cellule, s'ils nous avaient séparés. Je ne le savais pas mais rien n'a été fait dans les règles, avec moi. Pas de douche en arrivant, pas d'avocat tant que je ne sortirais pas d'isolement. Cas violent, situation extrême. Personne n'a rien redit à ça. Mon visage passait en boucle au 20 heures. J'avais de l'encre plein les mains et jusque sous les ongles, j'ai cru qu'ils me briseraient les doigts en prenant mes empreintes. Et du sang sur mon tee-shirt. Ils n'ont pas pris le risque de me garder au commissariat. J'ai d'abord cru que c'était pour me punir, rendre les choses plus terribles – la prison, l'isolement immédiat. Par la suite, l'avocat m'a expliqué que c'était aussi, et peut-être surtout, une façon de me protéger : je n'aurais pas survécu à une nuit au commissariat après avoir tué l'un des leurs. Inévitablement, je me serais jetée dans le vide par l'encadrement d'une fenêtre ou étouffée avec ma langue.

Dès lors, ton visage a plané sur ma nuit, dans les pupilles stupides de mes yeux écarquillés, et ton sourire tendu au volant de la voiture, juste avant le braquage. Mon dernier baiser, mon regard sur tes mains qui serraient le volant. Puis l'une est venue se poser sur ma joue. Je me souviens de ton anxiété, tu m'as soufflé de faire attention.

Quand je suis sortie du Crédit Municipal, traînée par les flics, je ne t'ai vue nulle part, ni dans une bagnole de police, ni derrière le cordon de sécurité, parmi les passants effarés qui s'agglutinaient pour nous regarder sortir, leurs mains sur leurs bouches, nos mains sur nos têtes, leur air horrifié d'assister à pareil événement. Tu n'étais plus là, Mano.

Les fils rouges

Quand Mano arrive au village et rencontre John, elle porte un sac à dos bien plus lourd que ses maigres affaires. Elle accuse un âge que personne ici ne cherche à évaluer, une bonne quarantaine peut-être, des yeux usés.

Après la tonte des moutons, ils sont une quinzaine à faire la fête dans le champ de Lucien. À son poignet se serrent les fils rouges en lanière qui s'achètent en pelotes à la sortie des temples indiens. Elle s'occupe de rassembler des tasses dépareillées et des gamelles pour que chacun ait la sienne. Philippe et Flore se sont occupés du repas, et il faut bien utiliser quatre bras pour déplacer l'énorme marmite – c'est l'image d'un Shiva bleu qui prend la place des cuistots. Il s'approche de Mano, essaie de deviner si elle est de passage ou pas mais c'est difficile de savoir. Ici, un tas de gens se rassemblent, passent, restent. Parfois une semaine ou deux, souvent plus. Elle lui fait un bon effet.

— Tu vis ici ?

Elle lève la tête vers le grand bonhomme, lui sourit et lui met dans les mains une pile d'assiettes pour pouvoir en saisir d'autres, dans un carton.

— Et toi ?

Dès le début, elle ne répond pas aux questions. Du moins pas tout de suite. John acquiesce, oui il vit ici, un peu plus haut, une vieille ferme. Enfin, un bout de vieille ferme, le reste a brûlé il y a trente ans, il n'a retapé que la partie nécessaire pour y vivre. C'est petit mais agréable, il y a une cheminée d'époque devant laquelle il passe le plus gros de l'hiver.

— Et l'été?

— L'été je fais les marchés. Je fabrique des bijoux.

Ça a l'air de l'intéresser, alors il serre les assiettes contre son torse avec sa main gauche pour tendre sa main droite, paume vers le sol, chaton offert. Elle regarde sa bague avec attention.

— Je les fabrique avec des couverts en argent. Au fer rouge.

Les services en argent, il les chine sur des vide-greniers, ça ne vaut plus grand-chose aujourd'hui et il en trouve souvent. Ce sont surtout les fourchettes avec lesquelles il peut créer des formes. Les petits couteaux peuvent faire de jolis bracelets, mais les cuillères à soupe il faut les aplatir, c'est un peu long. Elle se marre, exhibe elle aussi ses mains aux doigts bagués d'argent. Elle en porte une à chaque doigt.

— Tu vis ici depuis longtemps?

John hausse les épaules.

— J'ai quitté l'Angleterre il y a trente ans, je suis tombé amoureux de ce pays. Et toi?

— Moi, je ne suis pas amoureuse de ce pays.

Ils se marrent tous les deux, conscients qu'elle pirouette pour ne pas répondre clairement à la curiosité de John, pourtant pleine de bienveillance. Ils marchent ensemble vers la très longue table, constituée de planches posées sur des tréteaux, disposent les assiettes et bols en vrac.

— Tu reviens d'Inde?

Elle sursaute, soudain méfiante. D'un mouvement délicat, John saisit son poignet et lui montre les fils rouges. Ses épaules se détendent, elle lui sourit, secoue la tête pour se moquer d'elle-même.

— Oui, j'arrive d'Inde.

— Tu y es restée longtemps?

— Dix ans.

John siffle entre ses dents.

— Ah quand même.

— T'as bien quitté ton pays depuis trente ans, toi.

— Touché!

Autour d'eux, un monde grouille d'éclats de rire et de gestes plus ou moins coordonnés. Les moutons ont été placés dans un autre champ, deux se promènent autour de la table, tondus en partie seulement : une crête demeure sur leurs têtes, un tondeur s'est amusé. Une fille engueule le responsable de cette coupe iné-dite et l'intéressé se marre, son rire éclate, communi-catif.

— Pourquoi tu es parti?

— Une histoire d'amour, au début. Et puis.

— Tu es resté.

— Depuis le Brexit j'ai encore moins envie d'y retourner. Et puis je suis trop vieux, de toute façon.

Mano se dit que seul un vieil exilé comme John peut comprendre ses dix années indiennes. Ou peut-être pas. En tout cas il est sympathique et, comme une bonne partie de la petite communauté d'ici, il l'accueille. C'est ce dont elle a besoin.

— Et toi ?

— Quoi, moi ?

— Pourquoi tu es partie ?

Un haussement d'épaules faussement désinvolte accueille la question. Mano ne lui répondra pas, alors il dévie :

— Tu verras, c'est agréable. On se rend service, on essaie autre chose. On ne vit pas tous ensemble mais on essaie de vivre avec les autres, de réfléchir collectivement.

— Et ça marche ?

— Sois pas ironique, ça vaut le coup d'essayer.

Elle remballe ses critiques, en vérité elle trouve ça très bien, c'est juste un vieux réflexe de radicalité qui lui est monté comme un éternuement. L'amertume de ceux qui se sont battus sans en voir les effets. Ici les gens ont l'air heureux et solidaires, oui. Elle ressent même un petit vertige à l'idée de se retrouver là, dans ce bout de campagne où coexistent militants et paysans. C'est à la fois paisible et grondant, ça fourmille de projets et, depuis une semaine qu'elle est arrivée, personne n'a été intrusif. Personne n'a essayé de savoir d'où elle vient, quelles casseroles elle traîne derrière elle. Il a suffi qu'elle donne son avis sur la destruction du service public lors d'une discussion sur la réouverture possible d'une école pour que les visages s'ouvrent, et qu'elle manifeste son besoin de solitude pour qu'on lui propose d'installer sa caravane dans un champ. Il appartient à Lucien, qui met ses terres à disposition de tous, pour peu qu'ils soient respectueux des lieux. À vingt ans, elle ne croyait pas que la communauté rurale soit une vraie solution politique.

La sécession ressemblait à un échec, un abandon. Pour Mano, Axelle et les autres, il fallait agir au cœur même de la société, dans les villes, avec autant de brutalité que celle dont ils étaient victimes. Briser le système, c'était ça le projet. Tu parles, aujourd'hui, trente ans de luttes sociales ont été détruits, année après année. Elle la ressent toujours, cette évidence folle, que le monde va dans le mur à force de détruire pour produire. Elle a vieilli mais n'a pas perdu le sens des formules, et les vieux tracts syndicaux de l'atelier de son père ont toujours du sens. Seulement l'atelier a disparu, et elle n'a plus vu son père depuis longtemps. Elle se sent vieille et la peau ridée de son visage, l'affaissement progressif de son corps, lui offrent matière à évaluer le temps, la mort.

*

Déplié soudain comme une chemise trop longtemps abandonnée au fond d'un sac, John émerge du bois et continue sur le trottoir. Il adopte un pas mesuré pour s'approcher du café, l'air de rien, l'air de traîner par là comme souvent, ce qui est le cas.

La femme est toujours là, assise à la terrasse, avec ses longues mains usées et ses yeux noirs, ses cheveux blancs coupés court. Elle boit son café, il s'installe à la table voisine. John remarque sa nervosité, dans chaque mouvement de poignet qu'elle fait pour saisir sa tasse ou sortir son paquet de cigarettes, en allumer une. Il y a quelque chose de dangereux dans ses postures, un air traqué, pressé, qu'il imagine propre aux taulards. Il a connu des gars avec cette même tension dans les épaules, ces regards inquiets et mordants. Alors forcément, une histoire se dessine, dont il ne connaît ni les contours ni le fond. Et comme Mano est trop secrète pour qu'il en sache quoi que ce soit, il imagine des choses, et que la vieille est là pour menacer Mano, lui soutirer du fric, se venger. Il visualise un flingue collé à la tempe de Mano, un étranglement, une surprise qui viendrait mordre la peau de son cou. John n'a rien d'un justicier, même s'il est épris de justice. Il est trop solitaire pour ça, trop vieux aussi. Mais c'est un ami, un vrai. Alors, même s'il est inquiet, il ne laissera pas cette femme s'en prendre à Mano.

— Café, John ? Ou c'est déjà l'heure de la bière ?

Le serveur balaie la table en fer de son chiffon humide, le visage fendu, sympathique.

— Café plutôt. Un double.

John n'a pas lâché des yeux la nuque de la vieille, son profil fatigué. Elle n'a pas tourné la tête vers lui, concentrée sur sa cigarette, le regard un peu flou de ceux qui sont ailleurs, repliés sur leurs pensées.

La première fois

La première fois que je te vois, Mano, tu essuies des verres. Des copines de fac m'ont traînée dans cette petite boîte du centre-ville où les jeunes bourgeois de Sciences Po viennent boire leurs économies. C'est facile de se faire offrir des verres, c'est ce qu'elles ont dit pour me motiver. L'idée m'intéresse peu, se faire payer des coups implique clairement un retour d'ascenseur, le payeur doit en avoir pour son argent. De mon point de vue, ils peuvent tous aller se faire foutre, avec leurs chemises rentrées dans le pantalon et leurs portefeuilles bombés. Leur morgue, et cette fierté ridicule à froisser entre pouce et majeur un gros billet devant les yeux des filles, je trouve ça pathétique, insultant. Je traîne ma colère en fac de socio, passant plus de temps à bloquer les amphis qu'à suivre les cours. Une grève qui ressemble, disent les anciens et les journaux, au plus gros mouvement social depuis 68. Les cours, d'ailleurs, ont quasiment cessé, les profs eux-mêmes refusant tout ou partie de la loi Juppé. J'espère un changement – radical évidemment. La presse internationale me fait parfois croire à un mouvement global, *Avanti popolo, Tous ensemble, Wir sind das Volk, One solution: Revolution*. Le gouvernement est passé à droite mais il l'était déjà depuis le deuxième septennat de Mitterrand, et ma lecture du monde est politique. J'ai du mal avec le déni foudroyant que j'observe autour de moi, je pourrais faire brûler la ville si on m'en donnait les moyens. Il m'est impossible d'accepter de vivre dans ce monde-là. Je ris aux terrasses des cafés, parle de cul ou de partiels ratés. Mais les résultats des partiels révèlent une réalité sociale fracassante, et le privé est politique. Je crois encore à la lutte des classes, à la lutte tout court. Je crois que si on cesse de lutter, on meurt. Je suis chiante, disent plusieurs de mes amis. J'ai dix-huit ans. Je ne sais pas si tu t'en souviens, pour moi c'est hier.

La première fois que je te vois, tu essuies les verres, et je pense à la chanson de Piaf, désolante et datée. Je n'aime pas particulièrement Piaf. Mais toi, tu as la profondeur et l'éclat si évidents, tu ne ressembles à personne dans ce lieu que je déteste dès que j'y mets les pieds. L'espace est saturé de fumée et de sueur, et les Cranberries hurlent *Zombie*. Je n'ai aucun problème avec la fumée, la sueur, ni même avec ce groupe pop qui inonde les ondes depuis un an. Mais je n'aime pas les gens que je croise dans cette boîte, cette insoutenable désinvolture, cette fastidieuse comédie. Je déteste l'attitude du videur, qui nous laisse entrer comme du bétail mais bloque les deux types derrière nous. Baskets, casquettes, trop bruns, trop arabes. J'abhorre ces types gluants et enthousiastes qui nous évaluent du regard sans cesser de danser, et le rire exagéré de mes vieilles copines, devenues soudain connes parce que observées, envisagées. Je les méprise. J'ai honte de les mépriser. Je pourrais faire demi-tour, sentir le froid de novembre me saisir aux joues, rentrer dans ma chambre universitaire, vingt bonnes minutes à pied. Peut-être que j'aime ça, me sentir différente, rageuse. Je ne sais plus vraiment. C'est difficile de se comprendre clairement, d'être juste. On essaie mais toujours revient cette tendance à l'excès, se voir pire ou meilleur, selon l'angle, le moment, les besoins. Je veux me souvenir sans complaisance ni condamnation mais, depuis ma cellule, l'histoire a pu prendre des couleurs singulières. Je crois n'avoir rien inventé, cependant.

La première fois que je te vois, tu essuies les verres d'un geste expert et désincarné. Tu es ailleurs. Tu es loin, très loin, et je suis avec toi, immédiatement. Tu es, de façon criante, plus proche de moi que quiconque, même si tu ne m'as pas encore vue. De toi, je me souviens de tout. Ton visage fatigué, tes épaules rondes et musclées qui émergent du débardeur au logo de la boîte, ton jean noir, le ceinturon à pointes, déjà ringard mais qui te va si bien. Tes longs cheveux que tu remets en place derrière tes oreilles à chaque fois que tu te redresses après t'être penchée. Les étudiants friqués qui te commandent des vodkas-pomme et des whiskys-coca n'existent pas, je les survole. Pourtant, de ton côté, il n'est pas question de mépris : tu ne les regardes pas de haut, tu les regardes, tout simplement. Ils ne te sont pas étrangers, même si rien ne semble vous relier. Tu n'es pas leur amie mais tu restes douce, malgré la distance. Pour moi, le comptoir est un mur infranchissable entre les petits branleurs qui claquent un pognon que je n'aurai jamais et le boulot que tu fais, toi, pour vivre.

Parfois, l'un d'entre eux tente une approche, t'offre un verre et te drague, presque envieux de ton statut – c'est toi qui as accès aux bouteilles, à la caisse. C'est toi qui, d'un geste expert, remplis les verres et doses les mélanges. Toi aussi qui, au petit matin, avec l'aide du videur et parfois du patron, mets tout le monde dehors. Je le saurai plus tard, mais c'est à ce moment-là que tu comptes les billets et les ranges dans une grosse enveloppe. Quelques-uns sont pour toi, pas beaucoup. Tu donnes le reste au patron et tu files te coucher. C'est un boulot crevant, qui te laisse peu de temps pour vivre, t'enlise dans de mauvais sommeils, t'encourage à boire trop. Tu ne te laisses pas draguer, tu recadres en douceur sans blesser les orgueils. Je ne sais pas comment tu fais, moi je claquerais leurs oreilles bien dégagées et leur ferais mâcher leurs billets.

Je te parle, Mano, je te parle depuis des années, et je te déroule pour me rappeler à quel point je te connais, à quel point nous avons été proches. C'est tout ce qu'il me reste.

Je me suis beaucoup posé la question, j'ai eu le temps de le faire, des années pour ça, des années qui comptent double, c'est ce qu'on dit de la prison. Je ne suis pas sûre que ce soit très important ni très intéressant, de comprendre pourquoi. Le comment m'a toujours semblé plus essentiel. Mais dans la pénombre de l'isolement, ma tête fonctionnait toute seule, creusait malgré moi, dénonçait un à un les rhizomes qui nous ont amenées à, toi et moi, nous ont permis de. Et tout ce qui me revient de toi est précieux.

La première fois que je te vois, Mano, tu crèves ma nuit comme un phare. Je m'approche du comptoir et y adhère résolument. Tout en moi voudrait te crier que je ne suis pas comme les autres, mais quand tu tournes ton visage vers moi, je ne trouve rien de plus intelligent à faire que te commander une bière, comme les autres. Je passe la moitié de la nuit arrimée au zinc et à tes gestes. Étrangère aux lieux, j'observe les danseurs sans participer – nous danserons, plus tard, bien plus tard, des danses sauvages et exutoires, mais nous n'en sommes pas là. Pour l'instant, mon ventre fourmille d'anxiété et je crie pour me faire entendre :

— Je m'appelle Axelle. Et toi ?

Tu souris en posant mon demi sur le comptoir. Nos regards s'entrecroisent, que j'imagine déjà complices.

— Mano.

Cette nuit-là, c'est tout ce à quoi je parviens : connaître ton prénom et te donner le mien. Et me saouler, aussi.

Affrontements

Les types du Groupe Union Défense sont six. Ils les ont repérés à la sortie du cinéma, Nacer d'abord, puis les autres, Mano, Charly, Jicé, Paola, Axelle. Ils se connaissent, une haine atavique les unit. L'un d'entre eux se jette sur Nacer et le fait rouler au sol.

— Sale métèque.

Deux autres s'approchent de lui, à terre, et lui tirent des coups de pied dans les côtes en prenant de l'élan. Mano ravale un hoquet de douleur en voyant ce qu'il subit.

— Écrase-lui les couilles.

— Enculé d'Arabe.

Il se recroqueville pour encaisser mieux, et les types n'ont pas le temps de voir arriver Axelle qui se précipite en hurlant. Elle saute sur le dos d'un des gars et s'accroche à ses cheveux, lui mord l'oreille. L'homme hurle de douleur et laisse Nacer tranquille pour essayer de se libérer. Pendant que Charly en affronte un à coups de poing, Jicé aide Nacer à se relever et, au même moment, l'un des attaquants s'approche de Paola et la bloque contre le mur dans une parodie de viol. Il se frotte contre elle et lui attrape les lèvres avec deux doigts, lui souffle son haleine à quelques centimètres.

— Petite pute gauchiste, il chuchote à son oreille.

Mano le tire en arrière par le col de sa veste de treillis et laisse assez d'espace entre Paola et lui, juste ce qu'il faut pour qu'elle puisse remonter un genou bien placé entre ses jambes. Il a mal mais ça décuple sa colère et son bras fait valdinguer la tête de Paola. Le patron du cinéma sort pour baisser le rideau de fer, hésite, d'un pied sur l'autre et les yeux écarquillés.

— Arrêtez ou j'appelle les flics.

Ceux du GUD n'en ont rien à faire. Le cri a juste permis aux membres des deux groupes de s'éloigner les uns des autres. Ils s'observent, le souffle court, les poings serrés, le sang qui bat à chaque tempe, on ne sent pas encore la douleur, la tension est trop forte, l'affrontement inachevé. Deux crânes rasés s'éloignent vers une voiture et en ouvrent le coffre. Le patron du cinéma baisse le rideau de fer et s'éloigne sans avoir appelé personne, il trottine sans se retourner, terrifié, lâche. Il disparaît au coin de la rue. Charly secoue la tête, ça ne sent pas bon du tout, les types sortent du coffre des barres de fer.

— On se tire, on se tire, barrez-vous ! hurle Nacer.

Mano chope le bras de Paola, elles démarrent et foncent dans une ruelle, mais les mecs ne réagissent pas tout de suite parce que c'est surtout Nacer qu'ils veulent se payer. Alors que les deux colosses armés claquent le coffre de la voiture, Axelle resserre sa prise. Elle est toujours dans le dos de l'homme qui balance sa tête en arrière pour essayer de l'assommer sans y parvenir, ça le rend furieux comme une bête entravée et ses mouvements sont de plus en plus violents pour décrocher la fille accrochée à lui, une tique qu'il voudrait écraser, Axelle le sent et saisit son autre oreille entre ses dents, mord de toutes ses forces. Sous la douleur, il pousse un hurlement et porte les mains à sa tête, ce qui permet à Axelle de rompre le corps-à-corps et de rejoindre les copains en courant. Du sang coule dans sa bouche, qu'elle crache en cavalant, le sang de l'ennemi est toujours dégueulasse, elle entend les mecs se mettre à courir derrière eux. Ce n'est pas la première fois qu'ils doivent courir comme ça, les affrontements sont récurrents, parfois sanglants. Avec les fachos, avec les flics. Axelle sent Jicé près d'elle qui s'essouffle et la tire soudain sous un porche. Une porte entrouverte leur permet de se jeter dans le hall d'un immeuble et de claquer le pêne derrière eux. Les types tapent sur la porte comme des forcenés.

— Sortez de là, putain de gauchistes.

— Pute à nègres.

— On va vous crever !

Ils restent là un moment, alternant insultes et coups de pied sur la porte. Axelle et Jicé reprennent leur souffle, mains sur leurs genoux, tête en bas.

— La tête de vampire, s'amuse Jicé qui, même en danger, ne reste jamais sérieux très longtemps. Même avec la peur infiltrée sous la peau. Surtout, d'ailleurs.

— Qu'est-ce que tu dis ?

— T'as du sang partout sur la bouche. Axelle lui offre un sourire sanglant.

— J'espère qu'il en a plein le cou.

— J'espère qu'il a plus d'oreille.

— J'espère qu'ils vont se tirer, qu'on passe pas la nuit ici.

Mano et Paola ont déjà rejoint le squat. C'est la consigne, le modus operandi. Pour pouvoir compter les absents et ne pas être seul, après la peur. Le lieu est immense. Les grands escaliers desservent des dizaines de piaules et des salles de bains plus ou moins en état, des salons particuliers aux tapisseries en tissu, aux lattes blondes. Dans la cuisine, un couple s'agite au-dessus d'une casserole de pâtes. La fille lève la tête et leur fait signe.

— On vous compte pour le repas ?

Elle jette de l'ail dans une poêle en fonte et l'odeur est immédiatement rassurante, familière. Mano et Paola secouent la tête et grimpent, essoufflées mais déjà un peu plus apaisées.

— Ho, Mano, ça va ?

Dans le grand salon du premier étage, trois camarades massicotent une pile de tracts. L'un d'entre eux semble s'inquiéter de leurs têtes pâles. Mano ne répond pas mais lui sourit, reprend sa respiration. Dans un angle de la pièce, une photocopieuse crache des dizaines de feuilles A4 – ils ont embarqué l'énorme machine après l'occupation du rectorat, l'an dernier. Depuis, elle leur fournit sans faiblir de quoi réveiller les consciences et s'amuser aussi. C'est l'âge d'or de l'emblématique QG. On s'y installe coopté par les uns ou les autres, toujours ouverts à ceux qui en ont besoin. Nacer, Paola, Jicé, Charly, Axelle et Mano s'y retrouvent quotidiennement. D'autres aussi, qui participent aux débats, montent des comités insurrectionnels et des actions éclair. On y boit, on y fume, on rédige des tracts et même un fanzine, on s'engueule à pleine voix sur des détails d'une importance sidérale.

Les filles attrapent une poignée de tracts pour les lire plus tard. *Impérialisme et dictature.*

Nacer et Charly arrivent en sueur au squat, ils ne sont plus suivis depuis plusieurs rues. Comme en zone de guerre, la proximité d'un quartier général implique la présence d'autres militants prêts à cogner eux aussi, et en nombre. Les mecs du GUD ne s'aventurent pas là où ils savent être potentiellement en danger. Les deux grimpent directement dans la chambre de Jicé où les attendent Mano et Paola. L'absence d'Axelle et Jicé inquiète Mano mais pas Nacer.

— Ils doivent être juste derrière. Ils vont nous rejoindre dans pas longtemps, t'affole pas.

Mano déteste cette petite condescendance face à son inquiétude. C'est normal d'être préoccupé par la situation des autres, surtout face à ces connards du GUD. Et surtout pour un petit gabarit comme Axelle. Mano grimace, force son cœur à s'apaiser et accepte un verre.

*

Axelle et Jicé se taisent. Aucun des deux ne donne le signal du départ vers le squat, la cage d'escalier est un petit refuge puant et la prudence voudrait qu'ils restent ici pour la nuit. Ils sont assis sur les marches du bas, des tomettes cabossées et pourtant lisses comme des galets sous leurs fesses, leurs mains. Il fait froid alors ils se collent l'un contre l'autre – aucune ambiguïté amoureuse entre ces deux-là mais une tendresse de camarades. Plus tard, elle repensera à ce moment précis, leur fatigue et le goût du sang ennemi, leur proximité dans le noir, parce que bouger pour rallumer la minuterie, ils ont laissé tomber. Jicé enlève ses lunettes et les nettoie avec le bas de son tee-shirt arraché à son jean. Elle devine son petit sourire dans la pénombre.

— C'est quoi qui te fait marrer ?

— Je ris pas, je montre les dents.

— T'es con.

— Je me dis juste que rien ne change. Ma mère me racontait comment elle se fritait avec les fachos en 68, et presque trente ans plus tard, ben c'est la même.

Jicé secoue la tête.

— De là à penser que ça ne sert à rien, il n'y a qu'un petit pas primesautier que je suis à deux doigts de franchir.

— Ils ont fait 68 tes parents ?

Un soupir amusé jaillit du noir.

— Oh oui.

— Sois pas blasé, tu sais les miens…

— Les tiens ?

— S'ils avaient dû y être, ils auraient été en face.

— Ah !

L'éclat sobre d'une seule syllabe évoque l'amusement, encore, et l'oreille attentive.

— Surtout mon père.

— Tu sais, Axelle, c'est pas forcément plus facile, des parents de gauche.

— Explique-moi ça, que je rigole.

— Parce qu'ils ont de la bonne volonté. Et la bonne volonté, c'est chiant.

Les deux gloussent de concert.

— Sans parler des heures de gloire. Alors que je ne vois pas de quoi être fier, vu ce qu'ils nous laissent.

32

— C'était comment, quand t'étais gamin ? demande Axelle.

— C'était bien, je râle pour la forme.

— Raconte.

— Quand j'étais gamin ?

Axelle acquiesce, alors dans le noir de l'escalier, Jicé évoque les étés au Portugal, chez des amis, toujours les mêmes. La horde des enfants chevelus, les débats aux longues tables blanches, avec des éclats de voix et des jurons en portugais, les cigarettes écrasées sur le bord des assiettes. Il se souvient de la route, des heures en lacets pour arriver jusqu'à la grande bâtisse. La chaleur étouffante dans la voiture, cette banquette toujours trop petite pour trois garçons en vacances. Il dépeint ses frères bagarreurs, confesse la place d'intello qu'il a prise malgré lui.

— J'aurais pas cru.

— Comment ça ? Tu me prends pour un débile ?

— Non mais comme tu fais toujours des blagues.

— C'est vrai, avec vous je suis plutôt un marrant.

Axelle devine ce qu'il y a d'un peu triste dans cette assignation qui limite.

— En plus c'était juste à cause de mes lunettes, ils sont cons mes frères.

— Vraiment ?

— Non… enfin si. Ils sont un peu cons des fois mais je les aime.

Axelle sourit, jalouse de sa fratrie, de cet amour familial et des souvenirs bordéliques et joyeux.

— On sort ?

Ils ouvrent la porte, la poussent doucement de l'épaule, prêts à la rabattre sur eux à la moindre alarme.

La rue est déserte alors ils avancent, prudents, mais au bout de la suivante, la lumière bleue qui tourne et teinte le bitume leur indique la présence des flics. Échaudés, collés au mur, ils observent deux policiers hilares, les fesses appuyées sur l'aile de la voiture, échanger avec les mecs du GUD. Axelle reconnaît son adversaire à l'oreille saignante. Il a appliqué un linge sur le côté de sa tête et sur son visage s'affrontent le rire et la colère.

Elle ne doute pas une seconde que celle-ci lui est adressée. Un des flics lui tape dans le dos en riant, de là où ils sont Axelle et Jicé n'entendent pas exactement le détail de l'échange mais, de toute évidence, ils se connaissent bien.

Axelle fait signe à Jicé, demi-tour, ils passeront par une autre rue. En silence, ils reprennent leur course, font un large détour pour rejoindre le squat où les attendent forcément les amis. Certaines ruelles sont peu éclairées mais ils connaissent la ville par cœur, rallient les lieux en rasant les murs, l'œil aux aguets.

*

Mano tourne en rond dans la chambre de Jicé, alors que le squat bruisse de discussions et de cris joyeux. Dans l'escalier s'engueule un couple mais ça ne dure pas, leurs rires mouillés évoquent une issue de conflit agréable. Mano soupire pendant que Nacer, torse nu, évalue les dégâts, appuie sur les chairs tuméfiées qui virent au bleu ou au vert. Une bouteille de vin tourne de main en main, les verres se remplissent. Paola boit, pose son verre et grimace en évaluant l'état de son ami, et Charly ne dit rien, persuadé que trop d'attention portée aux blessures de Nacer lui ferait manquer d'aplomb viril. Il se sert un verre et va pour lui en servir un. Mais Nacer, lui, n'aime pas le vin. Il n'aime pas les goûts compliqués, Mano dit toujours qu'il a un palais d'enfant parce qu'il ajoute du sucre dans tous ses verres d'alcool.

Elle pousse des grognements désapprobateurs lorsqu'il coupe un cognac avec du coca ou un bon whisky avec du jus de mangue. Mais entre eux, c'est devenu une complicité. Ce soir, elle sort pour lui, de sa besace, une bouteille de porto blanc, sucré à souhait, prise au travail et miraculeusement épargnée lors de la rixe.

— Charly, éloigne ce jus de raisin, Nacer est incapable de boire ça. J'ai mieux pour lui.

Nacer esquisse une danse de la joie malgré ses plaies, avant de saisir la bouteille et d'embrasser Mano sur le front. Ils sont tous secoués mais tentent de paraître plus durs qu'ils ne sont. Il la regarde bien en face, sourire aux lèvres malgré les contusions, la douleur.

— Allez Mano, détends-toi, ils vont arriver.

Charly lui caresse l'épaule, il n'en loupe pas une pour opérer un rapprochement.

— Je connais Jicé, il est prudent. S'ils ne sont pas encore là, c'est qu'ils sont planqués quelque part.

Elle voudrait ne pas paraître tellement inquiète. D'ailleurs elle se surprend elle-même. Tout à l'heure, quand elles sont sorties du cinéma, elles piétinaient sur le trottoir et d'une même voix, sans se concerter, Mano et Axelle ont lâché que le film n'avait pas vieilli. *Family Life*, de Ken Loach, sorti plusieurs années auparavant. Ça les a fait sourire, de penser la même chose au même moment. L'illusion du parfait accord commence souvent avec ce genre de détail. Peut-être qu'elle ressent pour la première fois ce qui deviendra bientôt une évidence. Avec ce besoin de savoir Axelle en lieu sûr, près d'elle si possible. En écho à sa pensée anxieuse vient répondre le martèlement sur les marches qui montent jusqu'à la chambre – Axelle et Jicé entrent en rugissant et s'avachissent d'un même mouvement sur le lit. Très vite ils se redressent, attrapent les deux verres de vin servis par Mano. Essoufflés, ils dévisagent les copains, s'apprêtent à raconter. Le soulagement étreint Mano.

Comme leurs aînés

À l'automne 95, un certain chaos a vu le jour, et ils ont aimé ce chaos avec passion. Les grands rassemblements ont fait émerger de nouveaux groupes d'action collective : cheminots, transporteurs, enseignants, étudiants ont envahi la rue pendant des mois jusqu'à la faire déborder. L'ampleur des manifestations et leurs accents de fête donnent l'impression d'un changement possible mais c'est une erreur. Les choses ne feront qu'empirer, sauf pour les classes supérieures et les très riches. Eux le devinent : demain sera libéral ou ne sera pas, et ils préfèrent la deuxième option, tant qu'à faire.

Mano allume une clope, fait tourner son paquet souple.

— Il y a des gens à l'étranger qui s'organisent. En France aussi, des réseaux peuvent renaître.

— Où ? demande Axelle en prenant une cigarette, mais Charly s'agace et lui coupe la parole :

— Il y a d'autres façons de lutter.

Il est un peu mou, Charly, parti pour faire un bon social-démocrate, ça peut déjà se deviner même s'il le cache encore. Ou bien ce sont les autres qui ne veulent pas le voir, tout ébahis qu'ils sont de se trouver ensemble, unis, comme une cellule complète qui se voudrait virale dans le grand corps social. Charly travaille le bois, apprend la menuiserie. Cet engouement réel – et physique – le rend quelquefois étranger aux rages du groupe, mais il sait se battre quand le besoin se présente. Axelle devine parfois, dans un éclat lucide, qu'il adhère au groupe pour les beaux yeux de Mano, et pour son cul. Il lui tend d'ailleurs son Zippo allumé et Mano se penche légèrement pour enflammer le tabac. Après, elle passe sa main sous ses cheveux, sur sa nuque, pour les repousser en arrière. Ils reviennent sur ses épaules, longs et en désordre. Charly ne la lâche pas des yeux. Nacer s'agace :

— Ah bon ? Lesquelles ?

Ça fait longtemps qu'il brûle d'agir lui aussi, que les manifs et les bastons ne lui suffisent plus.

— Une occupation sauvage, des lieux symboliques, ou du sabotage.

— Tu penses à quels lieux ? demande Paola, balayant de la main l'impatience de Nacer.

Paola est arrivée en France lorsqu'elle était enfant. Parce qu'elle est italienne, nombreux sont ceux qui lui parlent des Brigades rouges et lui demandent son avis. Mais ce qu'elle connaît de l'Italie, surtout, bien plus que l'histoire du groupe armé révolutionnaire, c'est celle de sa famille, de la grande débrouille et des premiers ghettos d'immigrés. Et surtout, elle a passé un an dans les territoires palestiniens. Elle a pleuré la mort d'Yitzhak Rabin, et ils sont allés manifester ensemble.

Charly hausse la voix, son verre tendu pour qu'Axelle, qui tient la bouteille, lui refasse le niveau :

— Mairie, préfecture.

— Les émeutes, lâche Nacer, sobrement.

Nacer se refuse à incarner pour les autres l'immigré de service, le transfuge de cité que l'on donne en exemple, quel que soit l'exemple.

— Quoi, les émeutes?

— Les émeutes, c'est les prémices d'une révolution. La lutte armée, ça isole, ça clive.

— Je ne parle pas de lutte armée, reprend Charly, cherchant du soutien autour de lui. Je parle d'occupations illégales.

Il y a dans l'air une distorsion du temps et des désirs, un mélange sans distinction de moyens et de fins.

— Moi si, dit Axelle, tirant calmement sur sa clope.

Elle est entendue. Elle a cette étincelle corporelle et ce grain de voix qui en imposent.

Des émeutes, il y en a eu ces dernières années. Plutôt dans les quartiers que dans les centres-villes. Mais aux yeux du public, l'émeute semble dénuée de sens politique, alors même qu'elle suspend soudain l'ordre social, ils le savent. C'est là qu'elle prend son sens, et si elle est sans drapeau, elle est indéniablement politique.

— Il n'y a pas de violence gratuite, reprend Nacer.

L'émeute répond à la violence d'État.

Soupirs, agacement.

— On sait tout ça, Nacer.

Charly poursuit, didactique:

— Mais elle est toujours réprimée, jamais soutenue par le plus grand nombre.

— J'emmerde le plus grand nombre, si le plus grand nombre pense de la merde.

La voix de Nacer est sombre, mais Jicé éclate de rire pour approuver, ce qui a le mérite de détendre tout le monde ou presque. Jicé est partant pour tout, sa pensée politique est moins structurée que celle de ses amis mais son sens du désordre est légendaire. Presque sans limites, sauf quand Charly l'engueule pour le faire redescendre.

Pour l'instant, ils parlent. Envisagent. Tournent autour de l'idée, de la nécessité. S'affrontent sans enjeu. Ils se testent sans le savoir. Tous ont entendu les deux mots prononcés par Axelle, son audace, la tranquille certitude. Elle a déjà cette nervosité qui ne la quittera jamais, un regard de centenaire dans son visage de jeune fille. Du sang au bord des lèvres. Anguleuse, raide et volcanique. Ses phrases sortent soudain, complètes et articulées, là où d'autres mettent des points de suspension et comptent sur l'interlocuteur pour comprendre à demi-mot. Tous l'ont écoutée et entendue. Ce qu'ils veulent, c'est plus de justice.

C'est toujours la même histoire. Si on les observe, là, quelques semaines avant la décision, ce sont des combattants que l'on devine entre rires et litiges. Ils ne sont pas plus graves que la plupart. Mais sous les rires, il y a ce sentiment d'impuissance énorme qui les dévore et les rend féroces. Ils sont beaux. On ne peut pas leur en vouloir, même s'il y aura du dégât. Ce n'est pas eux qui ont commencé, pas vrai? Et s'ils forment un petit groupe uni et fermé, c'est aussi qu'ils sont loin des grandes villes. La leur reste provinciale jusqu'au bout des fontaines. Il n'y a que le vieux tribunal pour attester d'une époque où certaines luttes ont pesé, comme celles des filles du MLAC, il y a longtemps. Même Mano était encore enfant lorsque les militantes sont sorties libres sous les cris de joie, malgré leur sursis. Cette ville de vieilles pierres et de bourgeoisie rance n'est pas pour eux, ils le savent et s'y débattent, n'ont pas les moyens de la quitter pour autant. Les bastons avec le GUD leur donnent l'impression d'exister, mais ce n'est pas suffisant. Il leur faudra arriver à l'épuisement. Ils y sont presque, s'avancent sur le fil. Ça ne va pas tarder, ils ne le savent pas encore mais c'est déjà en train d'arriver. C'est là, dans l'adjuvant de leur colère, dans les pulsations crues qui soulèvent leur peau. Dans l'insignifiance de leurs vies.

Ils amusent le pouvoir, ils feront en sorte que le pouvoir ait peur.

La première nuit

Il est redoutable, le bruit de la serrure. Qu'elle s'ouvre ou se ferme, elle devient l'unique source d'information, de modification sensible, dans le vide qui s'annonce. Un vide épais, qui recourbe tout vers l'intérieur de la poitrine – il faut bien le remplir, ce vide que la nature a en horreur. Comme il m'est impossible de cesser de penser, ce vide bourdonnant me donne envie de crever – que s'arrêtent le bruit du dedans et ces images en boucle. Alors le chant de la serrure est un douloureux soulagement. Même si c'est pour laisser entrer le directeur de la taule, qui se doit de visiter chaque nouvel incarcéré, et le toubib avec lui. Il ne s'agirait pas de me laisser crever maintenant, en petite forcenée, avec mes cernes d'enfant malade, mes dents qui claquent. Quelques contusions sur les bras, un hématome sur le visage, seules traces de l'arrestation. Une tension trop élevée et un état d'agitation fébrile pas encore préoccupant. Ce sont les mots du médecin. Il se veut neutre, conciliant sans sympathie excessive. Il aurait préféré que l'auscultation se passe dans l'infirmerie, comme le stipule le règlement. La pièce est si petite. Le directeur d'établissement fait comme s'il n'avait rien entendu. Avec sa tête d'être revenu de tout et ses cheveux gris tirés derrière ses golfes, on dirait un tennisman à la retraite. Malgré sa cinquantaine passée, il a une ligne de jeune homme.

— Elle est en pleine forme, il conclut à la place du médecin.

Pas une fois il ne s'adresse directement à moi, d'ailleurs il me regarde à peine, me tourne déjà le dos pour sortir. Le médecin range ses instruments. Il tente un léger sourire et un regard direct mais je détourne le mien. Le vide gluant, le vide énorme, me coupe du reste.

Une autre gardienne est venue me chercher pour m'accompagner aux douches. J'ai reçu une trousse de toilette. Dedans, il y avait du savon, du dentifrice, une brosse à dents. J'ai utilisé les trois, je me sentais si sale depuis des heures. D'ailleurs, je serais bien restée sous la douche jusqu'à fondre et me diluer dans la bonde, au sol, mais très vite, l'eau tout juste tiède s'est complètement refroidie. Ça a eu le mérite de me ramener sur terre, me faire revenir dans mon corps. La torpeur fiévreuse s'est un peu dissipée. La gardienne m'a donné une tenue propre : des sous-vêtements de sport à ma taille, un bas de survêtement gris, une marinière à manches longues. J'ai pu garder mes chaussures. On me rendrait mes habits propres plus tard, a lâché la gardienne, avare de mots. Elle avait l'air moins mauvaise que celle de la veille. La peau lisse et noire, des lunettes à monture bordeaux, suffisamment massive pour ne pas avoir besoin d'en faire plus que nécessaire, être respectée.

Quand je remonte à la lumière, je marche lentement, enregistre la couleur des murs, la longueur des couloirs, pas à pas. Je traverse plusieurs cours, respire l'air frais du dehors mais toujours entre deux portes fermées, des sas infranchissables. Au-dessus de ma tête, des blocs hauts et des barbelés auxquels s'agitent des dizaines de sacs plastique échappés des cellules ou des poubelles. Malgré le froid, je savoure les morceaux de ciel et le vent.

Après mon passage en isolement, j'intègre une cellule qui sera la mienne pour plusieurs mois. J'aurais dû être seule, mais deux femmes occupent déjà l'espace réduit, l'une allongée sur la couchette basse d'un lit superposé, visage tourné vers le mur, l'autre semble attendre, fesses appuyées sur le dossier de l'unique chaise, qu'il se passe quelque chose, n'importe quoi plutôt que le fameux vide. La femme sur le lit ne bouge pas quand la gardienne claque la porte. L'autre me dévisage sans animosité, sans sympathie non plus. On reste face à face, je grelotte – des restes de fièvre et la folie de la situation, la bascule et les trois jours enfermée sans voir personne, sans parler sauf dans ma tête.

— Tu peux te mettre là, ou là, dit la fille en désignant les couchettes du haut.

Ça ne me dérange pas de dormir en hauteur et, de toute façon, je ne suis pas en état de la contredire. Je grimpe sur le lit de gauche, pour ne pas déranger la dormeuse dans l'autre lit. En boule, je fixe le mur en face de moi.

— Moi, c'est Naïma.

— Axelle.

— T'as une clope ?

44

Je secoue la tête, ça tourne encore pas mal.

— J'ai rien. Rien du tout.

— Je suis con, tu viens d'arriver. J'ai pas encore cantiné mais je dois en récupérer tout à l'heure. Après le parloir. T'as un parloir, toi ?

— Non. Je sais pas.

La fille passe la main dans ses longs cheveux frisés, les ramène d'un côté du visage, soupire un grand coup.

— C'est ta première fois.

— De quoi ?

— C'est ta première incarcération.

C'est pas une question, plutôt un constat face à mon état, à ma jeunesse aussi peut-être. Je hoche la tête.

— Ça se voit.

J'aimerais bien replonger dans mes pensées, ou pouvoir parler avec l'avocat. Savoir. Savoir ou anticiper ce qui va se passer ensuite. Apaiser le chaos dans ma tête.

— C'est dur au début, mais tu verras.

La suite ne vient pas, j'en devine l'ampleur. L'inacceptable qui deviendra supportable, on s'y fait même sans s'y faire parce qu'on n'a pas le choix. J'apprendrai les rites, les mots, les chemins – descendre aux ateliers – remonter en cellule – descendre au parloir – remonter en cellule – descendre aux rendez-vous – juge d'application des peines – avocat – agent probatoire – remonter en cellule – descendre au parloir – remonter en cellule – descendre aux ateliers – remonter en cellule – remonter en cellule – remonter en cellule. Je verrai les nouvelles arriver et repartir, les gesticulations, comment ça se débat pour vivre, la chair, l'esprit, même en saumure. Comment ça lutte pour rester debout même la tête écrasée sous une menace plus grosse qu'une montagne, plus dangereuse qu'une herse. L'importance de peu. Une lettre, une gentillesse, le soleil dans la cellule. Un fruit de saison. Un livre. Un paquet de clopes.

Dans le sourire de la fille en legging qui appuie ses cuisses épaisses contre le dossier de la chaise, il manque une dent. Elle a l'air d'une dure à cuire, quinze années au moins la séparent de moi. Les yeux plissés, elle observe mon nez cassé, mon air de gamine sans doute désemparée, sauvage. Si elle en déduit quelque chose, elle n'en dit rien. Séparant la grande masse de ses cheveux en trois parties, elle s'approche de moi.

— Dis, tu sais faire les tresses ?

Plus tard, la fille endormie s'est tournée de l'autre côté. Elle ne dormait pas, finalement, tentait juste de faire passer le temps. Plus renfrognée que Naïma, Sophie espérait sa sortie imminente. Il n'était pas question de trop se lier, la vie était dehors, loin d'ici. Naïma, en revanche, attendait son procès, comme moi. Son avocate l'avait prévenue : ça pouvait durer longtemps, mais c'était toujours du temps de pris sur sa peine, et si elle se tenait bien, ce serait à verser au dossier. Je ne lui ai pas demandé ce qu'elle avait fait pour être là. Mais on partageait la cellule depuis une semaine quand elle est revenue du parloir en larmes. Sophie n'était pas encore remontée des ateliers de fabrication, nous étions seules. Naïma pleurait sans pouvoir s'arrêter, de longs sanglots qu'elle ne parvenait pas à étouffer ou à calmer, suivis de couinements insupportables à entendre, une plainte de bête. Je lui ai tendu une clope allumée, posant ma main sur son épaule pour qu'elle se tourne vers moi, parle si elle pouvait.

— Raconte-moi.

Naïma a dégagé son épaule, rétive et effondrée, le visage laid de tant de douleur.

— Vas-y, je dirai rien. Tu peux pas tout garder, j'ai insisté.

D'un mouvement fragile, elle a saisi la clope offerte, a tiré dessus comme on reprend sa respiration. Les larmes continuaient de couler, elle a essuyé la morve avec son poignet.

— C'est ma fille. Elle veut plus venir me voir.

J'ai attendu la suite, patiente. Me concentrer sur la souffrance de Naïma m'éloignait sensiblement de la mienne – encore floue à ce moment-là, brute, tributaire d'incertitudes insoutenables.

Ce jour-là, rien d'autre n'a été dit. Naïma s'est recroquevillée sur sa douleur, a lissé ses traits dans un masque de dureté placide. Mais il y avait eu cette cigarette allumée, ces quelques mots offerts, c'était énorme.

Le soir, quand Sophie a jeté un journal sur la table, avec mon visage en première page sous un titre accrocheur, Naïma l'a fusillée du regard. D'un mouvement, elle a froissé le journal des deux mains.

— T'es dingue, rends-moi ça !

Sophie, furieuse, s'est avancée vers Naïma, menton en avant. Trop tard, la boule de papier s'est envolée par la fenêtre, entre les barreaux. Je n'ai pas bougé. Prostrée sur ma couchette, j'ai regardé les pans du journal se détacher dans le vent, tomber en morceaux épars sur les barbelés, s'accrocher aux concertinas et y rester en lambeaux flottants. Naïma a repoussé Sophie d'une paume puissante posée sur son cou.

— Laisse-la tranquille. Elle a pas besoin de ça.

Sophie a gagné son lit, d'abord furieuse puis indifférente. Il ne lui restait qu'une semaine à tirer, elle n'allait pas se battre pour un bout de journal.

Je me suis endormie en grattant un morceau de crépi au-dessus de ma tête, ce soir-là, avec la sensation étrange d'être un peu moins seule. Le geste de Naïma m'avait touchée. Naïma que je ne connaissais pas, Naïma qui me ressemblait si peu. Mais dans le fond, j'aurais aimé lire l'article, savoir ce que l'on disait de moi dans les journaux, ce qui était arrivé aux autres, et surtout où tu pouvais bien être, toi, Mano. Encore une nuit d'incertitude, j'allais bientôt rencontrer l'avocat, s'il se décidait à venir. Une semaine que j'étais là, et j'avais l'impression de faire partie des murs. De compter les heures, celles d'avant et celles à venir. Une redoutable familiarité avec le bruit des serrures, déjà.

La classe ouvrière te bottera le cul

Le jour où Mano débarque au café, visage verrouillé par la colère, il fait un sale temps. Le cœur du bistrot les tient tous serrés au chaud comme dans un nid. Il y a Nacer, Charly et Axelle. Les autres arrivent juste derrière elle. Mano dégouline de pluie, l'eau coule de ses cheveux à son cou, avec un temps pareil personne ne sortira d'ici avant la nuit. Nacer lui fait une place entre Charly et lui. Les autres s'installent de part et d'autre de la table ronde. Axelle est la première à voir que quelque chose déconne. Mano essuie ses longs cheveux avec le pull de Charly qui traîne sur le dossier de sa chaise, il râle pour la forme, lève le bras pour commander de nouveaux verres. Avant que les demis ne se posent sur la table, Mano leur annonce qu'elle vient de se faire virer.

— Pourquoi ? demande Nacer.

— Je ne corresponds pas au standing de la clientèle.

— Il t'a dit ça ? Sérieusement ?

Mano secoue ses cheveux et, par un sourire ironique, tente de contrer son anxiété.

— Plus ou moins, oui.

Un silence atterré les unit. Ils visualisent les étudiants qui fréquentent cette boîte, leurs peaux lustrées, leurs talons compensés, leurs Sebago, leurs Fred Perry. C'est vrai qu'elle ne cadre pas dans le décor, mais elle connaît son boulot et sait se glisser dans la peau du personnage. Elle a fini sa bière en quelques gorgées, demande au serveur quelque chose de plus fort, une vodka glacée, c'est exactement ce qu'il lui faut.

— Y a pas que ça, je crois qu'il veut faire bosser la fille d'un pote à lui.

— C'est dégueulasse.

— C'est classique.

— Ouais, c'est classique mais c'est dégueulasse.

— Faut pas se raconter d'histoires, je suis pas la première.

Mano se doute que ça va être compliqué de retrouver du travail, ils le savent tous. Et contrairement à d'autres, elle ne peut pas demander à sa famille de la dépanner. Mais surtout, elle perd son logement, puisque la piaule qu'elle louait au-dessus de la boîte est réservée à ceux qui y bossent.

— Il t'a lâché combien, pour ton départ?

Là, Mano éclate de rire. La question de Charly est si naïve que les autres ont honte pour lui.

— Tu crois sérieusement que j'ai eu des indemnités de licenciement? Pour un travail au noir?

Charly pique du nez dans sa bière tandis que Mano boit sa vodka d'un trait, en commande une autre. Nacer tire sur sa clope en plissant les yeux. Mano semble hésiter mais pas longtemps, elle se lance. Comme elle ne parle pas très fort, ils sont tous obligés de se pencher au-dessus de la table. Leurs visages sont tout proches, les bruits du bar bondé restent en périphérie, leurs oreilles font le point et se calent au diapason de son souffle, de ses mots.

En février 1973, Mano pousse le premier cri alors que son père tourne en rond, filtre humide à la bouche, dans la salle d'attente. Juste à côté, jambes ouvertes et couverte de sueur, sa mère serre les dents – l'époque n'est pas encore aux pères qui tiennent les mains, caressent les fronts et soufflent de concert avec leur femme. Il est déçu d'apprendre, par la bouche d'une infirmière, qu'il a encore une fille. C'est lui qui décide pourtant de son prénom, Emmanuelle. Ce n'est pas follement original mais il s'en fout, il pense qu'un prénom vaguement catholique l'aidera dans la vie. Heureusement, parce qu'elle n'aime pas ce prénom, elle devient très vite Mano pour tout le monde, sauf lorsque ses parents veulent l'engueuler. Là, son prénom complet leur revient et elle sait qu'elle va passer un sale quart d'heure.

Des grèves de l'année précédant sa naissance, en 72, il reste des séquelles. Elle en est une. Son père a tenu le piquet de grève aux ateliers, il s'est impliqué dans un conflit qui s'est durci de jour en jour. La tension de ces jours de révolte a peut-être été à l'origine des ébats qui l'ont fabriquée, elle aime à le croire. Avec elle, sa mère enchaîne déjà sa troisième grossesse. Il n'y en aura pas d'autres : les médecins le lui interdisent pour raisons de santé et, sans lui demander son avis, lui enlèvent ce qui doit être enlevé pour que plus rien n'y pousse. Plusieurs fois dans l'enfance, Mano entend ses tantes se plaindre de ne pas avoir obtenu, en le réclamant, ce que sa mère a eu sans le vouloir. La petite sœur de sa mère a subi huit avortements clandestins et a eu peur d'y passer à chaque fois. Maintenant que c'est légalisé, il paraît que c'est plus simple.

Mano se souvient d'un jour, au début des années 80, sa tante raconte son dernier avortement, légal celui-là, et elle livre à sa sœur les insultes des infirmières qui se sont si mal occupées d'elle.

— Et la pilule ? lui demande la mère de Mano en baissant la voix.

— Le docteur a pas voulu.

— Pourquoi ?

— Parce que je suis mariée.

— Change de médecin, s'énerve sa sœur qui, lorsqu'il ne s'agit pas d'elle, est enfin capable de colères.

— C'est compliqué.

La tante renifle, tapote ses joues mouillées avec un mouchoir en tissu, tord ses doigts sur son ventre. Un silence désolant de communion féminine envahit le salon. Mano joue entre le canapé et la fenêtre avec des fruits en plastique, elle a huit ans, elle s'en souviendra des années plus tard.

Déçu de ne pas avoir de fils, et assuré désormais qu'il n'en aura jamais, le père de Mano reporte sur elle les attentions qu'il aurait eues pour un garçon. Elle l'accompagne aux ateliers quelquefois, et il l'embarque aux réunions syndicales. Elle se souvient des voix d'hommes, rocaille et moustache, de leurs revendications braillées dans des espaces enfumés. L'odeur de brune reste une madeleine, les tracts didactiques l'émeuvent toujours autant. Son père est alors d'un monde finissant, il le sait et s'enrage. De son métier, elle aime la consonance : fraiseur-outilleur, un mystérieux mélange de fruits rouges et de savoir-faire qu'elle est fière d'annoncer lorsqu'on l'interroge sur son activité professionnelle. Pour elle, c'est technique, bruyant, lumineux. Les gerbes de feu qu'il fait naître la fascinent. C'est un camarade d'école qui lui ouvre une douloureuse réalité, réduisant le métier de son père dans une exclamation de mépris :

— Il est juste ouvrier.

L'insulte sous la dénomination l'écorche radicalement mais elle est alors incapable de lui casser la gueule. C'est pourtant ce qu'elle aurait dû faire, elle le sait aujourd'hui. Sentir ses dents saigner sous son poing aurait eu le double avantage de la soulager et d'éduquer un peu ce fils de bourgeois. Au fond, il lui reste l'amertume de ne pas avoir défendu son père, réduite au silence par l'arrogance d'un gamin. Peut-être que c'est là que tout a commencé.

Ou bien ce jour où, avec trois camarades, son père a séquestré le patron dans les ateliers. Une grève d'ampleur immobilisait l'usine, et les gars crevaient de faim. Ils l'ont gardé deux jours, avant de le libérer grâce à un accord. Évidemment, les quatre ont été virés, et le patron s'est débrouillé pour que plus jamais ils ne puissent trouver du travail. La grève a été matée. Elle se souvient d'une manif, sur les épaules de son père. Et elle chante, entre deux gorgées de bière :

Giscard, si tu continues, la classe ouvrière, la classe ouvrière
Giscard si tu continues, la classe ouvrière te bottera le cul.

Au cœur du bistrot, ses amis lui sourient, chantent avec elle, même s'ils le savent : c'est la classe ouvrière qui s'est fait botter le cul, pas l'inverse, et plus que ça encore. Ils trinquent à la Sociale, sans rire. Mano n'essaie pas de les émouvoir, elle leur raconte une histoire, et pas n'importe laquelle. C'est généreux, sans complaisance. Axelle l'observe en coin, l'imagine enfant et ça l'émeut. Elles sont si proches qu'Axelle sent l'odeur de sa peau, son haleine de vodka et de cacahuètes. Après la chanson, ils commandent une nouvelle tournée. Vodka pour Mano, vodka-pomme pour Nacer, bière blonde pour Charly et Jicé, Picon-bière pour Paola et Axelle. Et puis Mano reprend son récit.

Avec le chômage, son père coule. Ce n'est pas tant le manque à gagner, pourtant conséquent, qui le ravage, mais bien l'impossibilité de travailler à nouveau, l'obligation de rester dans l'appartement, anéanti. Alors, après une année terrible, toute la famille déménage. En quittant la banlieue, en choisissant de s'exiler beaucoup plus bas sur la carte, la famille laisse un gros morceau de vie derrière elle. Ils se rapprochent d'un cousin qui monte son entreprise, il peut avoir besoin du père. Elle raconte l'arrivée dans un appartement minuscule, les deux grandes sœurs furieuses, Mano qui tente vainement de rendre le sourire à son père. Elle est la petite dernière, sa préférée. La mère, mutique depuis le départ, ne cesse de se cacher pour pleurer. Elle a laissé ses amis, ses repères, sa sœur et ses propres parents. Et le cousin est un connard qui, non content d'humilier le père en lui filant du boulot en deçà de ses qualifications, tripote le cul des frangines dès qu'il en a l'occasion. L'aînée des sœurs comprend très vite qu'il faut l'éviter à tout prix et elle se trouve un jules qui vient la chercher devant la maison, même si le père déteste ça. Une engueulade du père vaut toujours mieux que les doigts boudinés du cousin qui tente une approche de plus en plus souvent.

— On va le faire payer, ce bâtard.

Au début, personne ne comprend de qui parle Nacer. Du cousin du père ? De son patron ? Il a tranché dans un silence, énonçant une vengeance que les autres ne parviennent pas encore à identifier. Et puis l'évidence, soudain, dans un retour au présent qui les électrise. Il parle du patron de Mano, bien sûr. C'est bien, de parler du passé, mais Nacer prépare l'avenir. Englobant leurs nuques de ses grands bras, il rassemble toutes les têtes au centre et leur expose son plan.

Passage à l'acte

Sous leurs pas, les pavés claquent. Il est si tard que ce n'est déjà plus la nuit. Mano et Axelle ont dormi quelques heures pour être alertes, ont réglé le réveil à quatre heures du matin. Il est cinq heures, Nacer les attend au coin de la rue, à cinquante mètres de la boîte. Charly est là, même s'il a peur. Il a refusé d'abord, essayant de tous les convaincre de ne pas y aller, mais la lumière dans les yeux de Mano et l'envie d'en découdre avec le vieux con qui l'a exploitée pendant des mois avant de la virer comme une merde, Charly n'a pas résisté à ce bonheur-là. Il a quand même répété, comme un mantra, qu'on pouvait trouver une autre solution, jusqu'à ce que les autres lui disent de fermer sa gueule ou de rentrer chez lui. Jicé est avec Charly, les cheveux encore plaqués d'un côté par sa fusion avec l'oreiller. Mano se demande comment elle a réussi à se reposer. Axelle se pose la même question. La présence de Mano dans sa chambre de cité U, sur son matelas supplémentaire, ne l'a pas aidée à trouver le sommeil. Charly a insisté pour qu'elle vienne au squat mais Mano a refusé, préférant suivre Axelle jusqu'à la cité U. Il était tôt encore, Axelle a fait des pâtes dans les neuf mètres carrés de sa chambre. C'était étrange.

Les chambres de cité U sont si petites qu'y faire entrer quelqu'un d'autre implique une intimité instantanée. On ne peut s'asseoir que sur le lit, tout est visible sauf l'intérieur des tiroirs. Mano a tendu la main vers les livres – pas de place pour une vraie bibliothèque, juste un empilage horizontal sur le bureau, dos vers l'extérieur. Elle a regardé ceux du dessus, un sourire aux lèvres, alors Axelle, fébrile, a attendu une réflexion, un partage ; face au silence de Mano elle a eu peur d'être jugée, c'était tellement étrange que Mano ne dise rien, c'est plus tard qu'elle a compris… Mano, les livres, elle s'en foutait, c'était pas son truc.

À cette heure-ci, seul le patron est là. Le videur vient de partir et Mano désigne une porte, derrière la boîte. Une porte discrète et sans poignée par laquelle on ne peut pas entrer, mais par laquelle il sortira. Il ne doit pas apercevoir son ancienne employée, alors Mano s'éloigne après avoir offert un immense sourire aux autres.

— Vous êtes dingues.

Ça ressemble à un compliment, ils vont prendre des risques pour elle. Nacer bat la mesure avec son pied nerveux.

— On va pas y passer des heures, ce sera rapide.

Il l'a bien mérité, ce con-là, ça se lit sur chaque visage. Axelle regarde Mano disparaître au coin de la rue, marcher vers la gare, Nacer et Paola la rejoindront, monteront dans le même train. Charly, Jicé et Axelle prendront la voiture de Jicé, un char en fin de vie mais en règle, et ils se rejoindront tous au même endroit, quelques jours, histoire de se faire oublier.

Étrangement, Axelle n'a pas peur. Un fou rire la

guette, qu'elle réfrène en appuyant des deux doigts sur ses pommettes. Merde, ce qu'ils s'apprêtent à faire n'a rien d'un jeu. La rue est déserte à cette heure. Nacer initie le mouvement et tous enfilent un pied de collant sur leur tête. C'est Paola qui les a fournis, Paola qui porte des jupes six jours sur sept et des collants de toutes les couleurs. Ça a été une affaire d'en trouver trois paires noires. Ils sont cinq, masqués, décidés. Le nombre et les collants créeront l'effet de saisissement. Axelle y voit plutôt bien au travers des mailles noires, mais l'élasthanne écrase ses cils et ses paupières. Maintenant, elle s'inquiète qu'un lève-tôt s'engage dans la rue, ou un noctambule en errance. Leurs têtes laissent peu de place au doute, concernant leurs motivations. Ça y est, la porte s'ouvre. Paola fonce et repousse l'homme à l'intérieur, Jicé lance son pied pour que la porte ne se referme pas. Nacer et Axelle entrent à la suite de Paola, et Jicé claque la porte derrière eux. Quelques secondes à peine et, avant que le type n'ait le temps de saisir quoi que ce soit ou de fuir dans une autre pièce, Nacer sort un flingue et le pointe sur sa tempe. Ça, c'était pas au programme. Les autres écarquillent les yeux sous leur masque élastique. Personne ne savait que Nacer avait une arme. À cinq, le type ne pouvait rien contre eux. Avec le flingue en prime, il s'accroupit sans même qu'on le lui demande, pose les deux genoux sur le lino bleu électrique de son arrière-salle et ses mains sur sa tête. Charly lui prend son sac et l'ouvre pour en sortir le pognon, pendant que Paola et Axelle traversent plusieurs pièces pour vérifier qu'il n'y a personne d'autre. Deux bureaux, un couloir, puis la grande salle où Axelle et Mano se sont connues, plongée dans le noir. Axelle avance lentement, remonte le collant sur son front pour y voir mieux malgré les risques. Elle reconnaît le comptoir et les ombres ourlées de vert des fauteuils. Seules les lumières des néons de sortie éclairent la pièce. C'est tellement différent, vide et silencieux.

— Touche à rien, souffle Paola d'un ton inquiet, comme si elles étaient dans un film.

— Je touche pas, je prends.

Derrière le comptoir s'alignent les bouteilles. Axelle en saisit une qu'elle glisse dans son sac à dos.

— Qu'est-ce que tu fous ?

Axelle remet son sac sur ses épaules, couvre son visage à nouveau et suit Paola dans le couloir, premier bureau, deuxième, le type relève la tête à leur arrivée. Il a les poignets liés avec du chatterton, un morceau sur la bouche. Son sac, vide, est au sol. Quelques tiroirs ouverts, rien de cassé. L'homme a le visage fermé et furieux, mais le flingue contre sa tête ne lui laisse pas d'alternative. Jicé déroule encore un peu de Scotch marron pour ficeler les poignets du gars à un pied de son bureau. Charly entrouvre la porte, retire le collant de sa tête pour vérifier la rue, se retourne vers eux. Un signe de la main pour dire que la voie est libre. Pas un mot n'a été échangé. Ils sortent un par un, arrachant les collants une fois au grand air, les oreilles vibrantes, l'adrénaline en gorge. Nacer émerge en dernier, les recompte des yeux avant de claquer la porte. Toujours sans un mot, il enlace Paola et l'entraîne vers la gare. Ils ne sont pas ensemble mais c'est comme ça qu'ils ont prévu de se donner une contenance après le vol. Jouer au couple amoureux qui saute dans un train pour un voyage improvisé. Les trois autres partent dans l'autre sens, calmement, alors que le jour ne s'est pas encore levé. Tout s'est passé à une vitesse folle, pas plus de dix minutes. La voiture est garée plus loin, et c'est une torture de ne pas courir. Axelle relève le col de son blouson, remonte son écharpe sur son nez. La lumière est là à présent, celle du jour qui se lève, éblouissante. Devant une boulangerie qui ouvre, Axelle s'arrête et fait signe aux gars de l'attendre, en ressort chargée de croissants. Ils marchent de front au milieu des rues sans croiser un seul véhicule. Et puis soudain, une moto débouche sur la gauche, les dépasse dans un grand bruit de moteur et ralentit. Leurs trois cœurs loupent deux battements. Ils serrent les dents, échangent des regards inquiets. Le motard reprend de la vitesse, tourne dans une ruelle et disparaît de leur champ de vision en quelques secondes. Leurs pas s'accélèrent, impossible de réguler cette urgence des corps, entre le froid et la peur, le désir d'être loin. Charly serre le sac avec le fric contre son ventre, son visage s'éclaire quand il aperçoit enfin la voiture.

Ce n'est qu'une fois installés dans la caisse qu'un énorme soupir leur échappe. Jicé démarre avec une prudence qui les fait rire et ils prennent de la vitesse en rejoignant le périph. D'ailleurs, une fois qu'ils ont commencé, on ne peut plus les arrêter, le rire les secoue comme des sanglots, en vagues irrépressibles, en larmes écrasées au coin des yeux, en petits cris sans élégance, reniflements et explosions. Comme si la voiture était un rempart infranchissable, une protection absolue. Tant qu'ils roulent, ils sont intouchables, le mouvement les rend invisibles, invincibles. Charly s'est étalé au milieu de la banquette arrière, bras écartés, tête renversée par l'hilarité. Il se penche vers Axelle et Jicé, le visage au-dessus du levier de vitesse. Cessant soudain de rire, il demande :

— Vous saviez, vous, que Nacer viendrait avec un flingue ?

L'arbitraire

Entre Naïma et moi, ça s'est plutôt bien passé. Dès les premiers jours, on a cantiné ensemble, noué un drap à la fenêtre pour se protéger du soleil, écouté des émissions à la radio. Il y avait cette station sur laquelle les familles des détenus laissaient des messages comme Jo a eu 13 en anglais, la petite fait ses dents, j'ai demandé à la voisine de nous prêter un escabeau, avec la voix des gosses derrière qui braillent, Papa, on t'aime. La première fois, ça m'a brisé le cœur. Pour le reste, c'est Naïma qui m'a expliqué les rythmes, raconté les habitudes, les choses à ne pas faire et celles à ne pas louper. J'étais dans un drôle d'état, tu sais, je ne projetais rien, toute vide, j'attendais mon avocat.

Un jour, à la promenade, une fille qui se tenait près du grillage m'a demandé une clope. En saisissant la tige tendue, elle a souri.

— C'est rare un cadeau sans demande en échange. Tu veux quoi ?

J'ai froncé les sourcils.

— Ici, on n'a rien sans rien.

— Et ?

— Et moi j'ai rien pour cantiner.

La fille a penché sa tête sur le côté, vaguement

aguicheuse. Elle portait un legging rose et des baskets usées, plus grises que blanches. Une polaire noire avec des trous au bout des manches pour y glisser les pouces. Naïma m'a tirée brusquement par le coude, façon de me faire comprendre que la fille n'était pas fréquentable, ou quelque chose comme ça. J'ai pas bougé. La présence de Naïma, ses précautions pour m'aider à saisir le fonctionnement de la taule, tout ça parlait de solidarité, même quand j'étais pas d'accord. C'était bon à prendre, mais il fallait aussi que je m'y colle toute seule.

— Rien du tout?

— Non. Du coup je peux faire des trucs, si tu me files des clopes. D'autres clopes, régulièrement.

— Genre quoi?

La fille a haussé les épaules, m'a matée de haut en bas.

— Des trucs. Planquer des choses pour toi.

Elle a passé sa main sur son sexe pour faire comprendre à la nouvelle que j'étais. J'ai compris. Avec le petit pécule de rien que posait mon grand-père sur mon compte, je faisais presque partie des privilégiées. Elle s'est caressée par-dessus le legging.

— D'autres services, aussi. Sauf si t'as ce qu'il faut en cellule.

La fille a fait un clin d'œil à Naïma, Naïma qui a secoué la tête.

— Moi, je me casse.

Elle a lâché ça sèchement avant d'aller se planter trois mètres plus loin, le visage levé vers le soleil, mains au fond des poches.

Je l'ai rejointe, perturbée.

— Alors ici aussi, y a les misérables et les un peu moins misérables, c'est ça?

— Ouais.

— Super.

— Tu t'attendais à quoi? Une grande fraternité?

— M'agresse pas, c'est bon.

Naïma a laissé passer un silence, ravalé une réflexion désagréable pour m'expliquer, patiente :

— C'est une indigente. C'est le mot qu'on emploie ici. Ça veut dire qu'elle a rien qui rentre depuis l'extérieur. Elle se débrouille comme elle peut.

— Elle a aucun moyen de gagner de l'argent?

— Si, les ateliers. Mais c'est chaud d'être prise. Si une détenue avec un peu de pouvoir l'a dans le nez, c'est mort pour elle. Ou une surveillante, encore pire.

— Donc, elle fait la pute.

— Voilà.

J'ai rien dit, j'apprenais. La lumière était douce, on a repris le chemin des cellules puisqu'il était l'heure. Naïma avançait, un peu renfrognée. Je lui ai cogné l'épaule avec mon épaule, un sourire au bec.

— Tu fais la gueule?

— Mais non.

— Ben on dirait. Tu lui reproches un truc, à cette meuf?

La fille est passée devant nous, m'a lancé un baiser.

— Non.

— C'est parce qu'elle a suggéré qu'on couchait ensemble? T'as un problème avec ça?

— Mais non, t'es con.

On a laissé les autres nous devancer, on a suivi à pas plus lents. La surveillante nous a crié de nous bouger le cul. On est remontées en cellule, silencieuses. Je me suis affalée sur le lit du bas, maintenant que Sophie était partie sans être immédiatement remplacée. J'ai attendu sans rien dire et, finalement, Naïma a croisé les bras très serrés contre ses seins – un geste familier quand elle cherchait à se protéger – et elle a fini par parler, tournée vers la fenêtre :

— Moi aussi j'ai été indigente. J'ai mis plus d'un an pour obtenir une place en couture.

Elle a duré un mois, notre amitié. Quand la prison devient supportable, l'institution agit pour qu'elle ne le reste pas. Un matin, c'était un mardi, la gardienne à queue-de-cheval est entrée brutalement dans la pièce.

— Benyahia, tu changes de cellule.

Naïma s'est décomposée.

— Pourquoi ? On n'a pas déconné, on se tient bien, pourquoi vous faites ça ?

— J'ai pas à me justifier auprès de toi. Tu prends tes affaires et tu bouges.

Elle m'a jeté un coup d'œil satisfait, dégueulasse.

— Toi, la nouvelle, faudrait pas que tu prennes tes aises. C'est la prison ici, pas une colonie de vacances ou un internat de jeunes filles.

J'ai fermé ma gueule, les dents serrées jusqu'à la douleur. Alors c'est comme ça que ça se passait. Fallait pas baisser la garde, à l'intérieur. Pas s'amollir, pas penser que les choses pouvaient se tricoter dans la douceur, même rude, même complexe. La douceur, j'ai su à ce moment-là qu'il valait mieux s'asseoir dessus ou l'écraser sous mon talon, comme un mégot de clope.

L'heure de la récréation

Avant la montée par les clues, Jicé gare la voiture près des conteneurs pour qu'ils y jettent leurs morceaux de collants dans un sac plastique. Le chant de la rivière les fait sourire, le changement de décor, l'odeur des bois. Ça a de la gueule. Les premières neiges apparaissent à portée de regard, perlent plus haut dans la montagne. Il fait vraiment froid ici, Axelle enfile son bonnet en laine noire à torsades, roule une clope et l'allume malgré l'absence de café qui irait si bien avec. Un goût de nuit incomplète, de peur qui assèche. Elle a une haleine de chacal.

— On trouve un bar ? On va boire un café ?

Charly regarde sa montre, acquiesce.

— Les autres arrivent dans une demi-heure à la gare routière, on a le temps.

— Mais ils ont pris le train ! s'étonne Jicé, toujours à la masse.

— Tu vois une gare, dans ce bled ? Ils changent à mi-chemin, le bus arrive à neuf heures.

Ils laissent la voiture pour marcher jusqu'au cœur du village et y trouver un bistrot. Axelle bouscule Jicé d'un coup d'épaule.

— Non mais tu faisais quoi, mon Jicé, quand on déroulait le programme?

Il passe un bras sur ses épaules, se marre.

— Écoute, en vrai je sais pas du tout. J'avais le plan en tête jusqu'à la bagnole. Après…

— Après t'as écrit des poèmes dans ta tête?

— Fous-toi de ma gueule, tiens!

La voix grave et tendue de Charly coupe leurs rires:

— Vous pouvez pas arrêter deux minutes de déconner?

— Pourquoi on voudrait arrêter? s'étonne Jicé.

Tous les trois marchent vers le bar et une promesse de café. Ils frappent dans leurs mains pour les réchauffer. Mano est encore dans le bus à cette heure-ci, avec Nacer et Paola. En fermant les yeux, Axelle sent la chaleur du bras de Jicé, son regard de myope fatigué d'avoir conduit trois heures, ses lunettes qui glissent le long de son nez et qu'il remonte avec son index, toujours le même geste. Ils finissent par voir l'enseigne, accélèrent vers la porte d'entrée et découvrent la figure sympathique du gars qui leur sert des cafés. Ils ont boulotté leurs croissants pendant le trajet mais Axelle en a gardé trois pour les copains, aplatis sur la banquette arrière, le sachet taché de beurre fondu. Ils s'installent à l'intérieur, tout au fond du bar. Les quelques clients sont des habitués, ils boivent au comptoir et les observent sans agressivité – avec curiosité, simplement.

Charly est agité, s'agace de leurs rires, mais se laisse finalement gagner par la bonne humeur, malgré sa colère après Nacer. Il a gardé l'enveloppe sous sa chemise, touche son ventre comme un tic pour vérifier.

— Il aurait pu nous prévenir, quand même.

— Qu'est-ce que ça aurait changé ?

— J'aurais essayé de le faire changer d'avis.

— Ben voilà.

— C'est pas les mêmes risques, merde !

Axelle comprend ce que dit Charly, mais elle n'arrive pas à ressentir la même colère. Mais alors pas du tout. L'apparition du flingue dans les mains de Nacer l'a étrangement rassurée. Elle ne sait pas comment en parler aux autres, comment leur expliquer. La peur qui change de camp. L'outil comme moyen de pression d'une redoutable efficacité. Les possibles qui s'ouvrent, les fenêtres pour échapper au subi, à l'impuissance. Attablée devant son café, elle ne parvient pas à visualiser le flingue comme un objet qui tue. Axelle est maigre et elle arrive à l'oreille de Jicé qui n'est pas très grand, elle n'a jamais fait peur à personne et n'importe qui, sauf un enfant de douze ans, peut avoir le dessus dans un combat contre elle. Combien de fois a-t-elle changé de trottoir dans la nuit pour éviter les confrontations ? Combien de fois a-t-elle rusé pour éviter une torgnole du père qui l'aurait démolie ? Combien de fois, au sortir d'une manif agitée, a-t-elle découvert son corps recouvert de bleus ? Couru de toutes ses forces pour éviter les flics, sachant qu'elle ne se relèverait pas d'un coup de matraque ? Qu'est-ce que Charly, avec son physique de footballeur américain, peut comprendre à ça ? De cette satisfaction totale à voir ce grand type habitué au pouvoir poser ses mains sur sa tête sans dire un mot, une insulte, ravalant sa rage. Cette merveilleuse bascule qui s'est opérée sous leurs yeux a bouleversé Axelle. Elle n'a pas peur des armes, elle les connaît. Mais c'est la première fois que de tels possibles lui apparaissent. Elle garde pour elle ce nouveau ravissement parce qu'elle n'en est pas très fière ; elle sait ce qu'il implique de ses propres faiblesses.

Les passagers sortent en file indienne et se massent aux flancs du bus pour récupérer leurs bagages. C'est Mano qui apparaît en premier, leur offre un sourire radieux, puis, immédiatement, elle est saisie par le froid qu'il fait ici, au pied des montagnes, et elle serre les pans de son manteau contre elle. Paola grimace elle aussi, sort son bonnet de sa besace. Trois vieilles dames descendent à pas prudents avant que Nacer n'émerge à son tour. Ils sont sans bagages, tout est entassé dans le coffre de la voiture, chargé la veille en fin d'après-midi. Serrés les uns contre les autres dans la petite caisse, ils entament la route qui va les conduire au village d'une tante de Mano, morte depuis plusieurs mois. Elle a encore les clefs du chalet que ses enfants revendront bientôt. Mano aimait bien cette sœur de son père chez qui elle a passé quelques semaines de vacances à partir du moment où la famille a déménagé. Pour elle, ce minuscule village est associé aux vacances, les parents n'ayant pas les moyens d'emmener les enfants où que ce soit.

Dans la voiture, personne ne parle, ils observent les abords de la route et les montagnes s'ouvrir, écoutent la radio. Jicé a filé le volant à Mano, il est crevé et c'est elle qui connaît la route. Ils sont bien trop nombreux pour la seule voiture. Le petit format d'Axelle lui permet d'être assise sur les genoux de Nacer. Et Charly, le plus grand d'entre eux, est à l'avant. Alors qu'apparaissent les premières neiges, Mano baisse le son de la radio d'un geste vif.

— Merci.

Personne ne lui répond mais tout le monde sourit à pleine bouche. Autour d'eux, les grands arbres s'élancent au-dessus de la rivière, l'eau est noire et les taches de neige envahissent les fossés. Ça les rend euphoriques comme des enfants à l'heure de la récréation. Ils roulent vitres ouvertes malgré le froid, et pas très vite. Dans certaines montées, la voiture ralentit presque jusqu'à s'arrêter, et les passagers encouragent Mano à pleins poumons tandis qu'elle rétrograde en première.

Une heure à rouler dans un paysage de plus en plus sauvage, de plus en plus austère. Près du hameau, le blanc est là, partout. Dans les fossés, sur les toits des maisons, sur les balcons de bois, il a envahi chaque surface. Il scintille avec une ardeur de bijou, comme autant de signes de bienvenue, leur fait plisser les yeux, les fait rire sans raison. Mano gare la voiture près d'un chalet au toit pentu, typique du coin, à deux cents mètres des autres habitations, et ils se déplient pour en sortir, courent dans la neige, piétinent les abords de la maisonnette en faisant crisser leurs semelles. Charly, Jicé, Axelle et Paola se jettent des boules en hululant. Mano les observe sans participer, son sourire transpire une mélancolie émouvante, elle fait tinter un gros jeu de clefs, le faisant passer d'une main à l'autre. Son regard croise celui d'Axelle, s'y arrime un peu plus longtemps que nécessaire. Jicé profite de l'inattention d'Axelle pour lui glisser une poignée de neige dans le cou. Elle hurle et se venge.

Le chalet de la tante est un repaire charmant, décoré comme une yourte de hippies. Ils y trouvent leurs marques très vite, courant de pièce en pièce comme des gamins qui choisissent leur chambre un premier jour de colo. Ils vont devoir se serrer, mais ça ne les dérange pas. Ils viennent de partager quelque chose d'excessif qui les lie au-delà de ce qu'ils imaginaient. Dès leur arrivée, Charly dépose l'enveloppe joufflue sur la table de la cuisine, et c'est autour de cette même table qu'ils s'installent, dans un accord tacite. Plus tard, ils iront sur la terrasse, mais pour l'instant il s'agit de se réchauffer, Mano allume le poêle à bois.

Nacer commence par s'excuser, non pas d'avoir utilisé un flingue, mais de ne pas les avoir prévenus. Mano écarquille les yeux.

— T'as pris un flingue ?

Nacer acquiesce et les questions fusent enfin, de l'origine de l'arme à ses motivations, sa capacité à s'en servir et les risques encourus. Il n'a pas le temps d'essayer de répondre à l'une ou l'autre des questions que Mano éclate d'un rire irrépressible. Tous se tournent vers elle, interdits. Elle a toute leur attention.

— La gueule qu'il a dû faire, ce con. Racontez-moi.

Alors, comme un signal qui détend toutes les forces en présence, ils racontent, un par un et tous ensemble, se coupant la parole pour ajouter un détail, en rectifier un autre. Au final, tout s'est bien passé, vite et sans accroc, et la facilité avec laquelle ils se retrouvent gagnants est stupéfiante. Et puis Mano est vengée. Son patron, à cet instant, incarne à leurs yeux bien plus que ce qu'il n'est. Argent, pouvoir, privilèges. Et trente-cinq mille francs s'étalent devant eux en coupures de cent, cinquante et vingt francs. Une fortune.

Axelle se souvient soudain du whisky et sort la bouteille de son sac, la dépose sur la table au milieu des billets, comme un trophée. Sous les cris d'acclamation, Mano sort des verres. Il est midi, le soleil est tout en haut dans le bleu, la neige brille sur des montagnes de carte postale et l'alcool les fait grimacer, les enflamme. Axelle lève son verre dans la lumière et lance :

— On devrait recommencer.

Insomnie

La neige tombe à nouveau dans la nuit. Un silence particulier réveille Mano, une odeur peut-être. Couchée sur un matelas près du poêle à demi éteint, elle garde les yeux ouverts. La respiration de Paola, épaisse et ronflante, l'autorise à se redresser sans craindre de la réveiller. Axelle est couchée en boule dans le creux du canapé défoncé dont les franges s'affaissent dans la sciure de bois. Elle a le dos tourné et son corps se soulève doucement, régulièrement. De la chambre du fond parviennent des ronflements francs et massifs. Charly et Jicé, potes de longue date, partagent le large lit de la tante. Nacer dort devant l'entrée et ne bouge pas d'un poil quand Mano décide de traverser la pièce pour atteindre la porte-fenêtre. Elle est seule avec ses insomnies. Il est quatre heures du matin et elle est éveillée, les sens à vif comme en plein jour. D'énormes flocons s'écrasent sur la terrasse et aux angles des portes. Une neige épaisse qui s'accroche et ne fond pas, s'agrège avec élégance et mange le paysage – arbres, buissons, rochers, rambarde. Elle pourrait avaler la maison, avec eux tous à l'intérieur, et cette idée l'amuse. Les victimes d'insomnies peuvent voir des choses que la plupart des gens ne voient pas. Il lui semble parfois que ces morceaux de nuits solitaires lui offrent un troisième œil, quelque chose d'indicible qu'elle est seule à connaître. Une longueur d'avance, un angle inédit, une fatigue intérieure et infernale qui ne se détecte pas. La chute de neige ne tarit pas, au contraire. Les flocons, de plus en plus gros, brouillent même la nuit, dans un silence éprouvant. Mano retient sa respiration, l'oreille à l'affût d'un bruit, même infime. C'est une autre respiration qui électrise sa nuque, plus proche, régulière mais pas endormie. Sans bouger, elle attend. Elle reconnaît Axelle, son reniflement, l'odeur de ses cheveux. Sans quitter le jardin des yeux, Mano attend qu'Axelle voie la même chose qu'elle, s'attend à une exclamation chuchotée, mais rien ne vient. Juste le bras d'Axelle contre le sien, la découpe de son visage près du sien.

— Tu bois quelque chose?

À la table de la cuisine, elles font tourner leurs tasses par réflexe, comme si des glaçons s'y entrechoquaient. Plus de whisky, pourtant, descendu en flèche par la troupe. Elles boivent du thé comme des vieilles Anglaises, c'est Mano qui l'a dit en chuchotant, elles ne doivent pas faire de bruit, la maison n'est pas grande alors leurs rires réveilleraient les copains. De toute façon l'heure n'est pas aux éclats, l'heure est aux souffles graves et aux échanges exclusifs. Axelle questionne, voudrait tout savoir des replis secrets de Mano, ses vacances ici, Raconte-moi, ton âge, tes jeux, tes sœurs, et le deuil de la tante que tu aimais bien, jusqu'alors Mano s'est facilement prêtée aux récits, et même en groupe. Elle aimerait qu'Axelle lui fasse confiance, raconte à son tour. Elles se mangent des yeux avant de les baisser. La nuit invite à la lenteur, aux silences acceptables, et l'horloge en plastique qu'elles entendent soudain, tchik-tchik-tchik, qu'elles n'avaient pas vraiment repérée quand il faisait jour, elles riaient trop fort, ils étaient nombreux. Trop occupés de joie pour saisir la lenteur bruyante et suggestive des aiguilles.

— C'est chiant, non ? s'agace Mano, qui se lève et la décroche, la retourne pour bloquer le temps.

Axelle regarde Mano lever les bras pour remettre l'objet en place, son tee-shirt qui remonte au-dessus de sa culotte noire, ses reins blancs par contraste, cambrée par le mouvement. Quelques secondes et c'est fini, Mano revient s'asseoir dans l'odeur du thé vert, l'odeur de la tante. Elle remonte ses jambes sous son tee-shirt, étirant le col jusqu'à découvrir la naissance de ses seins.

— Et toi ? Tu ne racontes jamais rien.

— Comment ça ?

— T'as grandi où ?

— C'est pas très intéressant.

Axelle feinte, compense par un sourire désarmant, se frotte le nez, un peu gênée. Elle voudrait juste rester dans la douceur de Mano, sa capacité fascinante à la proximité, et ne pas parler d'elle. Elle ne sait pas se raconter, trop aride, inadaptée, contrairement à Mano dont la simple présence modifie les équilibres, réchauffe tout le monde. Et cet élan qui les pousse l'une vers l'autre promet à Axelle un peu de cette chaleur en partage. Mano lui sourit.

— Je suis sûre du contraire.

Axelle pense à son grand-père, et à sa propre dextérité. Elle hésite. L'intime ne se raconte pas, il se vit. Mano insiste.

Petit furet

La première fois qu'elle utilise un fusil, Axelle a douze ans. Son grand-père lui montre comment glisser les cartouches après avoir cassé le canon. Saisie par le poids de l'arme entre ses mains, elle s'imagine cow-boy, truand, résistante. Le vieux et elle, c'est important. Il a beau savoir se servir d'une arme, il n'y a pas meilleur homme que lui. Elle lui en veut de rapporter des lapins morts mais leur fourrure est si douce qu'il lui fabrique un porte-clefs avec une peau cousue autour d'une balle de ping-pong. Elle veut bien apprendre à tirer, mais pas tuer les animaux. Son grand-père ne s'en offusque pas, il dessine une cible à la craie sur la porte du garage, l'oblige à baisser le canon dès qu'il se trouve devant elle. C'est comme ça qu'elle apprend à viser, à tenir l'arme bien horizontale, ce qui est difficile à son âge, pour ses bras maigres. Ses entraînements sont réguliers, ils ont lieu les week-ends, le mercredi. C'est leur secret. Elle a treize ans, son nez s'allonge, se casse comme celui d'un Indien. Elle ne s'aime pas, évidemment.

— Regarde Barbara, gamine. Elle est sublime, et son nez n'a rien à envier au tien.

— Je chante pas aussi bien.

— Et puis de toute façon, c'est le nez de ta grand-mère.

Quand il évoque sa grand-mère, qu'Axelle n'a pas connue, il touche le pendentif à son cou, l'embrasse. Rien de religieux, juste un trèfle argenté accroché à un filet en cuir.

Elle vise, tire, vise, tire. La porte du garage est tout entamée par les balles. Ses épaules sont musclées, à force. Elle pourrait rester là tout le temps, se faire une place dans la chambre du haut, le grenier aménagé qu'elle aime tant. Les jours passés chez son grand-père sont toujours plus sereins qu'avec ses parents, et eux-mêmes semblent pressés de l'y déposer à chaque début de vacances. Le bon air de la campagne, affirme son père – et sa mère est d'accord, comme toujours. De sa vie entière, Axelle n'a jamais entendu sa mère le contredire, quelle que soit l'énormité de la connerie énoncée. Elle a vite compris qu'elle prendrait toujours le parti de son époux. Leur lien est ténu, diaphane. Axelle n'en attend pas grand-chose, du moins elle s'en persuade à l'adolescence.

Avec son grand-père, ils marchent souvent dans les bois avec Neel, sa vieille chienne beige qu'Axelle adore, dans les odeurs de mousse, le silence. Ses parents ne veulent pas d'animaux à la maison, c'est sale. Le vieux et elle peuvent rester des heures sans échanger un mot et puis soudain discuter à bâtons rompus, qu'il s'agisse de la migration des oiseaux ou de politique. Parfois ils s'engueulent, il est d'une autre génération et de mauvaise foi, s'autorise à dire des énormités qu'elle ne supporte pas. Quand il pique des colères homériques, c'est parce qu'elle ose l'affronter comme personne ne l'a jamais fait, sauf sa grand-mère. En général, ses colères finissent par s'éteindre dans une toux sèche, un regard assassin. Elle n'est pas en reste, côté regard, et elle découvre qu'elle est capable de faire la gueule plus longtemps que lui. Un soir, il tente de lui expliquer pourquoi elle ne devrait pas faire la gueule à sa mère, il s'embrouille et bafouille. Sa relation avec sa belle-fille est quasiment inexistante mais c'est important pour lui.

— Elle fait ce qu'elle peut.
— Elle peut pas grand-chose alors.
— C'est ta mère, Axelle.
— Et ?

Le grand-père soupire puis, face à l'arrogance manifeste de la gamine, il voit rouge et s'énerve franchement. Il n'en faut pas plus pour qu'elle se mure, blessée, et s'enfuie dans le jardin. Il fait nuit déjà, et le vieux ferme à clef derrière elle, satisfait dans sa fureur : elle sera obligée de frapper pour rentrer, et devra s'excuser platement. Mais Axelle s'installe près de la niche et la chienne vient lui lécher les mains. Elle est bien décidée à ne pas lui offrir la victoire et se prépare à dormir dehors. Au bout d'une heure, fou d'inquiétude, le vieux sort et la cherche autour de la maison, près du petit bois, le long du chemin qui mène au village. Elle en profite pour se glisser discrètement dans la maison et grimpe se coucher fissa. Épuisé, effondré, il rentre à l'aube et la trouve dans la cuisine, fraîche et reposée, en train de manger ses tartines. Il reste dans l'entrée, avec sa barbe de nuit en ombre bleue sur ses joues creuses, ses yeux rouges d'inquiétude.

— Sers-moi un café, va. Et puis je vais aller me coucher.

Elle voudrait triompher mais les yeux agrandis, cette tête branlante de fatigue ; la défaite du grand-père la rend minable. Elle lui sert un café, pas fière.

Elle a quinze ans, voudrait un tatouage, être orpheline, rock star, poète, reporter de guerre. En quelques secondes, elle recharge le fusil, la crosse prend place au creux de son épaule avec une familiarité rassurante.

— T'es toujours épaisse comme un furet mais tu commences à savoir t'y prendre.

Les compliments du vieux la ravissent, elle roule des mécaniques sous son tee-shirt des Bérus.

— T'écoutes cette merde ?

— C'est pas de la merde.

— C'est pour énerver ton père ?

— Non, j'aime bien, c'est tout.

Mais le furet se renfrogne, piqué par l'attaque de l'ancêtre qui dit vrai.

— C'est pas de la musique, c'est du bruit.

— Papa dit la même chose.

— Me compare pas à ton père, grogne le vieux.

— Alors essaie d'être moins… borné que lui.

Le vieux sourit, il a bien vu l'effort, comme elle a hésité sur le qualificatif. Elle grandit, apprend à s'adapter, sait reconnaître ses alliés. C'est bien. Lui aussi a dû apprendre tôt, il a pris le maquis pendant la Deuxième, a perdu des compagnons. Il a failli mourir plusieurs fois, parce qu'il a fabriqué des explosifs, en a posé. Son fusil n'a pas servi qu'à la chasse, et Axelle le sait. Les exploits du vieux font partie de la mythologie familiale, même s'il n'en parle pas si souvent, pas de lui-même en tout cas. Il persiste à dire qu'on n'a pas à être fier d'avoir donné la mort, même s'il ne regrette rien. La gamine connaît par cœur les photos disposées sur le bureau du vieux, elle sait le reconnaître au milieu des autres avec son fusil et sa jeunesse en bandoulière, sa mèche noire devenue blanche depuis belle lurette. Elle sait qui, des autres hommes en noir et blanc, est mort au combat. Elle aime par-dessus tout la jeune femme qui fronce les yeux sous le soleil, sous le bras camarade du grand-père. Celle qui a le même nez qu'elle.

— Ton père…

— Quoi, mon père ?

— Il fait ce qu'il peut.

Axelle secoue la tête, fait abstraction des critiques musicales de son grand-père et des allusions à son père. Il tente toujours de défendre l'un ou l'autre de ses parents et elle ne comprend pas pourquoi. Pourtant, il n'y a pas de secret derrière cette volonté du vieux, il tente simplement d'arranger les choses. Axelle caresse l'âme du fusil, épaule fermement et vise. Son tir parfait atterrit en plein centre de la cible.

— Tu es douée, petit furet.

Nos mains pleines

Trois jours au chalet de la tante les rendent plus complices que jamais. Ils avalent tout, la lumière sur la neige, les paillettes en cristaux, celles de leurs yeux, le crissement des billets. Et les fossettes de Nacer qui rit beaucoup.

Le premier matin, lorsque Axelle et Nacer descendent au village faire des courses, les habitants les regardent avec étonnement et bienveillance. Il n'y a pas beaucoup de jeunesse dans ce village figé, charmant comme une carte postale. Face à leurs têtes d'ennui, ils ont envie de faire des choses folles, les sortir de leur immobilisme, de leur fossilisation. Leur tranquille acceptation du monde les étonne, les désespère aussi un peu. Axelle tente d'y lire un apaisement mais ça ne marche pas, elle a envie de faire des étincelles, se déshabiller, crier, leur faire tourner la tête et déformer la bouche, les secouer. En ville aussi, ce genre de tentations la traverse parfois mais dans ce petit village de montagne, c'est pire. On dirait que la marche du monde, quelle qu'elle soit, n'a de prise sur personne. Eux, ils ont besoin de bruit et d'explosions, de vitesse et d'engouements, Axelle encore plus fort que les autres, peut-être. Leurs échanges suffisent à peine à contenir ses élans, ses impatiences. Nacer rit de ses airs renfrognés, sur le qui-vive. Pourtant, il est celui qui comprend le mieux son besoin d'en découdre. C'est quand même lui qui, le premier, a utilisé une arme.

Son grand-père a été jeté dans la Seine en 61, lors des manifestations de soutien au FLN. Nacer leur avait dit un soir, et il savait que, malgré ses rires, il traînait avec lui une rage mâtinée de douleur, tout plein qu'il était de celle de son père, jamais remis d'une telle violence, jamais rassuré de vivre dans un pays qui avait pu orchestrer pareil massacre. La France de Papon leur semblait toute proche, ils avaient grandi dans cette Histoire-là. Ils pensaient en être les gardiens, spectateurs affligés de l'amnésie coupable de leur génération. Un jour, alors qu'Axelle passait au magasin de son cousin, elle avait croisé le père de Nacer. Quand, après avoir embrassé son fils, il avait filé, Nacer lui avait confié que son père aussi y avait été.

— Où ça ? avait questionné Axelle, un peu perdue.

— Au pont de Neuilly, la nuit du 17 octobre.

Gênée de ne pas avoir deviné immédiatement à quoi il faisait allusion, bouleversée d'imaginer voir son propre père basculer dans le vide, tabassé par la police, Axelle avait violemment rougi. Nacer avait ajouté, comme si, véritablement, elle ne savait pas à quels événements il faisait référence :

— En 61.

Axelle avait baissé la tête, les joues brûlantes, en pensant au sien, de père.

— Il avait quel âge ?

Elle se débattait avec l'idée que ses amis avaient des ascendants bien plus intéressants que les siens, et du bon côté. Mais ça, on n'y peut rien. On fait avec, ou on fait sans.

— Seize ans, avait répondu Nacer.

Ils payent les courses avec des coupures du braquage. C'est Axelle qui les sort de la poche arrière de son jean, avec un clin d'œil pour Nacer. Ils rentrent, chargés de nourriture et d'alcool, euphoriques. Les trois jours qui suivent sont un grand et délicieux désordre, où ils dorment peu et parlent beaucoup, débattent et dansent. Leurs corps bondissants sont en sueur alors qu'il gèle dehors et que la neige se solidifie. Ils écoutent des groupes de punk allemand et des chants de lutte italiens, le mélange ne les dérange pas, toutes ces voix parlent de leurs colères. Axelle préfère celles qui les poussent au pogo et aux démantibulations de leurs corps énervés. Mano préfère la mélancolie des polyphonies chiliennes ou espagnoles. Ils dansent et s'épuisent joyeusement. L'épuisement du corps est un orgasme en soi. Mano danse un verre à la main. Ses hanches en action sont au cœur de ses mouvements. Le reste suit, avec une nonchalance qui lui va bien. Axelle, c'est chaque parcelle qui brûle. Elle danse avec ses nerfs. Leurs différences sont de taille mais leurs yeux se croisent sans cesse, un ballet de désir et d'étonnement.

Entre deux danses, Nacer justifie la présence du flingue comme une assurance en plus. Axelle et Mano acceptent cette explication sans sourciller. Jicé aussi, qui ne prend rien au sérieux. L'humour lui sert en tout. C'est son arme et son bouclier, sa façon de caresser comme de mordre. Sans doute aussi une façon de supporter la dramaturgie globale de la vie. La sienne, celle des autres, mais bien au-delà, celle avec une majuscule, dont il ne trouve pas le sens. Paola tord le nez, pas convaincue, et Charly n'en démord pas : il aurait dû les prévenir. Ils risquaient mille fois plus gros avec une arme que les mains vides. En rigolant, Nacer lui dit :

— Regarde, maintenant nos mains sont pleines.

Et il attrape une poignée de billets pour les faire voleter autour de lui. Il est beau dans sa superbe et cette insolence du pognon jeté en l'air. Nacer vit avec si peu. Charly finit par sourire, mais il lui en garde rancune, de cette arme cachée. Est-ce de l'orgueil ou de la peur ? Charly est pragmatique, il y a en lui le raisonnable dont les autres manquent cruellement. Son engagement est solide, sensé. Il peut marcher sur le fil avec eux mais supporte mal que l'un d'entre eux penche hors des lignes, y mette un pied ou carrément les deux. Il voit un abîme là où les autres rêvent d'une fuite. Ce n'est pas la désobéissance aux lois qui lui pose problème, mais l'imprévu. Axelle le trouve chiant, quand il s'agite et s'agace de leurs prises de risque, de leurs coups de folie. Elle le lui fait savoir plus fort que les autres, ils s'engueulent souvent. Pour lui, tout doit avoir un sens. Tellement de choses, aux yeux d'Axelle, n'en ont pas.

— Avec ça, on va vivre quelques semaines, annonce Mano.

Façon d'exprimer clairement qu'il ne s'agit pas d'une prime de licenciement, mais du bien commun. De réappropriation.

C'est à ce moment-là que la sonnerie retentit, un carillon mélodieux et suranné, proche de celui d'une boîte à manivelle, de celles qui chantent *L'Internationale*, *La Marseillaise* et *À la claire fontaine* sur les marchés touristiques. Le silence tombe d'un coup, ils se regardent, pas sûrs d'avoir bien entendu. Personne ne bouge, jusqu'à ce que le carillon résonne une deuxième fois. Axelle se jette sur les billets épars, Jicé comprend et la seconde, roulant des liasses à la hâte, les enfournant dans le sac à dos. Puis une voix puissante tranche avec la petite musique, étouffée par l'épaisseur du bois :

— Gendarmerie nationale. Veuillez ouvrir immédiatement, s'il vous plaît.

Le mélange d'exigence autoritaire et de formule de politesse résonne, incongru.

Mano se lève lentement. Tout l'argent a été ramassé, elle s'en assure d'un regard circulaire. Ils savent que le flingue est dans le sac de Nacer, dans la chambre du fond, celle du papier peint aux oiseaux. Elle pose la main sur la poignée, s'apprête à ouvrir lorsqu'un poing vient cogner brutalement contre la porte, trois fois et très vite.

— Ho ! Vous allez ouvrir, oui ? !

— J'arrive, annonce Mano d'une voix profonde, décidée, après avoir reculé sous l'injonction.

Elle les regarde un par un, les deux mains agrippées à la poignée. Ils sont figés. Axelle debout près de la table basse, Jicé près d'elle. Nacer est affalé dans le canapé. Paola se mord la lèvre, resserre son foulard rouge autour de sa tête. Axelle s'accroupit derrière elle pour donner au tableau quelque chose du naturel qui leur manque, saisit les pans frangés du foulard et les noue sur sa nuque tandis que Mano ouvre la porte. Elle est propulsée en arrière par les cow-boys qui entrent en trombe, masses bleu marine dont l'envergure envahit l'espace, portant sur eux l'odeur de la neige et du froid. Mano chute lourdement dans l'entrée, posant instinctivement ses bras au-dessus de sa tête. C'est fou, à ce moment-là, ils sont plusieurs à penser que tout est fini, que leurs vies vont basculer. Les gendarmes sont trois, et c'est Nacer qu'ils cherchent. L'un d'eux se penche sur Mano, l'aide à se redresser. Peut-être qu'il s'excuse. Ils ont cru que. Pensé que le jeune homme, là. Oui, ils connaissaient bien la tante, depuis le temps, et son mari avant sa mort. Et elle, c'est Emmanuelle, la petite nièce ? Comment va-t-elle ? Ils se souviennent d'elle, enfant. Ils n'ont pas vu Mano ce matin, seulement le jeune homme, celui qui. Avec une drôle de fille qui ressemble un peu à une punk, Excusez-nous, mademoiselle, mais ici les filles n'ont pas des cheveux comme les vôtres. La drôle de fille et l'Arabe. Oui, celui-ci. Mais vous le connaissez, alors. Vous êtes sûre ? Il y a malentendu, bien sûr qu'elle peut venir dans la maison de sa tante, elle va rester longtemps ? Et les autres ? Le jeune homme, là, ils n'ont pas pensé que ça pouvait être un ami, enfin maintenant si, mais il y a deux jours, non. La caissière non plus, d'ailleurs. Et puis ça arrive, hein, que des jeunes s'installent dans des maisons, comme ça, sans autorisation. Et alors là, pour les déloger, bonjour. Mais la tante, ils l'aimaient beaucoup, oui. Ils ne lâchent pas Nacer des yeux, c'est pas possible d'être aussi con, ils n'ont jamais vu d'Arabe ou quoi. Et puis ils matent Paola avec son foulard de hippie, Charly et ses cheveux longs. Ça pue l'altermondialisme, les yourtes et les festivals. On est en 1996, les premières raves se passent en pleine campagne, ils ont déjà dû intervenir plusieurs fois un peu plus bas dans la vallée. Pour eux c'est tout pareil, le punk et la techno, c'est jeunes, drogue et anarchie. Leur regard détaille l'énorme bordel de la pièce.

— Au revoir, messieurs.

Mano impressionne par sa fermeté, ce ton grave et offensé qui laisse les gendarmes un peu honteux de leur entrée fracassante. Ils grommellent, lèvent un doigt ou deux vers leur képi. Elle croit entendre une promesse de retour mais c'est un réflexe, il n'y a aucune raison pour qu'ils reviennent, ils doivent s'en rendre compte, l'un d'eux précise :

— N'hésitez pas à nous contacter si vous avez un problème.

Ils ne restent pas mais les laissent hagards, pleins de rage et d'un sentiment amer. D'inquiétude, aussi. Dans leur regard, avant que la porte ne se referme sur le dernier d'entre eux, tous savent qu'il va falloir être prudents, qu'ils les ont à l'œil, même s'ils n'ont rien fait. Pas ici, du moins. Dans le regard de ces types-là, ils auront toujours quelque chose à se reprocher. Axelle pense à son père, de la bile sous la langue. Aux petits soldats d'une République malade, le bras armé des gouvernants, tout à la fois risibles et inquiétants.

C'est après le départ des gendarmes qu'ils parlent de remettre ça. Dans la confusion, ils sont incapables de savoir qui l'évoque en premier. Tout le monde y a pensé mais certains plus que d'autres. Pour Axelle et Nacer, c'est une évidence, un possible qui s'ouvre. Même Charly l'envisage sérieusement. Il parle des camarades emprisonnés, des combattants du Chiapas. De ce que pourrait permettre l'argent. Ils ont tous mille idées là-dessus, toutes plus utiles et nobles les unes que les autres. Mais Axelle ne pense pas à l'après. Elle pense au comment, et ne s'est jamais sentie aussi vivante. Impossible de continuer à vivre avec cette boule au ventre qui grossit à chaque fois qu'elle écoute les informations et que tout lui hurle que ce monde-là n'est pas pour elle. De divertissement en essais nucléaires, de démantèlement d'usines en mépris des travailleurs, elle voit bien que ses contemporains se foutent éperdument d'un monde meilleur. La formulation semble naïve mais elle ne ressent pas les choses comme ça. Les autres non plus. Ils sont en lutte, enfants en colère de cette fin de siècle, ils relèvent chaque injustice avec la rage des condamnés.

Le vent se lève

Mano n'aimait pas les maisons, de celles qui enferment, qui sentent la soumission à l'organisation globale, indiscutable, au modèle impavide, les pavillons bourgeois, les pelouses, les Regarde combien je vaux, Regarde combien j'ai peur de perdre, pas plus que celles à portail clos, cyprès et escaliers de pierre, encore moins que celles, moches et alignées, du quartier de son enfance. Elle les connaissait mal, les maisons des riches, les rejetait par révolte, par principe.

Adolescente, elle détestait les autoroutes pleines, voitures chargées au maximum, congés payés mon cul, l'obligation, toujours, à mois fixes, à taux variable mais toujours pour leur gueule, la gueule de ses parents, la gueule des pauvres, la gueule des ouvriers, des immigrés, des putes, des pas pareils, leurs gueules enfarinées, largement dessoûlées d'une victoire de la gauche qui faisait mal aux maxillaires, comme si on les avait boxés jusqu'à leur pocher les yeux. La colère donnait du sens. Face à l'injustice d'un système violent comme une mâchoire, à leurs vies au rabais. Mano s'est souvent demandé si elle devait tenter, comme d'autres, de se hisser un peu plus haut que ses parents, ou reproduire leur modèle d'existence. Sinon, croire au fameux ascenseur social, attraper sa chance, travailler, échapper à sa condition. Toute cette merde à laquelle ils étaient censés adhérer. Mano adhère à la peau d'Axelle plus sûrement qu'aux mensonges d'État. La neige tombe à nouveau cette nuit et le vent rabat les flocons en masse le long des fenêtres. Les autres dorment, se sont écroulés à cause du vin, de la vodka, à cause de la dernière nuit de veille où ils n'ont fait que parler, parler, parler, comme si le sommeil n'existait pas, comme si leurs corps n'en avaient pas besoin. Ils rentrent demain. Le vent s'est levé et soulève le haut des dunes blanches, cingle les contours. On s'attendrait à voir les loups. En contraste, leurs peaux brûlent. Quand Axelle et Mano dansent, leurs mouvements se répondent, c'est une conversation des sens qui ruse encore pour faire durer le plaisir d'être tout au bord de la bascule. Leurs mains se frôlent, leurs épaules se cognent lorsque, dos à dos, elles descendent en rythme, leurs cuisses dures, leurs souffles courts. La lumière crue de la cuisine creuse leur fatigue, cerne leurs yeux. Elles n'y font pas attention, acceptent la violence des traits, ce tableau-là autant qu'un autre, plus même. C'est le leur, celui de leur aveu, et les contrastes sans douceur qu'offre le plafonnier sont leur premier décor. Le regard verrouillé l'une dans l'autre, elles dansent maintenant en miroir, s'approchent et reculent, s'attisent. Et puis enfin leurs bouches s'aimantent, s'aspirent, se mouillent et salivent, leurs mains à nouveau, qui attrapent, soulèvent, griffent de joie. Pelvis bombés, tendus, collés, seins durcis, des dents se plantent dans un cou, un poing se serre autour d'une masse de cheveux. Elles soupirent déjà, bruyantes comme si elles étaient seules au monde. Mano se détache, main ouverte et regard brûlant, Attends attends, je ferme la porte il n'y aura plus que nous, elle cale même le balai sous la poignée, au cas où. Il y a peu de risques mais on ne sait jamais. Les Talking Heads chuchotent bruyamment *Psycho Killer, qu'est-ce que c'est ?* et Axelle se dit qu'après ça, elle ne pourra jamais redescendre.

Le vent souffle et siffle, prolonge leurs soupirs par des bruits similaires. Dans la cuisine il fait chaud et leurs peaux se rencontrent, elles glissent et s'immobilisent, cœurs battants.

Mano n'aime pas les maisons mais le chalet de sa tante fait désormais exception. Il abrite ce soir un grand événement et, sur le sol de la cuisine, elle se souviendra toujours du corps nu d'Axelle, du sien qui tremble mais n'hésite pas.

Papa

— Un jour, il sera à toi.

Axelle caresse le fusil. Elle a dix-sept ans, beaucoup de pensées secrètes. Enfin, ce sont les autres qui définissent ainsi ce qu'elle garde simplement pour elle. Axelle a un sens aigu de l'intimité. Le fusil de son grand-père, par exemple, lui semble vivant, mais elle ne dirait jamais ça à personne. Comme lorsqu'on grandit mais que nos doudous continuent d'avoir une existence, un nom, et que les jeter s'apparente à un abandon.

— Je préfère qu'il reste à toi.

Façon de dire qu'elle veut garder son grand-père en vie. Il a très bien compris. De ses doigts noueux, il caresse la tête fraîchement rasée de sa petite-fille.

— Il en dit quoi, ton père ?

— De quoi ? De mon renvoi ?

— Non. De ta coupe de militaire.

— Rien à voir.

— Ah bon.

— Crache le morceau, vas-y, t'as un truc à dire ?

Le vieux plisse les yeux sans sourire. Il secoue la tête, rentre dans la maison en laissant Axelle seule au jardin, le fusil entre les mains. Elle le pose délicatement sur la table, plonge les mains dans ses poches, hésite, le reprend et fait passer la lanière en travers de son torse. L'arme prend place dans son dos et elle s'avance vers le chemin de terre qui longe les vignes. Le printemps n'est pas loin, les rosiers ont éclos au bout des rangées de ceps. Elle marche, visage levé vers le soleil. Parcourue de petits frissons, elle s'engage entre deux rangs de vignes, espère que le propriétaire n'est pas dans le coin – c'est un crétin, en conflit avec son grand-père depuis des lustres. La brise caresse son crâne, elle baisse la tête, observe ses chaussures s'enfoncer dans la terre meuble. Elle va en mettre partout quand elle rentrera. Axelle refuse toujours de chasser, malgré sa maîtrise du tir. Il n'y a même pas de discours derrière son refus, elle ne juge pas le vieux et n'a pas de tendresse particulière pour les petits animaux qu'il chasse. Simplement tuer, elle ne veut pas. Elle n'a jamais aimé ça, même dans la cour d'école où certains écrasaient avec délectation les mantes religieuses et les araignées sous leurs baskets. De minuscules fleurs sauvages se multiplient sous ses pieds, et maintenant qu'elle s'en rend compte, elle en voit partout. Elle est virée du lycée. Au conseil de discipline, le proviseur l'a qualifiée d'élément ingérable, il a répété sept fois *violence intolérable*, comme un mantra. Quand on lui a laissé la parole, elle a expliqué pour la troisième fois qu'elle n'avait fait que répondre à la violence de la prof d'anglais qui ne peut pas la sentir. Celle-ci, présente au conseil de discipline, crachait sa haine avec les yeux. Ses mains agrippaient son cahier ouvert, comme les serres d'une fauvette engluée. Elle aurait presque fait de la peine à Axelle, si cette conne ne l'avait pas emmerdée depuis le début de l'année et à chaque cours. Et puis la semaine dernière, il y a eu la fois de trop, quand elle a voulu obliger Axelle à sortir de la classe en la tirant par le poignet. La claque est partie.

Arrivée au bout du rang, elle quitte les vignes et s'enfonce dans le petit bois, le fusil toujours en bandoulière. Elle cherche les coins les plus denses, l'ampleur des arbres les plus hauts. Des bêtes s'agitent et filent sous ses yeux. Ses pieds s'arrêtent sur les racines d'un chêne. Elle lève la tête, se souvient qu'elle a toujours su y grimper, même si elle ne l'a plus fait depuis longtemps.

Axelle a cru que ça s'arrêterait au conseil de discipline, mais la prof a porté plainte, et il a fallu aller au commissariat. C'est sa mère qui l'a accompagnée, son père en était incapable, et fou de rage. Tu veux me faire honte, il hurlait dans l'appartement, c'est ça que tu veux. Elle a répondu qu'il n'avait pas besoin d'elle pour ça, que la honte c'était déjà son métier. Elle s'en est pris une, c'était prévisible. La circulation des claques, le souffle des peaux rougies, pas d'autres solutions en vue, à croire que c'est de famille.

Le fusil se coince contre une branche, elle le dégage d'un coup d'épaule, continue son ascension. Elle a l'aisance de son âge, la légèreté facile, elle se hisse sans essoufflement, les mains posées sur l'écorce, s'accrochant parfois à une branche plus petite. L'arbre, elle le connaît, c'est le plus haut de tous dans cette partie de la colline. Et de la cime, elle voit très bien la maison du grand-père, et même la route qui y mène. Elle aperçoit la voiture de son père avant de l'entendre. Il coupe la nationale pour s'engager sur le chemin. Sans même y réfléchir, Axelle épaule le fusil pour mettre la voiture dans le viseur. Ses jambes enlacent une grosse branche, son dos reste bien droit, calé le long du tronc. Elle suit l'avancée du véhicule au travers du viseur, une roue, l'autre, le chauffeur. L'œil plissé, le souffle suspendu, elle pivote lentement sans lâcher le fusil. Il vient la chercher, elle espérait qu'il arriverait plus tard. Il gare la voiture au milieu de la cour, en sort lentement. Au bout du fusil, elle voit son grand-père sortir sur le seuil, saluer son fils sans effusion mais avec chaleur. Traître, elle pense, mais ça la fait sourire. Le vieux aussi a du mal à communiquer avec lui, et puis surtout il l'aime, elle, quelles que soient les conneries qu'elle entreprend. Les saccages de l'adolescence, il les observe avec la bonhomie d'un qui a connu la mort de près. Et s'il comprend mal son propre fils, la génération suivante, avec ce qu'elle comporte d'étrangeté à ses yeux, lui est plus familière. Facile, dit son père, il ne s'occupe pas de ton éducation. Le bruissement des feuilles ne chante plus à ses oreilles, elles se bouchent et ses muscles tendus pour tenir le fusil sans faiblir lui dessinent des bras de guerrière. Une toute petite guerrière au crâne rasé pour faire chier son père. Maintenant elle les a tous les deux dans son viseur, décale le fusil sur la gauche, vers la porte du garage. C'est sur cette porte qu'elle a appris à tirer, sur ce bois-là qu'elle a visé encore et encore, jusqu'à faire mouche à chaque fois, de plus en plus éloignée de la cible. Mais elle n'a jamais tenté d'aussi loin. Pourtant, elle en est sûre, elle frapperait au centre, même d'ici. Axelle ne réfléchit pas aux conséquences ni à ses motivations, elle vise la cible crayonnée mille fois après avoir été effacée par les pluies, bloque sa respiration et tire. Les deux hommes font un bond de surprise, se tournent vers le petit bois pour chercher l'origine du tir. Les deux, pour des raisons différentes, connaissent ce feu-là, et le danger des balles. De là où elle se trouve, elle ne peut pas les entendre, mais elle voit son grand-père poser une main rassurante sur l'épaule de son père, il a compris que c'est elle qui vient de tirer et qu'il n'y a pas d'inquiétude à avoir. Elle se met à couvert, le cœur battant. Quelle idiote, elle vient de trahir leur secret, comme si elle n'était pas déjà suffisamment dans la merde. Ses oreilles se débouchent et un rire l'attrape. Au point où elle en est.

En dégringolant de l'arbre, elle se griffe le poignet, et c'est en suçotant la plaie qu'elle débouche devant la maison, et devant son père. Il la détaille du regard, s'arrête sur l'arme bien calée dans son dos, sa démarche hostile. C'est finalement la stupéfaction qui domine ses traits, plus que la colère. Pour l'instant.

— Depuis quand tu sais tirer ?

— Longtemps.

Les narines du père palpitent de colère, il se tourne vers la porte d'entrée restée ouverte et appelle son père. Le vieux sort avec trois verres empilés dans une main, une bouteille de jus de pomme dans l'autre. Il passe devant son fils et sa petite-fille sans les regarder, pose tout sur la table en marmonnant quelque chose d'inaudible.

— Tu dis quoi exactement ?

— Rien du tout.

— Tu crois que tu vas t'en sortir avec du jus de pomme et ton air pas concerné ?

Le vieux se tourne vers son fils, redresse les épaules, plisse les paupières en le fixant très fort.

— De quoi tu parles ?

— T'as appris à ma fille à se servir d'un fusil !

— Elle s'en sort très bien, comme tu as pu remarquer. Un sourire discret s'épanouit sur le visage d'Axelle.

Elle observe l'affrontement, calme.

— C'est tout ce que t'as à dire ? Pour de bon ?

— Ho, hé, c'est pas toi qui vas me faire des remarques là-dessus, si ?

— Pourquoi je devrais pas ?

Axelle se sert un verre, le fusil toujours en bandoulière.

— Et toi, pose ce truc, merde.

— Le jus de pomme ?

— Axelle !

La jeune fille descend son verre en trois gorgées. Elle ne regarde pas son père qui, de toute façon, veut d'abord en découdre avec le vieux.

— Donc, tu lui as appris à tirer sans m'en parler.

— T'aurais voulu que je te demande l'autorisation ?

— Évidemment.

— T'aurais dit quoi ?

— J'aurais dit non.

— Ben voilà.

— Je suis son père.

Puis, se tournant vers sa fille :

— Et toi, toi, tu aurais dû m'en parler.

— T'es jamais là de toute façon, lâche Axelle.

La beigne part, vive et lourde.

— Je suis flic, bordel ! J'ai des urgences. T'as pas à me le reprocher.

La jeune fille tient sa joue, regarde ses pieds. Elle chuchote presque :

— C'est pas tes absences qui me font chier, c'est ton boulot que je déteste.

Enfant, Axelle trouvait ça classe que son père poursuive les méchants. Mais ça n'a pas résisté à l'adolescence et à une conscience politique aiguë et radicale. Son père n'est pas un imbécile. Plutôt un légaliste qui pourtant ferme les yeux sur les exactions de ses collègues, elle le trouve grotesque et il le sait. En plus du décalage qu'elle ressent avec ses parents – un décalage d'univers, de désirs –, elle a l'impression d'avoir poussé tordue.

— Tu te comportes pas mieux que les racailles qu'on récupère en garde à vue.

— Les quoi ? elle demande, ironique.

— Et eux n'ont pas eu les mêmes chances que toi.

Le verre vide s'envole contre le mur et explose. Axelle fait passer l'anse du fusil par-dessus sa tête et le pose brutalement sur la table. Elle relève enfin les yeux et darde un regard furieux sur son père, s'engouffre dans la maison, laissant les deux hommes sur la terrasse, face à face.

— Elle me donne raison avec ce genre d'attitude. Depuis toujours elle a des idées à la con, depuis qu'elle est gosse, et toi tu lui laisses faire n'importe quoi. Une fille qui se sert d'un fusil, franchement, à quoi tu penses ?!

Le grand-père regarde son fils sans chaleur, bras croisés bien haut sur son torse.

— Tu devrais surtout te réjouir qu'elle t'ait pas tiré dessus tellement t'es con.

Scission

Il y a ce moment où Charly secoue la tête et dit :

— Désolé les gars, je me retire.

Il quémande de l'œil un avis qui rejoigne le sien. C'est surtout Mano qu'il observe, même s'il a dit *les gars*, et son visage exprime une douloureuse espérance. Mano est assise en tailleur sur le lit de Jicé qui, lui, est affalé au sol, le dos appuyé contre un des montants. Le squat bruisse de cris joyeux, d'appels à l'aide en cuisine. Eux se sont enfermés, ne répondent à aucune sollicitation. Nacer est resté debout et marche à travers la pièce, exalté, anxieux aussi. Le refus clair et net de Charly oblige chacun à se positionner. Les regards se croisent, s'interrogent des sourcils, du menton. Axelle soupire, accroupie près de la porte. Elle lance un regard à Charly qui n'a rien de chaleureux.

— J'en étais sûre.

— De quoi ? demande Charly, la voix égale.

— Que certains se défileraient.

D'un geste, paumes vers le sol, Nacer mime l'apaisement.

— Il s'agit pas de ça, Axelle.

— De quoi il s'agit, alors ?

— On a le droit de pas être d'accord.

— Bien sûr.

— Tout le monde n'est pas aussi radical que toi, plaide Charly.

On dirait qu'il couine, s'excuse.

— C'est important que chacun puisse choisir, insiste Nacer. Moi, je suis pour qu'on agisse, mais je comprends très bien si Charly ne veut pas.

Axelle ravale une réplique cinglante parce que Mano se racle la gorge. Tous les visages se tournent vers elle. D'un mouvement lent, elle ramasse ses cheveux et les enroule d'un seul côté. Rien d'affecté dans ce mouvement, une simple habitude.

— Moi, j'ai bien envie d'en être, mais je pense comme Nacer : chacun doit pouvoir se retirer sans être jugé.

En une phrase, Mano vient de trouer le cœur de Charly. Elle se lève, son verre à pied coincé entre index et majeur, le tend vers Axelle qui a gardé la bouteille à portée de main. Tournée de Chasse-Spleen, le caviste s'est habitué, mais avec toute la piquette qu'ils buvaient avant, il n'imaginait pas leur vendre un jour un vin digne de ce nom. Paola vide son verre en trois gorgées. Elle hésite puis se lance :

— Je le sens pas, moi non plus. Je suis désolée. Le patron de la boîte, c'était sur un coup de tête et puis… pour venger Mano. Là, c'est autre chose.

— C'est autrement plus intéressant, surtout.

— Je sais, Nacer, je connais les arguments et théoriquement, je suis d'accord avec vous. Mais là, il y a trop de risques. Si ça tourne mal…

— Qu'est-ce qui se passe, si ça tourne mal ?

Paola secoue la tête sans répondre, ce n'est pas

nécessaire. Chacun pense connaître les risques. La question, posée comme un défi par Axelle, flotte et retombe sur eux. Charly sourit à Paola avec chaleur, même si, dans les interactions individuelles, ces deux-là ne sont pas très proches. Il tente aussi d'accrocher le regard de Mano – Charly a de plus en plus de mal à camoufler ses élans. Ses yeux enamourés ne font plus mystère pour personne, sauf peut-être pour la principale intéressée. À moins qu'elle ne fasse semblant de ne pas voir pour lui éviter une déception douloureuse qui ferait exploser la bande. Mais la bande est en train d'exploser de toute façon, alors il est peut-être temps qu'elle lui dise qu'elle ne sera jamais amoureuse de lui. Que ça ne se construit pas, le sentiment amoureux. L'estime, la tendresse, oui. Pas l'état de fébrilité, pas le désir. Il serait peut-être temps qu'elle lui dise l'envie brutale d'embrasser Axelle à pleine bouche qu'elle ressent à peu près tout le temps, et que ce désir est irrépressible, douloureux à réfréner. Les nuits passées ensemble à l'abri des regards. Bien sûr qu'elles en parleront, elles se le disent, mais pas tout de suite, pas maintenant. Pour l'instant c'est à elles et même si elles ne se l'avouent pas, elles ont peur des réactions. Elle pourrait dire à Charly qu'elle aime Axelle comme elle n'a jamais aimé, pour adoucir sa déception, qu'il comprenne que ce n'est pas de sa faute. Sauf que même sans ça, elle ne ressent pour lui qu'une sympathie de frangine.

Mano a choisi de participer au braquage et Charly en est profondément malheureux. Qu'elle risque la prison le bouleverse. Qu'elle fasse un choix si différent du sien le blesse.

— Jicé ? demande Nacer doucement.

— Yep.

— T'es le seul à ne rien dire.

Jicé enlève ses lunettes, les nettoie avec le bas de son tee-shirt. Ses yeux de myope clignent plus fort que d'habitude mais un petit sourire reste accroché à son visage lunaire.

— Ouais.

— Alors ?

On ne sait pas s'il réfléchit vraiment à la question de Nacer ou s'il joue à faire durer le suspense.

— Un braquage ?

— Pour financer la lutte, ici ou ailleurs.

— Le flingue ?

— Dissuasif, uniquement.

— Alors j'en suis.

Et il éclate de rire comme à l'annonce d'une bonne blague.

Axelle et Nacer laissent échapper, en même temps, un petit bruit de bouche appréciateur, ce qui les fait rire aussi. Pourtant ils sont graves. Voilà, c'est un rire grave qui les secoue doucement, un rire grave et complice auquel se mêle Mano. Paola et Charly sentent une pointe de douleur dans leur plexus, celle de l'exclusion irrémédiable, des chemins qui se séparent. Le visage de Charly est agité de tics. Il se déplie pour se lever et son mouvement coupe le rire de ses amis.

— Attends, lance Nacer, on parlera du plan un autre jour. Reste.

— Je pense que vous prenez trop de risques. C'est une énorme connerie.

— Personne t'oblige à participer, mais nous fais pas la morale.

— Je tiens à vous, c'est tout. J'ai pas envie que les flics vous chopent ou vous dézinguent.

Nacer pose une main amie sur l'épaule de Charly.

— Ça n'arrivera pas, on est des malins.

D'un mouvement nerveux, Charly s'échappe de l'amicale pression. Il appuie des deux mains sur ses yeux qui menacent de déborder. Il a une furieuse envie de chialer, il se sent coincé, démoli par la situation. Il a l'air calme, comme ça, mais à l'intérieur c'est une tempête, un raz-de-marée, et il coule.

— Mano…, il commence.

Mais il est incapable de finir, secoue la tête et serre les dents. Se donne un air hargneux pour ne pas s'effondrer.

Paola rassemble les pans de sa longue jupe et attrape sa veste sur le lit. Elle en profite pour embrasser Mano, puis chaque ami un par un. Pas forcément la bise, quelque chose d'autre, une seule bise sur le front de Jicé, une accolade pour Axelle, et même un petit baiser sur la bouche de Nacer pour qui elle a toujours eu un faible. C'est un au revoir qui ressemble à un adieu. Très tendre mais sans alternative. Paola a la sagesse de comprendre que cette bifurcation les sépare de façon radicale et que, même si la tendresse demeure, ils n'auront plus les mêmes secrets désormais. Elle n'a pas de regrets, elle a déjà pensé à cette éventualité, elle l'a même sentie venir depuis quelque temps déjà. Elle ne condamne pas ses amis mais se refuse à basculer vers une radicalité trop isolante. Et puis elle n'est pas totalement convaincue de la justesse des moyens. Ils en ont déjà débattu, elle a déjà dit ce qu'elle en pense. D'une voix discrète et d'une voix forte, mais d'une voix qui jamais n'a voulu convaincre les autres. Alors maintenant elle s'en va, malgré le manque d'eux qu'elle ressentira bientôt.

— Tu viens ?

Elle propose à Charly de la suivre parce qu'il faut partir maintenant, après ce sera difficile, lourd et peut-être triste. Les prolongations, c'est toujours triste. Paola sait cela malgré sa jeunesse. Pas Charly qui s'obstine, voudrait convaincre. Quelques secondes suspendues durant lesquelles il remplit d'intensité chacun de ses regards, et tous ne sont pas pour Mano. Jicé est son ami depuis longtemps, et Jicé n'a pas hésité. Sa poitrine est gonflée, douloureuse, face à cette décision sans appel. Il retient un cri violent qu'il voudrait pousser pour les faire changer d'avis. Leur dire qu'ils sont complètement à côté de la plaque, qu'ils s'inventent des histoires pour se faire vibrer, se croire importants, *Y en a pas un sur cent et pourtant ils existent*, mais les petits Français de la fin du siècle ne sont pas les anarchistes de 36 même s'ils en rêvent, Réveillez-vous, putain, les flics nous connaissent un par un, on bouge un poil de cul et on se retrouve en cabane. Il finit par attraper son caban, l'enfile un peu théâtral, un peu qui m'aime me suive, et Paola ouvre la porte de la chambre. Lorsqu'ils sortent, Charly referme derrière eux sans plus rien voir, les yeux brouillés de larmes. Il se sent comme un gamin rejeté par son groupe de copains, il traverse le squat en ignorant les autres, répond par borborygmes aux saluts lancés vers eux. Paola le regarde par en dessous, elle est dépitée pour lui mais elle doit se réparer elle aussi, il n'y a pas que Charly qui souffre.

Dans la chambre de Jicé, les quatre se dévisagent,

silencieux. L'euphorie les gagne mais pas un ne l'avouera, tout occupés qu'ils sont à savourer la gravité de leur décision. Dans le chaos de la chambre, au sol ou sur chaque surface, y compris le lit, s'empilent des journaux, tracts, bouillonnements d'idées, de colère énorme. Ils en sont. Ils vont en être et désormais rien ne pourra les pousser à faire marche arrière. Ils se rapprochent de tous ces groupes illégaux aux noms brûlants, l'Histoire doit compter avec eux, ils en feront peut-être changer le cours, ils ont un flingue et, en cherchant bien, ils peuvent trouver un fusil. Les mains vides, ce sont des guignols. Armés, ce n'est plus tout à fait la même chose. Ils sont imbibés des mêmes exemples, ils rêvent aux mêmes révoltes. La France de 36, Durruti et les vieux fusils du POUM ou de la CNT, le stade de Santiago du Chili, Allende parlant au peuple en se battant jusqu'à la mort à la Moneda, et les poèmes de Neruda, et les chants de Jara. Tous ont lu des textes écrits derrière les barreaux, ceux de ces militants qui savaient se battre, prenaient les armes comme on prend la parole parce que personne ne vous la donne.

— On va le faire, alors.

Et ce n'est pas une question que pose Mano.

BAM BAM

Un grand cœur qui palpite, le sang qui pulse, BAM BAM, dans le cou, les bras, la cage thoracique prête à exploser, on dirait que les cœurs vont jaillir, on dirait que les cœurs n'en font qu'un, celui d'Axelle, de Nacer, de Jicé, de Mano. Noyade des organes dans une telle tension, l'excitation si forte qu'ils s'approchent d'une zone de fracture. Passé une certaine vitesse d'emballement, on s'évanouit. Chacun sait pourtant ce qu'il a à faire, et l'anxiété ne vient pas d'une quelconque improvisation, du sentiment de se perdre ou de ne plus savoir. Chacun sait, chacun fait.

BAM BAM, les cœurs battants qui se croisent et rutilent de concert, quand ils ne s'entrechoquent pas. On les imagine viande, rouge et sombre, dans des cavités inaccessibles à l'œil nu. Il est 09 h 43 et le Crédit Municipal légèrement excentré semble endormi, coincé entre une boutique de prêt-à-porter en liquidation et un immeuble d'habitation. Quelques gros platanes bordent la route, il fait doux. Il n'y a pas de caméra de vidéosurveillance qui filme la rue, elles sont encore rares, et peu de passage pouvant troubler leur action. C'est Mano qui conduit, et c'est important de le savoir. La suite se serait peut-être passée différemment si les rôles avaient été répartis autrement. On ne peut pas refaire l'histoire. Mano conduit la voiture de Jicé, et se gare quelques mètres en amont de la banque. La lumière est délicate, un orangé printanier, c'est drôle comme rien, ce matin-là, ne prédispose à la violence dans ce qui la précède. Ils ont déjeuné d'un café sur la place de la Mairie, le rendez-vous a été donné là. Nacer est arrivé en premier, c'est un lève-tôt de toute façon, il aime les aubes et la solitude qu'elles impliquent. Il est le seul à avoir mangé quelque chose, un quart de baguette qu'il a généreusement beurré avant de quitter l'appartement. Le cousin dormait encore. Il a mordu dans la mie en marchant dans les rues encore vides, mâché et savouré, comme s'il s'agissait d'un matin comme les autres. Le flingue, glissé sous son blouson, le nez enfoncé dans la poche intérieure, a pris naturellement sa place. Depuis plusieurs semaines, Nacer l'embarque avec lui où qu'il aille. Pour s'habituer, enfiler le costume, la peau du personnage.

Il a choisi une table au soleil. Axelle est arrivée par l'autre côté, il ne l'a vue que lorsqu'elle a tiré une chaise pour s'y asseoir. Les deux, visage dans la lumière, se sont souri, ont bu leur premier café. Mano et Jicé sont arrivés ensemble. Depuis leur retour de la montagne, Mano vit au squat elle aussi, une piaule voisine de celle de Jicé. Elle n'a pas encore eu le temps de l'investir vraiment. Sauf pour commander de nouveaux cafés, ils ne se sont pas parlé. Regards de connivence, question en suspens. Jicé a répondu à l'interrogation muette, la voiture était garée pas loin, chacun savait ce qu'il y avait dans le coffre, pas question de se la faire piquer un jour pareil, en même temps personne ne voudrait d'une R5 bicolore dans cette ville vieille et bourgeoise. Le pied de table s'est coincé entre deux pavés disjoints, la tasse d'Axelle a valdingué, il y a eu quelques gouttes humides étoilées sur le jean de Mano, ça les a fait sourire, leurs regards, la trouille, l'excitation. Nacer a regardé sa montre, le serveur passait à proximité. La désinvolture feinte, la mauvaise comédie.

— On va en cours ? a demandé Nacer à la cantonade.

C'était un peu ridicule, crédible mais inutile. Le serveur s'est approché pour encaisser, et Nacer a payé pour tous, avec un billet de cinquante francs. Ils ont attendu silencieusement la monnaie. Nacer a laissé deux francs dans la coupelle et tous se sont levés pour rejoindre la voiture. Ils étaient beaux, marchant d'un pas égal sur la place, dans un des premiers jours du printemps. Investis d'une mission, porteurs d'interdit, de résistance à l'ordre mondial capitaliste, à l'exploitation des pauvres, ils marchaient au-dessus du monde, au-dessus des pavés, au-dessus des lois.

Arrivé devant la voiture, Jicé a filé les clefs à Mano qui devait conduire. Axelle aurait aimé se glisser près d'elle, à la place du mort et à proximité de sa main sur le levier de vitesse, mais Nacer a été plus rapide. BAM BAM. Dans la lente avancée de la caisse, dans le silence imposé par la gravité de l'instant, leurs cœurs se sont mis à battre de plus en plus fort et la tension est montée, soudain. Les veines bleuies du cou, les joues creusées, les petites peaux au coin des ongles arrachées avec les dents. Mano roulait doucement, d'une prudence extrême, presque exagérée. Elle fumait de la main gauche, fenêtre ouverte. Aux feux rouges, elle cherchait Axelle des yeux dans le rétroviseur central. Peu de sourires, beaucoup d'anxiété. De l'excitation aussi. Et puis il y avait de la place pour se garer à cette heure-ci, c'était pratique.

Les voilà, tous les quatre à l'arrêt dans la lumière, moteur toujours ronflant. On pourrait encore leur dire de faire marche arrière, on pourrait encore les empêcher d'y aller, mais ça ne servirait à rien, ils n'écouteraient pas. Il faut être sûr de ça, pour ne rien regretter : ils sont désormais incapables de reculer. Les prédictions les plus justes, les invitations à la prudence les plus convaincantes seraient balayées d'un revers de la main, écrasées avec les mégots sur le trottoir. Individuellement, pourquoi pas, mais pas les quatre ensemble.

— Laisse tourner le moteur, souffle Nacer à Mano.

Elle acquiesce, n'a pas lâché le volant. Jicé est déjà sur le trottoir, et dès que Nacer le rejoint, les deux gars avancent vers la porte d'entrée de l'agence. Tout a été prévu, calculé, pensé en amont dans une chambre enfumée et dans l'arrière-salle d'un bar familier. Axelle attend de les voir s'éloigner de quelques mètres avant de sortir de la voiture pour aller ouvrir le coffre. De sous un plaid, elle extirpe le fusil. Ses mains le connaissent par cœur, elle caresse le bois, le métal – pas pour savourer une quelconque puissance mais plutôt pour qu'un geste familier vienne apaiser son angoisse. Elle fait claquer le hayon, jette les yeux autour d'elle pour vérifier que personne ne l'observe. Puis, avant de rejoindre les gars, elle se glisse à l'avant de la voiture, près de Mano. Elle a peu de temps, beaucoup de courage.

Le sourire de Mano, les cœurs qui s'emballent. BAM BAM.

Les mots creux

Stirbois. Madonna. Moineau. Sans-Cœur. Petite-Bite. Bonaly. Candeloro. Pasqua. Crawford. Les surveillants ont tous des surnoms. Ils refusent de donner leur prénom – la peur conjuguée d'être retrouvés par les détenues libérées et d'une trop grande intimité. Les surnoms restent, même lorsque les individus changent. C'est le risque. La première fois que j'ai rencontré Sans-Cœur par exemple, je peux t'assurer qu'elle en avait, et même plus que Moineau. Moineau adorait distribuer le courrier, elle adorait surtout l'immense pouvoir que lui conférait cette mission. Ajouté au fait qu'elle avait déjà lu toutes les missives, la façon dont elle jouait sur le besoin de nouvelles des détenues frôlait le sadisme pathologique. Vous méritez pas mieux, susurrait Moineau quand une fille la traitait de salope.

Dans tes lettres, Mano, tu étais nulle. Tu savais pas écrire, raconter. On aurait dit que ça t'étouffait, de m'écrire un truc chaud. C'était poussif, ronflant, comme si tu écrivais à ta grand-mère ou que tu avais quelque chose à te reprocher. J'aurais aimé te dire d'arrêter, si c'était pour m'écrire des merdes pareilles, tu pouvais t'abstenir. J'en étais bien incapable, trop heureuse d'ouvrir une lettre, de te lire. Rien que d'imaginer ton corps penché, tes cheveux balayer la feuille, rien que de visualiser tes hésitations, ça me faisait trembler. Je sais, l'avocat nous avait déconseillé les courriers, rien qui permette de faire le lien, alors je comprenais la pâleur de la copie, l'ennui sous l'encre. J'ai si souvent cherché des doubles sens dans tes lettres. J'en ai même brûlé une entièrement car j'ai cru pouvoir y lire un message caché à l'encre sympathique, jus de citron, île au trésor, l'enfance me remontait dans la gorge. C'est dire mes déceptions. Je revois Moineau me jeter les enveloppes déjà ouvertes. Ce qui est marrant, c'est qu'on soit obligées de les ramasser au sol, de se baisser avec l'avidité des chiens. Elle aime ça, Moineau, nous avilir. En prison il y a de tout. Des remplis d'humanité qui font le job avec la conscience constante qu'ils pourraient être à ta place, et d'autres pour qui creuser le fossé rassure, eux d'un côté toi de l'autre, et te faire descendre très bas leur permet de monter très haut sur une échelle personnelle. Ça les autorise à beaucoup de choses. En vingt-cinq ans, j'en ai connu des connasses qui te balancent le courrier au sol, mais d'autres qui se réjouissent pour toi et te le font comprendre, par le sourire. Parfois, tu n'es pas en état de leur rendre le sourire, c'est trop dur qu'elles sortent chaque soir, qu'elles troquent leur uniforme en passant les grilles, on imagine les rires dans les vestiaires, le soulagement d'en avoir fini d'entre les murs, au moins jusqu'à demain, au moins jusqu'à lundi, jusqu'à la semaine prochaine, T'as pris tes RTT ? Tu pars où ? Profite bien, reviens en forme. C'est trop dur d'imaginer le ciel pas fractionné, pas morcelé et traversé de concertinas ou du ballet des sacs plastique dans le vent, accrochés aux barbelés. Un vrai ciel qui défile le long d'une route par exemple, comme celle qui monte aux clues. Oh, bon sang, Mano, comme ma vie a été courte pour que mes souvenirs soient si réduits. Alors parfois, même les gentilles on peut pas les piffrer. Même celles qui te parlent comme à une égale, ou qui font preuve de compassion, de sympathie, t'as pas toujours envie d'être gentille avec. À cause des positions, en haut et en bas, tu vois. Et puis à cause de la mousse qu'elles vont boire en sortant, à cause des gosses qu'elles font, des rencards, des erreurs, du ressac et de l'odeur du littoral, n'importe lequel. J'ai pas dit que j'aurais voulu des enfants, j'en voulais pas, c'est sûr, pas dans ce monde-là, c'est pas la question. Seulement j'ai pas eu le choix. Toi non plus, Mano, t'en as pas fait, mais tu avais le choix. En prison, y en a qui ont des enfants, dehors. C'est étrange parce que ça les rend plus malheureuses et plus fortes à la fois. Parfois, je les ai enviées.

Tes lettres étaient nulles, au point que j'ai cessé d'y répondre. Mais je n'ai jamais cessé de penser à toi, enfermée dans quelques moments essentiels de ma vie avant la taule. Forcément : mon univers s'est réduit d'un coup, refermé en quelques mois qui sont devenus des années. J'ai appris rapidement qu'il y aurait plusieurs années avant que se déroule mon procès, quatre années environ avant de savoir combien de temps je resterais entre les murs. L'avocat secouait la tête et me disait qu'il ne fallait pas trop espérer. Il attendait que les remous de haine s'aplanissent, que le temps joue pour moi. Il insistait sur un comportement irréprochable qu'il fallait à tout prix que j'observe. On devait faire croire à une erreur, charger Nacer, me transformer en jeune fille naïve, perdue. En victime. Tu parles d'un plan pourri. Me faire passer pour une innocente me semblait voué à l'échec et je ne digérais pas l'idée d'enfoncer Nacer. L'avocat ne comprenait pas, on s'est parfois pris la tête jusqu'à ce qu'il se tire, furieux et décoiffé, assénant que je faisais tout pour rester en prison. C'est faux. J'aurais donné beaucoup pour sortir de taule. Mais pas au prix du déshonneur, pas au prix de la trahison.

À ce moment-là, pour cantiner, c'était compliqué. Mes parents ne pouvaient pas ignorer l'enfer de la taule sans argent, surtout mon père. De deux choses l'une : soit ils me punissaient pour ce que j'avais fait, soit quelque chose bloquait au niveau de l'administration. Quand l'argent est arrivé sur mon compte, j'ai bêtement cru que mon père avait sans doute bataillé avec la pénitentiaire. Mais quelques semaines plus tard, j'ai appris que l'argent venait de mon grand-père. Que ma mère avait voulu m'aider mais que mon père s'y était opposé. Aujourd'hui encore je n'arrive pas à accepter que mon père, en toute connaissance de cause, ait pu me laisser en situation d'indigente. Et tout au fond de moi perdure la colère.

La première fois que j'ai revu Jicé, j'ai mordu l'intérieur de mes joues jusqu'au sang. Son œil gauche était voilé de rouge, un bleu violet lui couvrait la moitié de la figure. Ses lunettes avaient été cassées et réparées avec du chatterton. Son corps entier, ramassé vers l'intérieur, tremblait d'inquiétude et de mauvais traitements. Si tu savais comme ça m'a brisée de le voir si

116

fragile, bousillé par les brutes croisées ici. Impossible de savoir si les coups venaient d'autres prisonniers ou des matons. Je penche pour les matons mais en réalité je n'ai jamais su qui l'avait mis dans cet état. Ce jour-là, je sais qu'il m'a vue, mais il a refusé de relever les yeux. J'ai cherché son regard mais il a fui le mien, comme s'il avait honte. Avoir honte de ce que les autres nous font subir, je découvrais à peine. J'ai crié son prénom mais il n'a pas réagi, sauf peut-être par un tassement plus prononcé des épaules. Quelques gars ont dressé la tête, un surveillant m'a fait signe d'avancer. Naïma a posé une main amicale sur mon bras. Elle était désolée, a secoué la tête, c'était pas joli, c'était mal barré pour lui. Comme une fatalité, un état de fait. J'aurais voulu frapper ceux qui harcelaient Jicé. Naïma, avec douceur, m'a dit Garde tes forces pour frapper celles qui *te* voudraient du mal. C'était pas chacun pour soi mais presque, c'était pas méchant de sa part, même pas forcément égoïste, elle m'a dit C'est de la survie Axelle, du bon sens.

Par la suite, à chaque fois que je le croisais, mon cœur battait plus vite, la trouille de deviner de nouveaux sévices, de nouvelles blessures. Nos regards s'accrochaient entre deux promenades. Hommes et femmes sont séparés, mais il arrive que certaines activités soient communes et que les groupes se rencontrent entre deux passages de grilles. Je n'ai plus vu son visage tuméfié, en revanche je n'ai jamais non plus retrouvé l'étincelle d'humour qu'il avait au bord des yeux, avant la prison. Ce demi-sourire qui flottait sur son visage lunaire, disparu. Quelque chose est mort en lui, quelque chose d'irréparable. Chez moi aussi sans doute, mais ça me semble moins flagrant, moins triste aussi. Je crois que la colère m'a toujours sauvée. Jicé n'avait pas assez de colère en lui pour supporter la taule, les conséquences de nos gestes.

Environ dix mois après notre incarcération, on a participé tous les deux à un atelier mixte. Je me souviens à peine du thème. Je me souviens juste qu'on découpait des images dans des magazines et des journaux pour créer des œuvres. Je suis allée m'asseoir à côté de lui, et j'ai attrapé sa main. On s'est agrippés, Mano, agrippés si fort. J'ai eu peur de me mettre à chialer. Il ne faut pas chialer en prison, pas besoin de te faire un dessin. Encore moins au quartier des hommes que dans celui des femmes. La mâchoire de Jicé était tendue à l'extrême en même temps qu'il me broyait la main, son regard fixé sur la fenêtre de la bibliothèque. Moi j'avais l'impression que ses doigts qui enserraient les miens m'empêchaient de tomber. On a soupiré bruyamment comme si on reprenait notre souffle perdu depuis quarante-trois semaines – oui, au début tu comptes. Les ateliers mixtes sont souvent l'occasion de rencontres pour les détenus, il y en a même qui parviennent à baiser pendant les ateliers, comptant sur l'inattention du responsable. Pendant les cours aussi. Le plus facile, c'est de se branler sous les tables, jouable aussi de tailler des pipes, certains parviennent même à une pénétration. Au début je trouvais ça fou, j'avais du mal à comprendre comment on pouvait en avoir envie dans cette absence d'intimité, de pudeur. Après j'ai mieux compris, même si je ne suis jamais allée jusque-là. Simplement, à force, tu juges moins.

Avec Jicé, en atelier, on se tient la main, c'est tout ce

118

qui nous intéresse. On serre les dents pour pas chialer et on se répare comme on peut, à deux. L'atelier dure plusieurs semaines, et chaque vendredi soir je me couche en chialant, à cause du silence de Jicé qui ne répond à aucune de mes questions, de ses balancements, de la façon désespérée dont il s'accroche à ma main. Depuis que l'administration pénitentiaire a viré Naïma, je suis seule en cellule. C'est un luxe en préventive, mais je ne le sais pas. Et, à ce moment-là, je crève si fort de solitude que je ne vois que la punition, pas l'aubaine. Quand on se croise, elle et moi, la chaleur est toujours là. On se retrouve en promenade, on se file des clopes et je lui demande des nouvelles de sa fille même si je ne la connaîtrai jamais, et elle m'en donne.

Lors de la dernière séance, Jicé me fait passer une de ses œuvres produites en atelier. Il glisse vers moi cet autoportrait qui est resté vingt-cinq ans au mur de ma cellule. Un visage décomposé, brisé d'une ligne hachée par les déchirures, des yeux tombants de clown triste, des lunettes en roues de vélo. Le pire, c'est que c'était ressemblant. Je revoyais son visage de profil pendant la montée vers les clues, sa façon de nettoyer ses lunettes avec son tee-shirt ou celui de quelqu'un d'autre. Et les cahots de la route, les grands arbres blancs. J'ai relu mille fois le récit de nos mouvements dans cette si petite voiture, ce temps de vie qui m'appartient, qui nous résume. Je ressasse, tu vas me dire. Je me demande ce qu'il t'en reste, à toi, de cette montée-là, serrés les uns contre les autres, braillant à chaque passage de vitesse. Elle occupe une place toute particulière dans ma tête, fait office de fenêtre, un changement de paradigme géographique. La perspective porte loin, jusqu'aux sommets, jusqu'au fond de la rivière, et j'ai souvent convoqué ce fouillis végétal, nos cris de joie, pour ne pas sombrer. En vingt-cinq ans, c'est arrivé souvent.

Et toi, Mano, qui ne savais pas m'écrire. Moineau pouvait bien garder tes lettres plusieurs jours avant de me les donner, tes mots sonnaient creux. Alors que c'est ta main que j'aurais voulu serrer en atelier et partout ailleurs. Ne crois pas pour autant que j'aurais préféré te voir derrière les barreaux, j'étais heureuse que tu aies réussi à passer entre les mailles, que tu respires à l'extérieur. Mais il fallait quand même que je finisse par me la poser, cette question essentielle : comment tu avais fait pour échapper aux flics, mon amour ?

Souviens-toi de nos colères, énormes et vitales. Moi, c'est tout ce qu'il me reste.

Braquage

Les mains de Nacer transpirent sur le flingue dont le canon vise la blonde avec obstination, celle qui semble être la responsable des lieux. Les mains d'Axelle sont fermes et sèches sur le fusil de chasse. Elle ne vise personne mais tient l'arme à deux mains dans une posture très dissuasive et un employé vide les tiroirs, pose avec vélocité les liasses sur le comptoir. Jicé enfourne les billets dans un grand sac. Pas question de se servir en bijoux, l'idée n'est pas de prendre ces objets à ceux qui les ont mis en gage, mais bien de récupérer l'argent qui découle de ce qu'ils appellent exploitation, trafic. De toute façon, ce sont les assurances qui paieront. Et ce matin, comme chaque vendredi matin, le Crédit Municipal a été renfloué en liquide, le camion blindé est reparti il y a une heure. L'avantage du Crédit Municipal, c'est que la sécurité reste plus sommaire que dans une banque classique. Jicé ne fait pas de blagues et reste focus, son cœur bat si fort qu'il prend toute la place. Son cœur bat si violemment qu'il résonne dans ses oreilles, et Jicé a l'impression qu'il pousse – BABAM BABAM – derrière ses globes oculaires.

Nacer et Jicé sont entrés en premier, bonnet roulé au-dessus des sourcils. S'ils s'étaient masqués avant, les employés auraient eu le temps d'appeler les flics. La responsable les a scannés du regard, s'est dirigée vers eux d'un pas autoritaire.

— Messieurs…, elle a commencé, d'un ton qui surplombe.

Elle avait sans doute souvent affaire à des drôles de types, alors ces deux-là ne l'inquiétaient pas outre mesure. Elle s'attendait à ce qu'ils exhibent leur petit trésor de grenier ou leur dernier larcin, ça arrive aussi. Au lieu de ça, ils ont descendu leur bonnet jusqu'à leur cou, il y avait des trous minuscules pour les yeux. Nacer a profité de la proximité physique pour immobiliser la femme avec le flingue, la menace du flingue, collé à sa tête. Elle a poussé un petit cri de terreur, guttural et sonore, mais très court. Il s'est terminé en glapissement et elle s'est tue, roulant des yeux, ses lunettes tressautant sur sa poitrine au bout de la chaîne en mailles dorées.

— Dis-leur de sortir l'argent, mon ami va ramasser.

Le tutoiement, il en connaît le saisissement. On l'a si souvent utilisé avec lui. C'est du solide, du connu, qui te maintient comme un nœud de plein poing attaché au cou, franc et méchant, humiliant aussi. Et puis le flingue, ça impressionne, et déjà les trois employés s'agitent derrière le comptoir, obéissants. Quand Axelle entre et se plante au milieu du hall, fusil à l'horizontale, au niveau du pubis, la terreur éclot sur les visages. Comme si un Arabe avec un flingue générait une peur somme toute assez banale, prévisible dans l'imaginaire collectif, là où une jeune fille armée d'un fusil fait cauchemarder. De la délinquance, on bascule dans la folie. Elle n'a rien dit tout d'abord, mais a visé du bout de son canon les employés inutiles.

— Un seul suffit pour sortir le pognon. Toi, elle a dit en regardant un trentenaire déjà chauve à l'expression hagarde. Les autres : devant moi, mains sur la tête.

Un hâle d'angoisse a assombri leurs visages. Les deux concernés – un homme brun, la cinquantaine, affolé, et une brune élégante à la coiffure tarabiscotée, d'un calme étonnant, s'avancent au milieu du hall et s'agenouillent. Le premier type, resté de l'autre côté du comptoir, empile les billets devant lui, les pousse vers Jicé.

Une sirène, toute proche, les fait soudain ciller.

Les flics sont arrivés si vite. Le chant lancinant tranche le silence, épais comme de la gelée. Le grand cœur battant descend dans les estomacs, glacé soudain. Ils se regardent. Axelle n'a pas pris la peine de mettre un masque, Nacer pense qu'elle a eu tort. Ils savent que la vidéosurveillance ne fonctionne pas, les caméras braquées sont un leurre pour la dissuasion. N'empêche, les employés peuvent les reconnaître. Nacer parie sur la peur, et sur le fait qu'il est arabe, et rien ne ressemble plus à un Arabe qu'un autre Arabe, c'est bien connu. Ils sont loin du compte. Qu'importe qui porte un masque et qui n'en porte pas, ça ne va pas faire une grande différence.

Tout va à grande vitesse, enfin c'est ce que disent les montres, pour eux le temps ne s'écoule plus de la même façon. Nacer tourne la tête vers la porte où deux flics du Raid font leur entrée comme dans un film, a le temps de penser Nacer, avant de ne plus penser à rien sauf au bourdonnement dans ses oreilles, et son corps s'affaisse sous lui. Il ne sent pas encore la douleur, il manque juste d'oxygène, sa bouche ouverte tente de happer un peu d'air malgré le bonnet qui descend jusqu'au cou, sa main attrape la laine marine au niveau de son crâne et l'arrache, quelle importance à présent, il peut mieux respirer mais pas vraiment non plus, quelque chose bloque l'entrée de sa gorge, il tousse et une petite cascade de sang s'échappe de ses lèvres. L'autre main a lâché le flingue qui rebondit trois fois avant de foncer en tournoyant à travers la pièce, puis s'immobilise contre le mur. Nacer, en tombant, agrippe son ventre, alors le flic tire une nouvelle fois, parce que sur le ventre il y a les poches du pull capuche et le risque qu'il sorte une deuxième arme, on ne sait jamais. Risque zéro, on protège nos hommes et les civils d'abord. Le corps de Nacer est secoué avant même d'avoir totalement chuté, on dirait une danse pathétique, maladroite. Axelle a tout vu, ses yeux s'écarquillent de douleur en suivant la chute de Nacer en même temps que ses doigts chargent le fusil et l'arme vient se poser devant elle, la crosse contre l'épaule, elle l'a fait si souvent, elle ne sait pas qu'elle hurle un long et déchirant son de haine et de chagrin, elle l'apprendra bien plus tard, elle hurle et elle tire sans avoir besoin de viser, elle tire et la balle rentre directement dans le cou du flic et remonte au travers de la mâchoire et sort entre les dents, exactement, faisant exploser au passage tout ce qui sert à vivre, la jugulaire principalement, mais aussi les os des vertèbres et des cervicales qui constellent l'intérieur de son casque. La chute du flic est beaucoup plus nette, ne laisse pas de doute sur son élan. Il est tombé aux pieds de Jicé qui tremble si fort qu'Axelle, en le voyant, a le réflexe qui la sauve d'une balle dans la tête : elle lance le fusil devant elle et pose ses mains sur sa tête. Le deuxième flic se jette sur elle et la maintient au sol, visage écrasé contre un lino glacé en damier noir et blanc. Quand trois de ses collègues investissent les lieux, le tableau est terrible. Nacer et l'un des flics du Raid gisent au sol en perdant beaucoup de sang. Ils sont déjà morts. La patronne des lieux est agenouillée près de Nacer, mordant son poing de terreur. Axelle est couchée sur le ventre, tout entière écrasée par le poids d'un flic. Jicé a glissé le long du comptoir, ses genoux remontés, enserrés par ses bras. Il grelotte, sanglote, balbutie, le visage baigné de larmes et agité de tics. Ses mains se blottissent entre ses genoux, ses yeux vont du visage éteint de Nacer au corps du flic, à un mètre de lui. Le sac dégueule le pognon désormais inutile, près de lui. L'employé, de l'autre côté du comptoir, s'est depuis longtemps roulé en boule au sol. Ceux du hall aussi, leurs visages comme du limon, on dirait des noyés, surtout la jeune femme dont la coiffure complexe s'est libérée des épingles et s'étale autour d'elle. Il y a eu beaucoup de bruit, à s'en crever les tympans, et puis maintenant l'absence de bruit ressemble presque à du silence, juste écorné par l'écho des tirs, l'écho des hurlements. Axelle halète sous le poids du flic. Elle n'entend plus son cœur, une cavité gluante au milieu de la poitrine, un trou. La sirène, dans la rue, continue de hurler. Alors, enfin, elle pense à Mano.

Destruction massive

Mano entre dans l'arène où les corps en sueur se déchaînent sur des rythmes d'une métronomie qui lui échappe encore, elle colle le buvard sur sa langue au cœur d'une foule dense et organique. De la poussière et de l'énergie pure, électrique, qui traverse les gens, et les premiers effets du LSD qui la traversent, elle.

Elle disait qu'elle n'aimait pas ça, les raves. Les premières dont ils avaient entendu parler leur semblaient dénuées du moindre sens politique. Oui, c'était interdit. Oui, il fallait suivre un protocole secret et compliqué pour s'y rendre. Ça n'en faisait pas des lieux de résistance pour autant, c'est ce qu'ils pensaient. Pourtant, c'est bien dans une rave que Mano s'agite ce soir, bientôt pleine de visions nocturnes dignes d'un chamane indien. Elle essaie d'oublier qu'Axelle attend son procès. Elle essaie d'oublier qu'Axelle attend l'extinction des feux dans sa cellule. Elle essaie d'oublier qu'elle n'est pas tombée, elle, et qu'elle n'a pas vraiment moyen de rejoindre Axelle en taule, à moins de dire la vérité. Mano a découvert que, sous acide, la réalité ne s'encombre plus des mêmes épaisseurs. Depuis l'incarcération d'Axelle et Jicé, elle n'est plus la même. Elle ne se reconnaît plus, ne retrouve rien du paysage mental qui lui a tenu chaud depuis deux ans, celui dans lequel elle a fait sa place. L'autre jour, elle a même hésité à aller voir ses parents ou ses sœurs tellement elle se sentait seule et triste. Finalement, elle a renoncé. Elle n'a plus vu Paola et elle ne la cherche pas. Sa défection la rend plus inaccessible.

On aurait pu espérer des funérailles conséquentes pour Nacer, mais la famille a récupéré le corps – après de longs jours d'attente, l'autopsie – et l'a enterré quelque part avec suffisamment de discrétion pour qu'aucun nazillon ne puisse venir pisser sur sa tombe. Mano n'arrive pas à saisir la réalité de sa mort. Elle ne l'a pas vu tomber, n'a pas vu son expression de surprise et son corps s'envoler avec le deuxième tir.

Sans Charly, elle ne serait pas là, à sentir la chaleur monter le long de son cou. Sans Charly, elle serait sans doute restée tétanisée au volant de la caisse, moteur allumé, et les flics du Raid l'auraient arrêtée. Elle n'était plus là pour le voir mais lorsqu'ils sont arrivés, ils ont quadrillé le quartier, et elle a raison de penser ce qu'elle pense : sans Charly, elle aurait été dans le filet, comme les autres. C'est bizarre, comme certains chemins tiennent à un cheveu. Ou à un poil de cul, dirait Jicé qui aime bien cette expression et l'accompagne d'un millimètre invisible tenu entre le pouce et l'index. Alors qu'Axelle venait de passer la porte du Crédit Municipal, Charly a surgi côté passager, les yeux écarquillés, haletant. Mano s'est demandé s'il était là depuis longtemps, assez pour avoir vu le baiser qu'elle venait d'échanger avec Axelle. Un baiser complètement indécent, brûlant, intime.

— Tire-toi, Mano.

— Quoi ? elle a rugi sans comprendre.

Ils n'avaient pas le temps de discuter. Charly s'est assis à la place du mort et ne lui a pas laissé d'alternative.

— Démarre !

— Non, je démarre pas, et puis qu'est-ce que tu fais là ?

— Démarre, Mano, bordel. Démarre tout de suite !

Il a haussé le ton, sa voix était sombre, il ne plaisantait pas. Elle ne l'avait jamais vu comme ça. En passant la première, elle a demandé des explications. Il les lui fallait tout de suite, c'était la condition de son départ.

— Je vous ai suivis. Les flics arrivent.

Elle a perdu son souffle, a tiré le frein à main.

— Il faut les prévenir.

— On n'a plus le temps.

— Bien sûr que si.

Charly est sorti de la voiture, l'a contournée pour ouvrir la portière de son côté. Il l'a poussée sur le siège passager, brutalement. Elle ne le savait pas capable d'une telle violence. Elle ne savait plus quoi faire, avait envie de dégueuler tellement la tension était forte, la décision impossible à prendre, la peur surtout. Elle avait vu le fusil, elle. Il faut lui rendre justice, elle a essayé d'ouvrir la portière, elle s'est imaginé courir jusqu'à eux, les autres, pour les prévenir. Elle n'en a pas eu le temps. Charly a démarré si vivement qu'elle s'est retrouvée plaquée au fauteuil par la vitesse. Sa surprise, à la place passager, dos collé au dossier, tandis que Charly mettait la gomme pour sortir au plus vite du quartier. Alors qu'Axelle braquait l'employé chauve en lui suggérant d'accélérer le mouvement. Au bout de l'avenue, à l'opposé de là où Charly l'emportait, les flics étaient déjà là, et bientôt viendrait le moment où Mano pourrait reprendre ses esprits et demander à Charly d'où lui est parvenue cette information. À cet instant, elle n'est même pas sûre qu'il ne se trompe pas, elle est folle de rage d'avoir quitté son poste, elle le soupçonne à raison de vouloir l'empêcher de s'impliquer. Peut-être qu'elle l'insulte, coincée dans l'habitacle. Elle imagine les autres sortir du Crédit Municipal et ne pas trouver la voiture, elle s'imagine traîtresse contre son gré, elle est furieuse. Ses mains secouent Charly par l'épaule. Elle crie d'impuissance, peut-être qu'elle crie encore au moment où Axelle hurle à son tour. La voiture roule à toute vitesse sur le périphérique.

Mano revisite la scène tout le temps, comme Axelle repense à la danse de Nacer sous les tirs du flic et se refait le film dans sa tête, imaginant qu'elle tire avant lui. Mano revit l'intrusion de Charly dans la voiture et se crispe à chaque fois, folle de rage de n'avoir pas ouvert la portière pour sauter en route, même au risque de se blesser. Tomber, rouler, mourir le crâne ouvert sur le trottoir pour ne pas avoir à continuer de vivre normalement.

Les basses résonnent si fort que la musique frappe ses tempes, et elle y pense encore. L'acide commence à faire effet, les éléments du film se déforment, c'est exactement ce dont elle a besoin. Elle rit, la tête en arrière. Depuis l'arrestation, depuis que Charly l'a embarquée loin de la nasse, elle a connu peu d'heures sobres. Elle boit de plus en plus tôt dans la journée, de la bière au début, C'est pas de l'alcool, elle aimait dire pour les faire rire et les dédouaner de leurs soirées d'ivresse lorsqu'elle bossait encore au bar. Puis, très vite, elle enchaîne sur d'autres types d'alcool. De la vodka, surtout. Elle a même pris l'habitude de se remplir une flasque avant de sortir le soir. Ça lui permet de boire sans se ruiner, parce que les finances sont toujours en berne, l'argent du premier vol ayant été mangé et bu depuis longtemps. Charly ne l'a pas lâchée depuis le braquage, c'est lui qui paie les pâtes qu'elle touche à peine du bout des dents, l'œil bas. C'est lui aussi qui s'est rapproché de l'avocat, celui qui leur a dit de ne pas communiquer avec les détenus, ou alors le moins possible. Il leur a aussi déconseillé d'aller au squat, mais ça, c'était difficile à tenir. Et pas naturel du tout. Alors ils y sont retournés bien sûr, et les copains les ont regardés d'un œil différent, Mano l'a bien senti. Un regard désolé et admiratif en même temps. Pour eux, ils en étaient tous les deux. Ils n'ont pas posé de questions, ça ne se fait pas, les militants passent, à tort ou à raison, pour des taiseux à qui on peut se confier, qui ne parleront jamais, même sous la torture. Et c'est vrai, certains d'entre eux ont parfois su garder des secrets plus gros qu'eux, et du matos dans des malles en fer. Ils leur ont proposé de rester, mais Mano et Charly ont refusé. Ils sont simplement allés dans la chambre de Jicé pour récupérer quelques affaires, et pour d'autres raisons qu'ils n'auraient pas su nommer. D'ailleurs, l'un et l'autre n'étaient pas là pour la même chose. Surplombés par ses incroyables affiches sur les murs, immenses, que Jicé avait récupérées dans un cinéma, celui où il avait bossé tout un été, les deux n'ont rien su dire. Ils étaient si tristes, leurs têtes tordues vers le haut. *Le fond de l'air est rouge*, de Chris Marker, en noir et blanc sauf le *o* de *rouge* comme une tache de sang. *Viva Zapata*, avec la gueule moustachue de Marlon Brando sur soixante centimètres, et *Le Cuirassé Potemkine*, la préférée de Mano. Pas assez de place pour une autre affiche géante sur le quatrième mur, puisqu'il y avait la porte. Que leurs références étaient anciennes, qu'il leur restait déjà si peu d'espoir.

C'est sur le lit de Jicé qu'ils ont pleuré tous les deux, leurs avant-bras sur leurs cuisses, la tête entre leurs genoux. Charly a eu l'intelligence de ne pas tenter de l'embrasser à ce moment-là, juste communier avec elle dans la douleur.

— Comment tu as su ? a demandé Mano entre deux sanglots.

Charly a reniflé avant de répondre d'une voix basse et triste qu'il avait eu l'info par un ami militant qui traînait exprès avec les flics pour refiler ce genre de tuyaux aux copains.

— J'en sais pas plus.

Et c'est vrai qu'il avait les yeux perdus et secouait la tête, ses yeux s'accrochaient aux objets de Jicé, ses bandes dessinées, ses *Charlie Hebdo*, ses fringues en boule partout dans la piaule, il se demandait quand il allait revoir son ami. Il a ramassé une de ses chemises à carreaux et l'a accrochée avec délicatesse à la poignée de la porte. Ils ne sont pas restés dormir là, n'y sont plus revenus et ils ont bien fait : les flics ont vidé le squat deux semaines plus tard, ont viré tout le monde à coups de matraque avant d'interroger chaque militant, puis de murer portes et fenêtres. Quelle tristesse. Ils ont vidé la chambre de Jicé avec application, méthode et brutalité. Mano s'est demandé s'ils avaient arraché les affiches, s'ils avaient senti le danger structurel que ces films représentaient pour eux.

Ce soir, Mano a proposé à Charly de prendre un acide avec elle mais il n'en avait pas envie. Elle l'inquiète, avec ses défonces de plus en plus fréquentes. Lui a besoin de tous ses neurones pour continuer son apprentissage, assurer en stage. Il ne peut pas suivre le rythme de Mano, et ne le désire pas. Ce qu'il désire, c'est une vie de couple avec elle, dont il est complètement, définitivement, très amoureux. S'il osait se l'avouer, c'est même d'une vie bourgeoise qu'il rêve avec elle, quelque chose d'exclusif et de très peu expérimental. Une vie de couple puis de famille, des vacances à la montagne, des petits noms charmants. Gagner un peu plus, soigner la déco, inviter des amis à des apéros dînatoires.

Mano se disloque sur la piste de danse, les corps qui l'entourent sont comme des algues qui la protègent et répondent à ses propres mouvements. Voilà, des buissons d'algues, ou des anémones, selon leurs tenues. Cette fille, là, si près qu'elle pourrait la toucher en tendant le bras, avec son sweat rose, c'est une anémone. En plus elle a rabattu sa capuche, seule une mèche brune et lisse émerge au niveau du cou. Vus de l'extérieur, les mouvements sont si saccadés qu'ils n'ont rien à voir avec une quelconque vie aquatique, mais Mano est déjà partie très loin, les sons altérés, sa perception sibylline et étourdissante.

C'est une rave sauvage, il a fallu attendre un passeur à l'orée d'un bois, au-dessus d'un barrage. C'était drôle et excitant pour beaucoup. Pour Mano, c'était une diversion sur le reste, un simple moyen de mettre sa douleur à distance. Pourquoi pas la colline, l'odeur de la terre encore humide du dernier orage, pourquoi pas le bruit de l'eau en chute libre, tout près. On aurait pu tomber, basculer dans l'épaisseur nocturne et hop, c'en serait fini. Elle joue avec l'idée, même si elle ne désire pas mourir. Charly reste inquiet, c'est pour ça qu'il l'accompagne ce soir. Malgré son stage qui commence à huit heures demain matin, malgré son sentiment de n'avoir rien à faire ici, il slalome entre les corps en transe pour ne pas la perdre de vue. Ils ont du mal à reprendre pied dans la vie, Mano surtout. Elle n'a pas de boulot pour réguler ses journées, l'obliger à sortir du lit. Son RMI se perd en bière et en Kleenex. Charly l'héberge et ne cesse de lui répéter qu'elle peut rester aussi longtemps qu'elle le souhaite. Ils se serrent les coudes, orphelins en amitié. Lui se consume. Elle se demande si la douleur va cesser, à un moment donné.

Il observe ses cheveux en rideau autour d'elle, si longs qu'elle ressemble à une princesse de conte – enfin c'est Charly qui la voit comme ça. Mano n'a rien à voir avec une princesse mais Charly c'est le genre de type à voir une princesse dans une fille dès qu'il est amoureux, c'est fatigant tant d'immaturité. Mais il ne la laisse pas tomber, sa princesse, il la colle et la protège comme un putain de chevalier blanc, et elle ça la saoule mais la rassure aussi, elle va si mal qu'elle le laisse faire, c'est toujours ça de pris sur la solitude, la

133

détresse. Ils sont si seuls. Et même si Charly n'a pas voulu participer au braquage, il est des leurs, il l'a toujours été. Tranchant avec le magma estudiantin, au milieu de la douleur, Charly est le seul élément solide dans la vie de Mano. Sa présence ressemble à un amer qui la sauve du naufrage. Ce soir, par exemple, est-ce qu'elle prendrait autant de risques s'il n'y avait pas Charly en back-up?

La fille au sweat rose se transforme sous les yeux bordés de rouge de Mano. Un halo surnaturel l'enveloppe, elle semble se déplacer soudain très vite, puis chacun de ses mouvements s'englue dans un ralenti moelleux. Mano la suit en riant, son rire résonne à l'intérieur, c'est une sensation amusante et stupide. Charly, resté en bordure de la fosse aux danseurs, secoue la tête. Il se décide à les suivre, cale son sac en bandoulière sur sa hanche, tire sur un joint inoffensif, une canette de coca au bout du bras. Les deux filles sortent de la liesse commune, des corps en sueur agglutinés et secoués par le rythme. Ça se voit qu'elles sont défoncées, toutes les deux. La fille en rose s'est rendu compte que Mano la suivait. Elle l'a prise par la main et lui montre des insectes suspendus dans les airs qui n'existent que pour elle et qui semblent bouger en spirale, vu les mouvements de sa main, son doigt qui pointe.

La techno frappe si fort dans les enceintes que les corps vibrent, la musique leur passe par chaque organe, ils deviennent la musique, soumis au rythme, à ses accélérations. Certains danseurs sont incroyablement souples, se démantibulent avec passion. Charly les observe de loin dans un mélange d'admiration et de fatigue. Il déteste cette musique. Charly aime le rock'n'roll et, de temps en temps, pour bien signifier ses appartenances et ses origines, de la chanson française ou espagnole ringarde et engagée. Il connaît par cœur *Les Anarchistes* et peut même déclamer des morceaux entiers d'*Il n'y a plus rien*, mais au fond, Ferré ne fait pas le poids face à Bowie, aux Clash, à Nick Cave ou Noir Désir. La musique électronique, c'est un concept qui n'a aucun sens pour lui. Il se retient de dire, parce que son père qualifiait le rock de cette façon : c'est pas de la musique, c'est du bruit. Mais il le pense très fort.

— Mano ! Fais gaffe.

Les deux filles cavalent dans les broussailles en riant, et ce n'est pas du rire cristallin de jeunes nymphes, non. C'est du rire de hyènes, de bêtes sauvages. Tu parles d'une princesse. On est à deux doigts du cri, hululement, grognement brutal. Charly a peur de les perdre de vue, entre les chênes blancs et les buissons d'épineux. Dans la nuit, on dirait que les odeurs sont amplifiées, l'odeur de terre mouillée et celle de la résine, des pins. Le bruit de l'eau se fait plus intense, imminent. Charly a même l'impression qu'une légère brume humide l'atteint au visage, un souffle frais. Il ne sait pas si Mano l'a entendu, si elle sait qu'il est là, tout près, protecteur et envahissant à la fois.

— Mano ?

Des sons étouffés lui parviennent, mélange de bruissement végétal et de piétinement erratique. Au moins, ici, la musique est moins puissante. C'est un soulagement. La lune est couverte par les nuages mais le vent les pousse suffisamment, par moments, pour que la colline s'éclaire soudain. Une lumière blanche illumine alors chaque feuille et la roche calcaire. C'est incroyablement beau, a le temps de penser Charly alors qu'il devine enfin les deux silhouettes embrassées contre un arbre. Il en a le souffle coupé. Leur baiser n'a rien de romantique et les mains de Mano sont engagées sous le pull rose, tandis que le poignet de la fille émerge de l'entrejambe de Mano, jean déboutonné. Ce qui le saisit le plus violemment, c'est qu'il n'a rien vu venir. Tellement qu'il doute encore de ce qu'il voit, l'imbécile. Charly a grandi dans un univers d'hommes et de garçons. Sans être un imbécile, il ne comprend pas tout de suite. Plutôt que d'intégrer ce qu'il voit et de faire demi-tour, il reste figé, se persuade que Mano agit ainsi parce qu'elle est défoncée, qu'elle sera extrêmement gênée demain matin, ce serait lui rendre service que de l'empêcher d'aller plus loin. Heureusement, il se retient, presque conscient de sa mauvaise foi. Il est juste terriblement jaloux, alors il fait demi-tour et s'enfonce un peu plus dans les bois, le pas raide et volontaire. Il contourne la clairière où les danseurs se déchaînent, rejoint la voiture. Assis au volant, porte fermée, c'est plus supportable qu'au-dessus du barrage. On entend encore cogner les basses mais c'est plus diffus. Il ferme les yeux, repense aux deux filles emmêlées. Une érection se manifeste brutalement, Charly soupire. Il aimerait se tirer et aller se coucher dans son appartement, de toute façon elle n'a pas besoin de lui et elle ne cherchera pas à rentrer avant demain. Oui mais impossible pour lui de quitter son poste, son rôle de saint-bernard. Alors il rabat la capuche de sa parka sur ses yeux, s'enfonce dans son siège, croise les bras et ferme les yeux. Si elle a besoin de se reposer, elle reviendra vers la voiture. Il sera là pour elle, toujours.

À cause du fusil

Mon premier parloir, je l'espérais avec toi. J'ai fantasmé mille fois l'économie de mots, les hésitations, et la façon dont je pencherais la tête pour jouer les affranchies, à peine, histoire de profiter du peu qu'offre la prison – une aura rebelle, d'inconnu, d'interdit. Et que tu lises dans mes yeux toute ma douleur d'y être malgré mes roulements d'épaules. Mais oui, je sais, l'avocat me l'a répété encore et encore, c'était une très mauvaise idée, il ne fallait pas y compter, plus tard peut-être mais alors beaucoup plus tard. D'ici là, profil bas et parloirs familiaux, point barre. Et attendre le procès. Non, pas attendre : préparer. Et apprivoiser les fantômes. Je coche les aliments à cantiner sur mes feuilles de bons roses, orange, bleu pâle, jaune coquille, vert d'eau. Soupe chinoise 3 sachets, café atomisé type Nescafé, flan poudre vanille, Vache qui rit × 8, biscottes.

Mon premier parloir, sans compter l'avocat qui ne compte pas, c'était avec mon grand-père. C'est marrant, on aurait pu espérer que ma mère viendrait. On dit ça, que plus personne ne vient voir les grands criminels sauf leur mère. Visiblement ça ne marche pas à tous les coups, ou alors c'est parce que je suis une meuf. Si tu regardes, c'est dingue, les mecs ont plein de parloirs : leur mère, leur femme, leur petite amie, leurs gosses, mais bizarrement les femmes ont beaucoup moins de visites. Et j'ai eu suffisamment d'années d'observation pour te dire que c'est pas une vague généralité. Non, c'est une calamité. Une fois qu'elles tombent, les filles peuvent faire une croix sur leurs amours, sur la mansuétude parentale, et même parfois sur leurs enfants, qu'ils soient assez grands pour rejeter leur mère ou que la famille les éloigne. Et c'est dégueulasse. Heureusement pour moi, en rentrant en taule je n'avais ni mec, ni enfants, et je ne bénéficiais déjà d'aucune mansuétude parentale, alors j'ai presque pas été déçue.

Mon grand-père, j'avais vraiment la trouille de le revoir, à cause du fusil. C'est là que tu réalises à quel point j'étais jeune et con, parce que c'est pas de ça que j'aurais dû avoir peur. Stirbois m'a annoncé un parloir alors que je ne m'y attendais pas, ou plus. J'avais espéré depuis des mois, autant te dire que je serrais les dents. Stirbois, c'était vraiment une crevure, un surveillant qui a choisi ce métier pour exercer son pouvoir. Attention, des comme ça, il n'y en a pas autant qu'on l'imagine. Des abrutis, oui. Des gens sympas qui se mettent à se comporter comme des salopards, aussi. Et tous, évidemment, sont des nervis du pouvoir et de la pénitentiaire, faut pas se raconter d'histoires. Mais ce sont souvent, aussi, des gens sans gros diplôme qui voient là une situation professionnelle stable. Je sais, j'aurais jamais dit ça avant, mais j'ai eu le temps d'en apprécier certains. C'est pas du syndrome de Stockholm mais presque, pas vrai ? Ce que je tiens à dire, c'est que les vrais connards qui bossent là pour frapper et humilier sont bien plus rares que ce que je croyais. Finalement c'est pire, les bourreaux sont des gens normaux. Bien sûr, avec un surnom pareil, tu te doutes que Stirbois, son pouvoir, c'est surtout sur les Arabes qu'il aimait l'exercer. Avec moi il était agressif mais, bizarrement, je pouvais sentir une forme de crainte aussi. Comme s'il savait que je pouvais deviner certaines choses le concernant, que j'avais accès, par une féroce lucidité, à une compréhension que d'autres n'avaient pas, ou du moins il s'imaginait que les autres ne l'avaient pas. Stirbois pensait être plus intelligent que tous les détenus. Stirbois pensait que tout détenu ment. Que tout détenu est coupable. La différence entre préventive et condamnation, il n'en a jamais soupesé la nuance. Pour Stirbois, un détenu était assimilable à une bête sauvage qu'il fallait dresser, mater. Et ça le faisait bander d'enfiler le costume du dompteur. Je crois que chaque détenu a un jour rêvé de lui déchirer la gorge avec les dents, lui donnant ainsi raison. Je n'échappe pas à cette haine-là, je l'ai partagée avec mes sœurs et mes frères de placard. On aurait pu croire qu'une petite Blanche comme moi échapperait à la vindicte de Stirbois, mais j'étais gauchiste, et tueuse de flic. Autant dire que moi ou un Arabe, c'était pareil.

D'ailleurs, il m'a vite donné un petit surnom, à moi aussi.

— Parloir, la pute à nègres.

Je me suis redressée, pas même énervée – les connards sont prévisibles. J'ai attrapé ma veste grise sans capuche, les capuches sont interdites en prison. Comme sont interdits le liquide, les claquettes, les débardeurs, les shorts, les habits de couleur, les

140

couettes, les taies d'oreiller, les mugs, les paréos, les épices, la levure, les grandes affiches. La prison, c'est le règne absolu de l'arbitraire. Alors oui, si tu creuses, t'as deux trois pistes explicatives, comme la levure avec laquelle on peut faire de l'alcool, ou les débardeurs qui, au siècle dernier, représentaient une forme d'indécence. Oui, au siècle dernier. Passe un été en taule avec des manches longues, de l'eau tiède au bout des robinets et des déflecteurs à la place des fenêtres ; après ça on reparle de la définition de l'enfer.

— Pute à négresses, à la limite, j'ai rectifié en marmonnant, mais il n'a pas compris.

Au fond, je n'espérais pas qu'il comprenne, c'était juste une façon de le contredire, de me foutre de sa gueule. S'il avait compris, je m'en serais pris plein dans la gueule, et peut-être plus que ça. Je l'ai suivi sans savoir qui serait là. Dire que je n'ai pas pensé à toi serait archifaux, en même temps je pensais à peu près tout le temps à toi à ce moment-là, et je savais pertinemment que tu ne pouvais pas être là puisque, sur les conseils de l'avocat, je ne t'avais pas inscrite sur la liste des visiteurs potentiels.

Dans la salle des parloirs, nous étions plusieurs, avec des tables entre nous et nos visiteurs. Et, en face de moi, il y avait ce vieillard minuscule, bossu de détresse, avec ses yeux de toujours, rieurs et pétillants. Cette fois-ci, cependant, ses yeux étaient aussi incroyablement mouillés. J'ai failli ne pas le reconnaître, tant il avait rétréci. Mon cœur a explosé. Je me suis assise et j'ai attrapé ses deux mains dans les miennes, toutes vieilles et noueuses. Avant ce jour, je n'avais jamais touché ou caressé les mains de mon grand-père. C'était étrange, comme les gestes d'un film. Du coup je me suis un instant décalée, comme si je nous regardais de plus loin. Je ne crois pas qu'il ait été troublé par la même impression que moi, il était bien là, lui, il me mangeait du regard et ses yeux ont débordé d'un seul coup, il s'est mis à sangloter en serrant mes doigts de toutes ses forces.

— Mon petit furet, il a soufflé d'une voix rauque, entre deux sanglots, et puis il a reniflé, lâché mes mains pour aller chercher un mouchoir en tissu dans sa poche. Un des surveillants lui a jeté un regard oblique, à deux doigts de lui plaquer la nuque et les mains sur la table. Mon grand-père ne s'est rendu compte de rien, il a soufflé dans son carré beige à carreaux. La vision de ce mouchoir, bon sang. Les petits carreaux, la pliure du fer à repasser, sa façon de l'enfermer dans son poing, roulé en boule, avant de le remettre dans la poche de son pantalon. C'est le danger des parloirs : tu en sors fragilisée alors que tu retournes dans l'arène juste après et qu'il faut rester solide, altière. Moi qui imaginais me faire engueuler. Quelle môme.

On ne s'est pas dit grand-chose, tu penses.

— Pardon pour le fusil.

Il a secoué la tête avec stupéfaction. Entre les larmes, il m'a dit qu'il m'aimait. Ça ne remplaçait pas le silence de mes parents, c'était mille fois plus important. Il m'a aussi posé des questions concrètes, et ça nous a sauvés de la démolition. Je lui ai expliqué les années avant le procès, le temps long qui m'attendait. La peine, je ne voulais pas en parler. Je ne pouvais pas. Spéculer, imaginer, angoisser, non. Pas après pas, me disait mon avocat, et il avait raison.

— Je t'ai versé de l'argent sur ton compte, que tu puisses acheter des choses dont tu as besoin.

Si je parlais, même pour dire merci, je savais que j'allais m'effondrer. Dès que j'aurais touché l'argent de mon grand-père, j'allais pouvoir régler mes dettes en cadeaux divers. J'ai pensé à Naïma, j'ai pensé à des clopes, à des gaufrettes à la fraise, à de la sauce piquante en pot de 500 grammes. J'ai plongé mes yeux dans ceux du vieux, j'étais déchirée. Il s'est penché vers moi et m'a demandé si on m'avait fait du mal.

— Sois forte, il a soufflé.

— Tu reviendras ?

— Évidemment, ma loupiote.

J'ai tenu en lui disant au revoir. J'ai tenu en regardant sa silhouette brisée quitter le parloir à petits pas, contourner les sacs de fringues avec des numéros d'écrou collés dessus au chatterton. J'ai tenu tandis qu'il pliait l'échine en passant devant un gardien immense qui l'a observé sans chaleur chercher la sortie. J'ai tenu pendant la fouille, et pendant la remontée en cellule, dans chaque sas, en attente du grésillement d'ouverture des grilles. J'ai tenu jusqu'à ce que Stirbois claque la porte derrière moi et me laisse seule.

Alors j'ai enfin chialé comme la gosse que j'étais – longtemps, roulée en boule sur mon lit, les yeux fixés sur le minuscule bout de ciel octroyé par l'orientation de ma cage.

Culpabilité

C'est vrai, au début, je n'avais pas réellement conscience d'avoir tué quelqu'un. J'avais tué un tueur, j'avais stoppé ses tirs, j'avais vengé Nacer. Il ne s'agissait pas d'un homme, il s'agissait d'un flic. Sa tenue couvrant intégralement corps et visage, sa couleur de commando, tant d'excuses pour ne pas deviner l'humain derrière la machine brutale. Aujourd'hui encore, je trouve injuste qu'il ait choisi de tirer sur Nacer alors que j'avais un fusil de chasse. Je me demande s'il y avait dans son choix plus de sexisme que de racisme, ou l'inverse. Mais ce qui est sûr, c'est que malgré mes cauchemars dans lesquels son sang jaillissait sous sa cagoule, où des morceaux de mâchoire me sautaient au visage, il m'a fallu des mois pour remettre en question mon geste. Il est resté longtemps un mouvement de légitime défense, car ainsi tout était plus supportable. L'avocat secouait la tête.

— Il va falloir changer de stratégie de défense, Axelle, c'est pas avec ce genre d'arguments que vous allez vous en sortir.

J'aimais bien qu'il me vouvoie et m'appelle par mon prénom, ça me rappelait certains profs du lycée.

— M'en sortir? Sortir tout court, vous y croyez, vous?

Un jour il a soupiré, rassemblé ses notes. Il a enfilé sa veste et s'est levé pour partir alors qu'il n'était là que depuis dix minutes. Ça m'a blessée qu'il s'agace aussi vite.

— Vous savez qu'il avait une petite fille de dix ans, cet homme?

J'ai haussé les épaules. Non, je ne le savais pas mais je ne voulais pas que ça me touche, j'étais la victime, pas le bourreau, un robocop qui avait oublié la moindre sommation et tiré à deux reprises sur mon ami ne pouvait pas être une victime. Les victimes ne ressemblaient pas à ça. Les victimes étaient sans terre, sans droits, les victimes étaient volées, violées, spoliées. Les victimes l'étaient parce qu'il existait des hommes comme lui qui tirent sans sommation sur les Arabes. Les mecs comme ça existaient depuis longtemps, ils étaient là pour maintenir les privilèges de tous les princes Jean de la planète, et moi j'étais de la forêt de Sherwood mais pas la version dessin animé, c'est tout.

Ce jour-là, j'ai laissé partir l'avocat sans essayer de le retenir. J'étais furieuse. Mais la petite fille avait fait son apparition dans ma tête après que j'avais fait mon apparition dans son histoire, quelque chose comme ça. Et nous n'allions pas nous quitter avant longtemps.

The Ballad of Lucy Jordan

Ils sont venus voir *Thelma et Louise* au squat, dans la piaule de Jicé. Son oncle lui a donné son vieux magnétoscope et un grand écran, du moins ils le trouvent grand, alors il n'est pas rare que la bande vienne s'entasser sur l'unique lit, aucun d'entre eux n'ayant la télé ni ne désirant en posséder une. Axelle voit ce film pour la troisième fois, elle l'adore. Mano le découvre et les autres aussi. Ils aiment vraiment le film, au point de ne pas commenter, au point de communier en silence. Mano est allongée près d'Axelle, sa tête repose sur sa cuisse. Ils se tiennent souvent tous emmêlés, débordés par leur affection, leurs appartenances. Surtout depuis la montagne, d'où ils sont revenus il y a quelques jours à peine. De fait, cet embrassement ne trahit pas le feu qui rend Mano et Axelle si nerveuses. Dans *Thelma et Louise*, il y a cette incroyable métamorphose qui anime les héroïnes, une transformation si totale et réjouissante que Susan Sarandon et Geena Davis, plus sales que jamais, deviennent de plus en plus belles, sauvages, en même temps que libres. Ce film a été une telle claque pour Axelle, elle est heureuse de le faire découvrir. Euphorique, elle se retient pour ne pas parler, d'intervenir pour savoir ce qu'ils en pensent, surtout Mano. Elle se mord l'intérieur des joues mais craque une ou deux fois. Juste avant le viol de Thelma pour dire Attention, regardez bien, la scène est importante, et lorsqu'elles font exploser le camion du connard qui les suit en jouant avec sa langue. Il y a ce qu'elles étaient avant et qu'elles ne peuvent, ne veulent plus être après, cette liberté. C'est ça qu'elles incarnent, ces deux femmes magnifiques. On pourrait faire un arrêt sur image, sur leurs six corps avachis, leurs regards saisis par ce plan fixe, presque la fin du film mais pas tout à fait, on pourrait croire encore qu'elles vont s'en sortir, Thelma et Louise dans la décapotable, c'est la nuit, on sait que la nuit passe parce qu'elles se relaient au volant plusieurs fois, et Marianne Faithfull chante *The Ballad of Lucy Jordan*. Marianne Faithfull qui chante *The Ballad of Lucy Jordan*, ça les remue tous, déjà. Mais là, en plus, il y a ces deux femmes aux traits tirés, déterminées, si belles. Leurs visages aux plis crasseux et fatigués, l'intensité de leur regard.

Axelle durcit sa cuisse et caresse les cheveux de Mano qui, l'espace d'une longue seconde, lève la tête vers Axelle. Leur sourire bavard éclate dans la chambre, tandis que Marianne Faithfull chante *The Ballad of Lucy Jordan*.

Ce soir-là, après l'envolée de la Thunderbird dans le Grand Canyon, ils rejoignent la manif de nuit contre la venue en France de Berlusconi. Leurs foulards sur le nez pour que les flics en civil ne puissent pas les identifier, ils marchent de concert, sur la largeur d'une rue. Il fait nuit, un jour d'hiver où le noir tombe à cinq heures, et dans ces petites villes que seuls les Parisiens nomment province, la vie continue à peine au travers des vitrines, des cafés indolents que ne fréquentent à ces heures que les alcooliques ou les étudiants. Pas d'afterwork ici, pas d'adultes confirmés et actifs au comptoir. Le temps de se retrouver au bout de la plus grosse avenue, de déployer leurs chants à pleine voix pour se donner l'impression d'être plus nombreux, que déjà les flics se pointent. Un, deux, trois, douze camions de CRS se garent aux abords du rassemblement, ils ne sont pas assez nombreux pour vraiment parler d'une manifestation. Il est des combats plus rassembleurs que d'autres, et à se peler le cul sur la place, il n'y a que les militants de la Ligue, les anars, les totos et la CNT. Les retrouvailles sont bon enfant, il n'y a pas de réel enjeu : leurs cris contre Berlusconi et l'État français coupable de complaisance ne vont inquiéter personne, même s'ils aiment bien imaginer le contraire. Ce jour-là, la présence massive des CRS leur donne de l'importance et de la colère, leurs chants en ont pris des couleurs. Nacer est parti saluer un gars de la Ligue que les filles du groupe n'aiment pas parce qu'il les traite d'une façon dégueulasse. Nacer n'est pas à l'aise avec ça, il ne défend pas vraiment le type mais il met l'amitié au-dessus de tout. L'amitié et la lutte des classes, censée englober la lutte des femmes. Quelle blague.

Les flics ont juste attendu qu'ils empruntent l'avenue principale, cette grosse jugulaire qui traverse la ville, bordée de cafés bourgeois et d'une promenade boisée et pavée au lustre ancien. Ils ont attendu qu'ils s'ébranlent en une petite masse énervée pour leur tomber dessus. C'est si soudain et disproportionné qu'ils ne savent pas comment réagir. Les CRS se déploient, enroulant les révoltés dans un cordon bleu marine bien serré, un étranglement avant l'attaque. Ils tentent de fuir, mais les mailles de la nasse sont ajustées. Tous, ils se souviendront de cette violence, de cette brutalité gratuite, sans mesure par rapport à leur nombre. Nacer, dans les premiers, se retrouve roué de coups jusqu'à tomber, puis tabassé alors qu'il gît au sol. D'autres que lui, à coups de pied dans le ventre, des visages connus ou inconnus, et le coup de matraque qui laisse Axelle sanglante, en tas désarticulé sur le trottoir. Tous, ils s'en souviendront. Et il faut qu'ils se souviennent, qu'ils n'oublient jamais que la violence a commencé de l'autre côté. Qu'ils n'ont fait que répliquer. Quels que soient les monstres pour lesquels on a tenté de les faire passer, la violence, c'est d'abord eux qui l'ont subie, avalée, c'est elle qui les a formés, à coups d'humiliations et de matraque, d'insultes et de mépris.

Ça frappe de tous les côtés et les hurlements jaillissent de l'arène comme des cris d'agonie, des plaintes heurtées par tant d'injustice, par la douleur. Mano glisse son bras autour du corps blessé d'Axelle et la porte jusqu'au nez des CRS qui les laissent sortir de la nasse. L'une tient à peine debout, l'autre pleure, les yeux gonflés par les gaz lacrymo. Ils semblent penser qu'elles ont pris assez cher, pas la peine de les embarquer. Derrière elles s'enlise un chaos familier qui choque toujours malgré le déjà-vu. De larges pans de fumée évoquent un incendie, les corps en fuite se cognent et se soutiennent, tentent d'échapper à l'arbitraire.

— Les autres ? s'inquiète Axelle en haletant.

— Nacer embarqué, Jicé et Paola aussi, je crois.

— Charly?

— Je l'ai perdu.

Elles avancent en silence, hébétées par le contraste entre la manif et les ruelles adjacentes où le calme résonne, mortifère. Quelques rideaux dansent mais à peine, peut-être sans lien avec l'agitation du boulevard. Axelle laisse sa tête rouler dans le cou de Mano, qui resserre sa prise. Du sang sèche au coin de sa narine droite. Mano a les genoux qui tremblent. Il n'y a plus qu'elles.

— On va où?

Elles ont le choix entre le squat et la chambre d'Axelle en cité U. Ce sera la cité U qui, malgré sa taille, offre ce que le squat ne peut jamais offrir complètement : l'intimité dont elles ont besoin. Il y a plusieurs jours qu'elles retiennent leurs élans, que le désir leur grille les doigts, la langue et le reste. Changer le monde, c'est bien. Faire l'amour, c'est bien aussi, et c'est un monde en soi.

Depuis, *Thelma et Louise* est associé à l'amour et, pour toujours et pour elles deux, aux violences policières. Il y a la cuisse d'Axelle, leurs vibrations, les visages poussiéreux des actrices et les leurs, la douleur. Leurs corps blessés et la voix de Marianne Faithfull qui chante *The Ballad of Lucy Jordan* tandis qu'elles font l'amour.

Parler avec les morts

Il faut parler des morts. Il faut parler avec eux. Mano, un an après le braquage, ne veut toujours pas penser à Nacer ni au flic tué par Axelle, et elle refuse d'en parler avec qui que ce soit. Les oublier, les faire disparaître, pourrait lui assurer un semblant de tranquillité. Les morts entravent, surplombent. Elle s'accroche aux vivants, aux absents qui respirent le même air qu'elle mais entre d'autres murs – putride, cet air-là. À Axelle, elle parle. Dans chaque instant de solitude, elle lui parle. Ce qu'elle lui dit meurt dans le bruit de l'eau, sous la douche, dans les grondements d'un moteur de voiture. Elle dit *Mon étoile*, elle dit *Ma sacrifiée*, elle dit *Ma combattante*. Elle dit, *Tiens bon, je t'en supplie*, et aussi, *Pardonne-moi*. Les vivants pourraient, éventuellement, lui offrir une sorte d'absolution, le terme lui faisant pourtant horreur. Force est de constater que c'est ce mot-là qui émerge quand elle essaie de circonscrire sa détresse. Celle de payer moins que les autres. Les morts, on ne peut rien en tirer, ils vous regardent avec les yeux vitreux, les chairs encore tendres de la jeunesse fauchée. Ils ne rigoleront plus jamais aux vannes complices, ne seront plus jamais en colère. Le frisson, la jouissance et la peur, terminé.

Mano pense plus à Nacer qu'au flic, évidemment. Mais elle ne peut pas s'empêcher de penser parfois que les deux sont morts en partie à cause d'elle. Qu'elle aurait dû prévenir ses amis, qu'elle en avait encore le temps. C'est ce qu'elle chuchote à Axelle qui ne peut pas l'entendre, évidemment. Elle pourrait écrire, lui écrire, mais l'avocat a mis tout le monde en garde, il ne faut pas oublier que l'intégralité des courriers sera lue, et que le spectre de l'ultra-gauche les rend nerveux, tout en haut. Qu'ils sont prêts à tout pour couper les têtes d'une hydre, même imaginaire. Il ne l'a pas dit comme ça, les métaphores c'est pas son truc, mais il a été clair sur le sujet : évitez d'écrire, ou ne parlez de rien, rien d'important, rien qui leur permette de refaire l'histoire, d'identifier les liens, de coincer ceux qui respirent l'air du dehors.

Mano a arrêté de se défoncer. Elle picole pas mal mais dans des mesures socialement acceptables. Elle cherche du boulot parce que c'est plus possible, que Charly paie tout, même s'il ne le lui reproche jamais.

Pas un jour sans qu'elle pense à Axelle. Pas un seul. Sortie de nuit agitée ou sereine, éveil nocturne arraché aux mauvais rêves, au froid, aux piqûres de moustiques du dernier été sans vent, la première image qui s'invite est celle du nez de faucon, des yeux noirs d'Axelle. Sa grande jeunesse. Depuis douze mois maintenant.

Pas un seul jour sans la mort qui l'effleure au réveil, un poing qui l'étouffe et une voix qui siffle : elle et pas toi. Pas sûr que ça tienne face à un jury, encore moins face au nez de faucon, aux yeux noirs d'Axelle. À sa jeunesse, surtout et encore. Dix-neuf ans, bon sang. Elle en a vingt à présent. Trois cent soixante-cinq jours qu'elle vit en prison, c'est inconcevable. Son effarement sonne comme une excuse, une plainte coupable.

Parfois, elle a envie de tout dire, d'entrer dans une gendarmerie et de faire une déposition. Dire qu'elle conduisait la voiture, qu'elle a transporté les armes, les autres, qu'elle les attendait devant, moteur allumé. Leur dire qu'il s'en est fallu d'un cheveu, de quelques minutes à peine, mais que sa place est en prison, près d'Axelle.

Charly s'agite dans la cuisine, chante *L'Estaca* en exagérant sur les pauses du refrain, comme Lluìs Llach face au public à Barcelone, en 85. Les origines de Charly ont toujours séduit Mano. Au point qu'elle se demande parfois si elle a choisi de rester vivre avec lui ou avec l'héritage flou et fascinant de la Catalogne de 36. Pas sûr qu'elle ait été en mesure de choisir quoi que ce soit. Il n'en sait rien, lui. Il chante *L'Estaca* en faisant revenir des oignons dans l'huile d'olive. L'odeur remplit le salon où Mano fait semblant de lire. Son regard se pose sur les meubles, les affiches, chaque morceau de Charly qui constitue un tout, un foyer sans doute. Elle trouve qu'il y a trop de joie dans son chant, c'est un chant de révolte et de tristesse, une invitation à l'unité, aussi. C'est pas du folklore, merde. Mais elle se tait, stoïque et consciente d'être imbuvable quand elle se raidit. Sous la rigidité, il y a l'effondrement qui pointe à chaque instant, et c'est terrible de vivre comme ça. Parfois, Mano parle aussi à Jicé. Mais jamais à Nacer. Nacer la regarde dès qu'elle ferme les yeux. Nacer se démantibule sous les rafales. Elle ne l'a pas vu tomber mais ça n'empêche rien. Nacer tend son regard vers elle au moment de crever. Ses yeux lui demandent pourquoi elle les a laissés tomber. Il y a toujours un moment où le visage d'Axelle se substitue à celui de Nacer, lui posant la même question muette. Alors elle en veut à Charly d'être venu la sauver.

Quand la sonnerie du téléphone résonne dans l'appartement, elle ne réagit pas. C'est Charly qui interrompt son chant pour répondre. Après avoir décroché, son silence inquiète Mano. De temps en temps, il dit oui d'une voix désincarnée, son interlocuteur reprend, Charly écoute. Mano lève les yeux du bouquin, croise son regard d'une tristesse insondable, soudain, incongrue après son chant. Il retire son foulard, frotte ses yeux en grimaçant. Il dit, Comment ça s'est passé? Quand? Il écoute encore, puis, dans un souffle, ajoute, D'accord, merci. Merci de m'avoir prévenu. Sa voix déraille, il raccroche et tourne le dos à Mano. Ses épaules sont agitées de soubresauts, un râle accompagne ses larmes. Mano pense à la mère de Charly, une chute, un accident, à sa sœur peut-être, elle ne se sent pas encore concernée, seulement compatissante.

— Qui est mort?

Charly ne répond pas, titube vers la cuisine. Elle se lève, s'approche de lui, pose une main à plat sur son dos.

— Charly, parle-moi. Qui est mort?

Alertée par l'odeur de brûlé, elle s'élance pour éteindre le feu sous les oignons, jette la poêle sous le robinet.

— Jicé, lâche Charly dans un sanglot qui en libère d'autres.

— Jicé est mort? insiste Mano, glacée.

154

— Ils venaient de lui refuser à nouveau une permission. Il s'est pendu dans sa cellule.

Les oignons carbonisés et la fonte brûlante chuintent sous le filet d'eau, une odeur infecte envahit la cuisine. Charly et Mano se tiennent du regard, rassemblés par la douleur. Ils n'ont pas les mots. C'est Mano qui s'approche et enlace Charly et ils restent longtemps comme ça, serrés l'un contre l'autre, écrasés par la honte d'être libres, vivants. Au bout d'un moment il faut bien se détacher légèrement, se regarder. Leur premier baiser est brutal, désespéré, immédiatement sexuel. Leurs mains s'attrapent au travers des tissus, leurs corps se cognent contre la gazinière, puis le frigo, puis l'encadrement de la porte. Il y voit un désir caché que le désespoir libère. Elle n'y voit rien du tout, flotte au-dessus d'un charnier et ne trouve rien de mieux à faire que l'amour pour échapper à la mort.

Où s'arrête la vie

J'avais rendez-vous avec l'avocat pour préparer la reconstitution. Quand il est entré dans le parloir, un tic agitait sa joue, il avait l'air désolé pour moi et ça m'a agacée. Ses simagrées, il pouvait se les garder. J'étais bien persuadée, à ce moment-là, qu'il n'avait pas grand-chose à foutre de ma situation, alors c'était pas la peine de prendre des airs douloureux comme si, débordé par son empathie naturelle, il ressentait ma solitude et en souffrait véritablement. J'étais fumasse. Il n'a rien dit d'abord.

— Allez-y, je vous écoute, j'ai aboyé.

— Je suis désolé pour votre ami.

Mon cœur a valsé dans tous les sens, j'ai su tout de suite que Jicé n'avait pas tenu. J'ai compris que je m'y attendais, même si je ne l'avais jamais formulé. La désolation de l'avocat était compréhensible, finalement – il avait quand même un cœur, l'enfoiré, je ne pouvais pas le soupçonner de tous les travers. Un vide énorme m'a envahie, et ma gorge s'est bloquée. Nous étions amis, mais en plus de notre amitié, il y avait cette situation terrible que nous partagions et, par là, un lien puissant nous reliait, rendant la détention plus supportable. Ce lien-là n'avait pas suffi, et, en cédant, me laissait tomber profondément et seule, très bas, très loin. J'ai revu Jicé en train de nettoyer ses lunettes, sifflant des conneries, et ses éclats de rire secs, lumineux, la jugulaire offerte. Il avait ce regard flou qui n'appartient qu'aux myopes et les rend irrésistiblement attachants. J'ai pensé à ses parents, à Charly aussi. Bizarrement, c'est à ce moment-là que la culpabilité a commencé à infuser. Pourtant, je n'avais pas forcé Jicé à participer au braquage, et l'idée même du braquage ne m'appartenait pas en propre. Mais, avant même de me sentir vraiment coupable de la mort du flic, c'est celle de Jicé qui a pesé sur mes épaules, d'une insupportable lourdeur.

— J'ai autre chose à vous dire.

Un vent blanc et aqueux soufflait sous mon crâne, j'entendais d'une seule oreille, l'autre recevait mes propres hurlements internes. J'ai simplement levé les yeux vers lui, haussé les épaules.

— La reconstitution. Ce sera dans deux semaines.

— Oui, j'ai dit sans savoir à quoi je répondais, sans comprendre de quoi il s'agissait exactement.

— Ce sera difficile, il a affirmé, vous allez souffrir.

J'ai baissé la tête, ça y est j'y étais, la reconstitution, évidemment que j'allais souffrir, revivre au ralenti la mort de Nacer, mon geste irréparable, notre arrestation. Me taire, couvrir celle qui n'est pas tombée. Toi, Mano, échappée aux filets de la police, échappée au cachot. Je t'imaginais filant dans la voiture sur une route du désert américain, une Louise convaincante même si je n'étais pas à tes côtés.

— Vous m'écoutez, Axelle ? Il faut vous préparer.

— Comment vous voulez que je me prépare à une chose pareille ?

— On va tout de même essayer.

Sa voix a pris une intonation douce, plus enveloppante. Une excavation d'humanité qui tentait, en paroles, de ne pas me laisser seule. C'était louable et précieux. Entre l'interdiction de te contacter et le silence retentissant de mes parents, j'étais très seule. À ce moment-là, il y avait mon grand-père et l'avocat pour venir me rendre visite, c'est tout. Et, à l'intérieur, Jicé et Naïma.

Moins un.

J'étais si seule, Mano, et il me restait encore quatre années à attendre mon procès. Mon procès, uniquement le mien.

L'avocat avait tenté de me prévenir mais j'aurais été incapable d'anticiper un truc pareil. Jamais je ne m'étais sentie aussi seule avant le jour de la reconstitution. Déjà, revoir les lieux. Sortir de la prison, emprunter la route sous un soleil d'or roux, l'automne arrivait, c'était un cadeau. Au début, j'étais seule mais bien, comme lorsque je m'enfuyais marcher dans les rues pluvieuses après une engueulade, enfant, adolescente. De prendre l'avenue du Crédit Municipal, ça m'a fait basculer dans une autre dimension. À l'arrière du fourgon, je me suis recroquevillée, persuadée que je serais incapable de marcher sur ce trottoir, d'entrer dans ce hall où Nacer s'était écroulé. Les flics ne m'ont pas laissé le choix, on était là pour ça. Il a fallu m'y coller, glacée, malgré mes ruades internes. J'ai refait les gestes d'une autre, devant des dizaines de personnes : médecin légiste, juge d'instruction, témoins, avocats – le mien et ceux de l'accusation, des parties civiles –, armada de flics. Photos, découpage de chaque action, les flics jouaient les morts. Il faut imaginer l'enfer, Mano, il ne faut pas me juger trop vite. Retourner sur les lieux, revoir les visages des employés, affronter la haine des flics, je ne pensais pas que ce serait si dur. Un policier m'a collé dans les bras un fusil en plastique, un jouet qui ne pesait rien et je me suis mise à trembler si fort que je ne parvenais pas à refaire les mouvements attendus. Le pire, c'est qu'il ne m'en restait pas grand-chose. Je suis restée figée, soudain détruite, amnésique, la seule chose qui me revenait clairement, c'était Nacer qui s'écroulait sous l'impact des deux balles alors qu'il avait lâché son flingue. À la place de Nacer se tenait un grand flic aux babines retroussées qui me dévisageait de toute sa hargne. J'étais haïe comme un monstre, une fille dénaturée qui a choisi la violence. Une fille folle qui n'a pas su gérer sa colère. Il me semblait, à moi, que nous étions entourés par la violence et qu'elle s'exerçait contre tous ceux qui n'avaient pas la chance d'être nés du bon côté, ou ceux qui refusaient d'y vivre. Il me semblait en avoir reçu ma part, et que j'avais été éduquée pour savoir la recevoir, fermer ma gueule, serrer les dents. La violence, c'est bien plus qu'un fusil. Mais je savais que c'était inaudible, bien sûr. Pas après avoir tué un flic. Et surtout pas après avoir tué un homme qui se trouvait être le père d'une fillette de dix ans. L'oppression, la violence, c'est toujours une question d'angle, pas vrai ?

À un moment, j'ai commencé à l'entendre, doucement d'abord, puis craché avec de plus en plus de haine par les flics alentour, ce mot censé me définir. Un mot qui limitait en même temps qu'il se déployait et prenait du sens pour ceux qui voulaient en trouver. *Terroriste*, le mot était lâché. L'avocat m'a saisie par le bras et éloignée de la scène, faisant signe à la juge qu'il n'allait pas s'enfuir avec moi, qu'il devait juste s'entretenir en privé avec sa cliente.

— Ils doivent vous prendre pour une délinquante, Axelle, pas pour une terroriste.

— J'ai rien dit, moi. Mais nos actes avaient un sens, vous savez.

— Je ne veux pas le savoir, justement.

J'aurais voulu présenter le braquage pour ce qu'il était, et la nécessité de récupérer de l'argent pour financer la lutte.

— Si vous faites ça, vous allez prendre très très cher, et peu de gens vous croiront.

— Vous dites une chose et son contraire.

Il a soufflé et s'est pincé l'arête du nez avec ostentation, je voyais bien qu'il était à bout. Pas autant que moi mais quand même pas frais.

— Vous avez fait la fête, hier?

— Hein?

— Vous êtes un peu jaune, et je vois bien que vous supportez plus le bruit.

Il a presque souri.

— Écoutez-moi, Axelle, je ne suis pas votre ennemi, je crois que vous l'avez enfin compris. Alors écoutez-moi attentivement: si vous voulez insister sur la partie politique de votre action, les flics et la juge vous croiront peut-être, mais les médias vous traiteront toujours comme une gamine dévoyée.

— Une quoi?

— Une pauvre fille qui a suivi son mec.

J'en suis restée sans voix. L'avocat a soupiré.

— Ne soyez pas naïve, ça ne vous va pas. Elles ont toutes été considérées comme des victimes, des filles amoureuses embarquées dans la lutte par leur mec. Soumises, manipulées. Toutes. Ulrike Meinhof, Nathalie Ménigon, Joëlle Aubron. J'en oublie.

Il a eu l'air de réfléchir, soudain, d'avoir une idée.

— Remarquez, on peut aussi choisir cet angle-là, ça marchera toujours, et vos amis ne sont plus là pour payer à votre place. Disons que ça pourrait alléger fortement votre peine.

J'ai dévisagé l'avocat. Je savais que jamais je ne choisirais d'enfoncer mes amis, je ne choisirais jamais cet angle de défense. En revanche, entendre l'avocat me mettre dans le même lot que celles qu'il avait citées, ça m'a sciée.

— Laissez tomber. Pour l'instant je vais surtout me taire. Digérer cette journée de merde.

Il a posé une main compatissante sur mon épaule.

— C'est toujours très dur, les reconstitutions. Je viens vous voir bientôt.

Dans le fourgon cellulaire qui me ramenait en centre de détention, au bord de la nausée, j'explorais les limites et les ramifications de mes multiples dénominations. Terroriste, délinquante, meurtrière, tueuse déterminée, tueuse folle, dominée, manipulée, manipulatrice. La nuit était tombée, l'automne sentait la pluie, la rouille, mais la rousseur tendre des arbres du bord de route ne luisait pour personne. Si nous étions restés un groupe uni, nos forces en auraient été décuplées. Mais du groupe que nous formions, il ne restait qu'un éclate-

161

ment triste – Charly et Paola avaient déserté, Nacer et Jicé étaient morts, tu avais disparu. J'avais vingt et un ans depuis trois semaines, une fillette m'accusait avec ses grands yeux au fond de ma tête et j'allais crever en prison, il n'y avait pas d'autre issue.

Le temps qui passe

Charly éclate de rire à une vanne de Félix, un vieux copain militant revenu de Barcelone depuis une semaine. Félix raconte à la tablée comment s'organise le squat autogéré dans lequel il est resté deux mois, pas si différent de celui dans lequel ils ont passé du temps, il y a quelques années. Mano sourit elle aussi, sans enthousiasme mais avec bonne volonté. Charly ne la quitte pas des yeux, la dévore de ses attentions. Depuis la mort de Jicé, il vit dans une félicité coupable. Enfin, il hume la peau de Mano au réveil, et il le doit à la mort de son meilleur ami. C'est en sueur qu'il se réveille parfois, arraché à la nuit par des rêves d'une tristesse insondable. De sa tristesse, de sa culpabilité, Mano n'en a pas vraiment idée, tout occupée qu'elle est à survivre aux mêmes fléaux. Ils s'aiment pour des raisons différentes, qu'ils ne sauraient pas expliquer. Rien que de très normal, au demeurant, excepté qu'ils ont tous deux survécu à un braquage sanglant, laissant derrière eux deux morts et une incarcération. Comme Charly a lâché le groupe en amont, Mano se figure parfois qu'il la juge encore pour avoir voulu en être. Lui s'imagine qu'elle le pense lâche de ne pas l'avoir voulu. Ce qu'elle ressent pour lui ne ressemble à rien de ce

163

qu'elle a pu connaître avec Axelle. Pas plus d'ailleurs qu'avec d'autres types désirés çà et là depuis l'adolescence. Mais ce qui les lie est puissant, porte le sceau de la mort, les différencie du reste du monde. Au fil des mois, voyant que Mano ne fuit pas, qu'elle se coule doucement dans cette vie à deux, Charly se prend à y croire. Une vie normale, un couple comme les autres. Son stage se mue en embauche, et il se met à gagner de quoi payer plus que le loyer et la nourriture. Il file le matin en criant J'y vais, ravalant un *chérie* qu'il n'ose pas encore brandir. De son côté, et selon les périodes, Mano travaille. Souvent, des petits boulots qui ne nécessitent pas de formation particulière, des jobs de magasinière, ouvreuse, et parfois en usine. Et puis il y a de longues périodes où elle ne bosse pas, alors elle doit se faire violence pour sortir du lit avant l'après-midi, ne pas rester la journée entière à enchaîner les sommeils épais. Donner le change pour que Charly ne trouve pas l'appartement plongé dans le noir. Elle ne veut pas de son inquiétude empressée, elle veut juste essayer un semblant de vie normale pour ne pas plonger. Parfois, elle se douche et s'habille une demi-heure avant son retour. Sans lui, qui sait ce qu'elle deviendrait, quelle dose d'alcool incompatible avec la vie humaine elle ingurgiterait quotidiennement. Sans lui, elle aurait peut-être déjà choisi de mourir. Lui, il a du mal à comprendre. Il se dit qu'il faut avancer, et il dit des choses comme Il faut lutter autrement, et quand il dit ça, Mano voudrait lui crever les yeux. Elle, ce qu'elle voudrait, c'est un plan pour faire évader Axelle. Ça s'est vu, des opérations pour faire s'évader des prisonniers, et des cavales ensuite, des planques, des départs à l'étranger. Ce soir-là encore, elle l'a évoqué, et Charly a secoué la tête.

— On n'a ni les moyens ni les capacités d'un truc pareil. C'est de la folie pure.

Il l'a dit d'un air profond, abîmé, rongé par la douleur de l'impuissance. Ainsi Mano semble bien moins raisonnable que lui, moins en phase avec le réel. On pense qu'elle perd pied, certains murmurent qu'elle est fragile, que toute cette histoire l'a drôlement secouée. Des sourires indulgents fleurissent, ils ont l'un et l'autre une aura particulière depuis le braquage foiré. Et encore plus depuis le suicide de Jicé. Personne ne connaît les détails, mais chacun sait que ces cinq-là étaient liés, par l'amitié et par l'engagement. Le drame est devenu légende et il a perdu, de fait, une part de sa réalité. En quelques années, les nouveaux militants entendent raconter l'histoire, frissonnent, rangent ces martyrs locaux dans le panthéon de leurs fantasmes, de la RAF aux Brigades rouges en passant par Action directe et les GARI. Pour Mano, les événements sont toujours proches d'elle, le temps n'avance pas plus vite que la musique. Elle a changé de millénaire sans même s'en rendre compte.

Les militants qu'elle continue de fréquenter sont altermondialistes. Félix et les autres se préparent, en meute, à aller jusqu'à Gênes pour un sommet du G8. Elle hésite à y aller elle aussi, tout comme Charly.

— Ce sera en juillet, c'est idéal comme période pour aller en Italie.

— C'est pas un week-end touristique, Charly.

Charly, ça lui tient à cœur de prouver à Mano qu'il n'a pas viré de bord. Il se méfie simplement de la violence, à celle-ci il préférera toujours les pourparlers, les manifs, les actions sans victimes collatérales ou frontales. Il ne sait pas qu'en trois jours Gênes va devenir le théâtre sanglant de violences policières dignes d'une dictature, qu'un jeune homme y laissera la vie et que des centaines de militants seront traités comme des chiens dans la caserne Bolzaneto. Envisager l'Italie leur fait penser à Paola, mais aucun des deux ne la nomme. En réalité, ils ne reverront jamais Paola, mais Paola sera à Gênes la nuit du 21 au 22 juillet 2001. Elle sera traînée par les cheveux hors de son sac de couchage alors qu'elle dormait à l'école Diaz avec d'autres pacifistes, elle sera enfermée, frappée. Elle sera sommée de rester des heures nue, jambes écartées contre un mur, avec d'autres jeunes gens terrifiés.

Finalement, Mano et Charly ne partent pas en Italie. Charly n'a pas pu poser de congé dans la boutique de boiseries pour laquelle il travaille, et Mano a du mal à prendre des décisions. Elle se dit, jusqu'au bout, qu'elle va partir elle aussi, mais elle ne part pas, et c'est une bonne chose, au vu des événements.

Quand ils apprennent, fin juillet, de la voix de leurs amis, ce qu'il s'est passé à Gênes, Charly n'en revient pas, Mano n'est pas étonnée. Elle regrette de ne pas y avoir été, affronter une répression guerrière lui aurait peut-être fait du bien. En tout cas, même si les autorités italiennes ne seront mises en cause que des années plus tard, la presse française s'émeut du traitement réservé à cette jeunesse révoltée et Mano espère que les événements de Gênes vont servir à Axelle, dont la date du procès va bientôt être fixée. Étrangement, elle s'éloigne de leurs vieux amis militants. D'autres combats, d'autres actions se préparent, mais comment agir quand on est figé, englué dans une demi-vie?

Mano, elle, est restée bloquée en 97. Elle n'a digéré ni la mort de Nacer, ni celle de Jicé, ni l'incarcération d'Axelle, et surtout, surtout, elle ne se pardonne toujours pas sa propre défection. Parfois, évidemment, elle en veut à Charly, mais ce n'est pas très rationnel.

Un souffle de vie

Début août, une lumière insolente inonde les terrasses. Les touristes s'assoient sur le bord des fontaines pour espérer un peu de la fraîcheur qu'offrent la pierre et les éclaboussures. Les cafetiers tendent des pergolas de circonstance et embauchent des saisonniers, un festival de musique classique attire de riches Parisiens et des étrangers mélomanes. Mano a retrouvé un travail de serveuse dans un café tape-à-l'œil pourvu d'une immense terrasse. Il y a bien longtemps qu'elle n'a pas travaillé dans un café, et les gestes simples et techniques lui rappellent l'époque où elle bossait dans la boîte que les copains ont braquée. Le début, l'origine. Elle ne déteste pas. C'est un travail mécanique qui lui permet de bouger, elle slalome entre les tables, sort prendre les commandes d'un bout à l'autre de la terrasse, rentre et énumère à pleine voix les cafés, eaux, bières blondes, rousses, vins blancs et sodas, qu'un collègue resté derrière le bar commence à aligner sur le comptoir. Il oublie toujours les glaçons alors c'est elle qui les récupère dans le bac avec une pelle en fer et elle les jette par cinq dans les verres. C'est l'été. L'été, il faut des glaçons dans les verres, et elle aime follement le son des glaçons qui tombent et s'entrechoquent. Dans la danse molle de l'été et ses moiteurs, elle retrouve presque, pour la première fois, un semblant d'énergie, un souffle de vie. Mano pose quatre pastis sur une table, encaisse et rend la monnaie en souriant. Aujourd'hui, elle termine son service à quatorze heures, c'est-à-dire maintenant, et elle a rendez-vous ici même. Son tee-shirt en coton blanc accuse des taches de sueur entre les seins et sous ses bras, alors elle l'arrache dans l'arrière-boutique et enfile une marinière sans manches. D'un mouvement familier, elle ramène ses cheveux un peu haut sur son crâne et les coince en partie avec une barrette en bois. Le résultat est flou et sexy mais elle ne le sait pas.

L'avocat lui fait signe. Il s'est installé loin de l'entrée, en lisière de la terrasse. Mano s'approche, une bière dans une main, un Perrier dans l'autre.

— Vous anticipez mes envies, mademoiselle.

— C'est ce que vous vouliez?

— Exactement, comme la dernière fois.

Mano pose les verres sur la table, lui serre la main et s'assied près de lui. Il a une poignée de main ferme et, malgré la chaleur, sa peau n'est pas collante.

— Charly va arriver.

— Bien. Vous voulez qu'on l'attende?

Fébrile, elle secoue la tête.

— Vous avez la date?

— Pas exactement. Mais ce sera mi-septembre.

— Sûr?

— Je vous donnerai la date exacte.

Les yeux de Mano se remplissent d'un seul coup, elle serre les dents pour retenir ses larmes. Il pose sa main sur son bras, la regarde par en dessous, presque étonné par son émotion.

— Je vous promets que vous serez la première à connaître la date. Et je pense que vous pourrez y assister.

— Je croyais que vous étiez contre.

— J'ai changé d'avis. Il faut seulement que vous soyez prête à vous taire.

— Pourquoi vous avez changé d'avis ?

L'avocat semble hésiter. Son regard se perd dans la fontaine, sur les dauphins de pierre couverts de mousse.

— Je pense qu'elle a besoin de vous.

Mano a du mal à avaler sa salive. Elle laisse échapper quatre grosses larmes qui se perdent à son cou, passe ses paumes sur ses yeux. Elle boit une grande gorgée de bière, repose doucement son verre.

— Vous croyez qu'elle a besoin de moi ?

— Elle est très seule. La prison, vous savez.

Il ne finit pas sa phrase, les mains embarrassées, alors Mano le reprend au vol, mais d'une voix triste, un peu fêlée :

— Non, justement, je ne sais pas.

Il ouvre ses paumes, hausse doucement les épaules.

— C'est dur.

Autour d'eux, l'air bruisse de rires et, si l'on prête l'oreille, on entend le clapot dans la fontaine. Un bruit estival. Mano cherche Charly des yeux, il devrait déjà être là. Un nœud se forme dans son ventre, une angoisse puissante qui la déstabilise. Revoir Axelle. Revoir Axelle après quatre années de taule. Charly surgit derrière eux.

— J'ai loupé quoi ?

D'un mouvement ample, il attrape une chaise à la table voisine et s'installe en face de Mano, passe le bout des doigts sur son genou.

— J'expliquais à votre amie que la date du procès n'était pas encore fixée.

— Merde.

— Mais attendez, on peut facilement tabler sur septembre.

Charly observe Mano qui, malgré l'anxiété, se gonfle petit à petit d'une joie qu'il n'a plus sentie chez elle depuis longtemps.

— On va la revoir, elle chuchote.

— Oui, alors attention, précise l'avocat. Il faudra vous faire discrète. En revanche, une fois la peine fixée, vous pourrez aller la voir en prison. Il faut tenir encore un peu si vous voulez éviter les ennuis, d'accord ?

Mano acquiesce. Revoir Axelle, être discrète, aller lui parler en prison. Revoir Axelle, être discrète, aller lui parler en prison. Un mantra.

Après ça, les heures de service l'aident à ne pas trop penser, à figer l'angoisse dans un petit coin de son corps, ne garder que la joie, tout en continuant de s'agiter. Charly, lui, oscille entre le plaisir de voir Mano plus vivante et la tension que provoque en lui l'approche du procès. Il voudrait que ce soit terminé, il voudrait que le verdict soit déjà posé. Au fond, il a déjà une idée de la peine que va prendre Axelle mais il sait que Mano ne va pas l'accepter avec autant de philosophie que lui. Et qu'il faudra encore la porter à bout de bras. Non qu'il déteste, au contraire, il se sent utile, fort. Il ne déteste pas ce déséquilibre, mais l'état de Mano le renvoie à cette relation puissante qu'elle avait avec Axelle et dont il n'a pas saisi tous les contours, cet amour qu'il nomme amitié parce que c'est plus supportable pour lui. Maintenant, quatre ans ont passé. Axelle a vingt-quatre ans, Mano en a désormais vingt-huit. Il vient d'en avoir trente. Ça fait plusieurs années qu'ils vivent ensemble, au début comme par accident, mais à présent il ne s'agit plus d'une cohabitation entre militants, et il voudrait un enfant. Les années n'ont pas filé de la même manière pour lui et pour Mano, il le sait mais se refuse à y penser vraiment. Vingt-huit ans, elle a forcément envie d'un bébé, l'horloge biologique, tout ça, il a beau avoir lu Badinter lui aussi, il y a des fondamentaux qu'il n'est pas prêt à remettre en question. Surtout quand ça ne l'arrange pas. Dans un mois ce sera fini, il se dit, dans un mois nous pourrons enfin vivre et avoir un enfant.

Mano, elle, pense, Revoir Axelle, être discrète, aller lui parler en prison. C'est tout.

Le 11 septembre 2001

La nuit, certaines femmes crient comme des louves, leurs mains accrochées aux barreaux. Elles sont folles pour la plupart, à moins que les lieux ne les aient rendues dingues, qu'elles retrouvent leur humanité une fois sorties d'ici. Ma nuit avait été entrecoupée de réveils brutaux, fébriles. J'avais mal aux mâchoires à force de les serrer. On y était presque. Dans quatre jours, mon procès allait commencer. Mais la juge d'application des peines voulait encore me voir. Extraction, fourgon cellulaire, je me préparais au même cirque que d'habitude, et le hasard des surveillants de garde qui faisaient du trajet un enfer ou une banalité. Quelquefois une échappée. Cette après-midi-là, deux surveillantes ont ouvert ma cellule et sont entrées sans ménagement. Une chose que la prison t'apprend, c'est qu'il y a des combats perdus d'avance, pour lesquels se battre n'a aucun sens. J'ai posé mes paumes à plat sur le mur avant même que la première ne braille qu'il s'agissait d'une fouille. Selon les périodes, elles avaient lieu une fois par semaine ou une fois par mois, et si une surveillante vous avait dans le nez, ça pouvait être tous les jours jusqu'à ce que ça lui passe. Sans chercher à me faire plaindre, ces connasses adoraient me mettre la pression. Comme je

173

ne me battais pas, elles étaient persuadées que je trafiquais. Pourtant, j'avais vraiment rien à cacher. Tout ce que je réclamais c'étaient des livres et des clopes. Mais la fouille, j'ai fini par le comprendre, ne sert pas à trouver quoi que ce soit d'illégal entre deux lattes du lit ou dans les sous-vêtements, mais à asseoir un pouvoir de destruction et de domination sur les détenus. Alors bien sûr, il arrive qu'une fouille aboutisse à la récupération d'un morceau de shit, d'amphétamines, d'alcool ou de nourriture interdite. Parfois même d'une arme blanche fabriquée avec les moyens du bord. Mais c'est presque un accident. Ce jour-là, elles ont pris tout leur temps. L'une des deux a vidé l'intégralité d'un paquet de coquillettes sur le sol de la cellule.

— On nous a parlé d'un trafic à l'étage du dessous.
— Ben voyons.
— Qu'est-ce que t'as dit ?
Elle s'est collée à moi, menaçante.
— J'ai dit « Ah bon ».
— C'est ça ouais, prends-moi pour une conne.

J'ai fermé les yeux, ça croustillait sévère sous les rangers, pour une fois c'était pas les cafards, et puis l'heure tournait. C'est pas que j'avais particulièrement envie d'aller voir la juge d'application mais quand tu es convoqué, tu dois y aller. Et les surveillantes n'avaient pas l'air de vouloir partir. Celle qui avait répandu les pâtes au sol a tiré un petit paquet de sous mon matelas, triomphante.

— Eh ben voilà !
— On n'a pas fait ça pour rien, a renchéri la deuxième.

J'étais bien placée pour savoir qu'il n'y avait rien sous mon lit. J'ai secoué la tête.

— Sérieusement?

— Quoi? Tu la ramènes, en plus?

Elle a dépiauté le paquet sous les yeux de l'autre, pour la prendre à témoin. Leur cinéma était bien rodé. C'était censé être de la coke. Le plus marrant, c'est que j'ai jamais touché à cette merde, en vingt-cinq ans de taule.

— La juge va faire la gueule.

J'ai pas bougé, juste ouvert les paumes en haussant les épaules.

— Pourquoi vous faites ça?

Elles n'ont pas répondu, ont quitté la cellule avec leur preuve imaginaire. C'était pas ma première fouille, en quatre ans j'avais déjà eu droit à pas mal de réveils désagréables et de nourriture détruite, mais c'était la première fois que des surveillantes me mettaient dans cette situation. À quelques jours du procès, je ne savais pas ce que ça pouvait donner.

Quand une autre surveillante est venue me chercher pour m'emmener au tribunal, j'étais prête, fébrile. Préparer l'instruction, c'est répondre aux questions, toujours les mêmes, trois fois, dix fois, cent fois les mêmes. Toujours menottée, pour ne pas oublier de quel côté on se trouve. Ne pas mordre, ne pas pleurer. Écouter le juge recommencer, nommer les morts, riper parfois sur le tutoiement, comme les matons, puis se reprendre.

Sur la route, j'ai ruminé l'incident sans en parler avec Crawford, qui m'accompagnait. Au palais, elle et moi attendions sur un banc devant le bureau du juge, mes poignets posés sagement sur mes genoux, le métal imprimé dans la peau. Ses mains à elle étaient aussi jolies que le reste, avec des ongles courts mais élégants, vernis beige, toujours impeccables. Je me demandais comment elle s'habillait, hors du boulot. Les vestiaires des matons se trouvaient après le sas de sortie, impossible de voir les surveillants quitter la taule dans leurs habits de ville. Autour de nous, les gens se sont mis à accélérer leur marche, à chuchoter et pousser des cris, à se rassembler dans une seule et même pièce, depuis laquelle nous parvenait le son des informations sans la teneur exacte. Le silence était inhabituel, un silence glacé, interrompu par des cris horrifiés. La porte du bureau du juge s'est ouverte, et il a surgi dans le couloir. Alors que j'allais me lever, il s'est tourné vers nous et a esquissé un geste de la main pour que nous restions assises.

— Je reviens, il a soufflé avant de courir jusqu'à la fameuse pièce.

J'ai interrogé Crawford du regard, elle a secoué la tête d'ignorance. Je voyais bien qu'elle était tentée d'aller jeter un œil, mais elle ne devait pas me laisser seule, c'est comme si j'avais suivi le cheminement de sa pensée. Sur un signe de tête, je me suis levée et nous nous sommes approchées de la pièce remplie d'hommes et de femmes de loi sidérés par ce qui se déroulait sur un grand écran de télévision. Des avions détournés par des terroristes s'enfonçaient dans les tours du World Trade Center comme un couteau dans du beurre. Le juge chargé de mon dossier nous a repérées, il est venu jusqu'à nous, les yeux encore dilatés d'incompréhension.

— On va remettre notre entretien, ça ne sera pas possible.

Crawford a acquiescé. Moi, je n'ai rien dit, les yeux agrippés au téléviseur, stupéfaite.

Dans la voiture, au retour, personne ne disait rien. Le maton qui conduisait avait juste mis les informations, la radio grésillait de temps en temps. On n'apprenait plus rien, on écoutait en boucle les mêmes témoignages. Tout ce que je savais, c'est qu'il y avait eu un avant, et qu'il y aurait un après, c'était palpable, politiquement fou.

Quelques minutes avant de rejoindre la prison, je me suis penchée vers Crawford.

— Ce matin, y a eu une fouille dans ma cellule.

— Je sais.

— Vous savez pourquoi elles ont fait ça?

Crawford n'a rien dit pendant longtemps, au point que j'ai abandonné l'espoir d'obtenir une réponse. Je comprenais cette nécessité de ne pas trahir quand on est dans la même équipe, même si on n'est pas toujours d'accord. Du coup, j'ai été étonnée d'entendre sa voix jaillir près de moi après ce long silence :

— Pour te faire chier. Pour que tu aies peur.

*

Charly a quitté le boulot à seize heures et il est rentré à l'appartement totalement surexcité.

— Viens, on descend au bistrot, il se passe un truc dingue.

— J'écoute les infos depuis tout à l'heure, a répondu Mano d'une voix atone.

Charly se passait la main dans les cheveux comme

Le Désespéré de Courbet, les yeux écarquillés tout pareil, mais avec un sourire flottant, de ces sourires qui montent malgré nous face aux grands événements qui viennent trancher les routines.

— Il faut que tu voies ça, les images sont... Les images sont folles.

Mano a laissé les pâtes s'égoutter seules et refroidir dans la passoire. Elle a attrapé une veste en jean et son keffieh, a claqué la porte derrière elle. Ils ont dévalé les escaliers pour aller s'agglutiner devant la télévision du café, en bas de chez eux. Des gens qui n'avaient rien à voir les uns avec les autres se retrouvaient unis dans une même sidération. Conscients, pour la plupart, qu'ils vivaient un moment historique. Cette fois, ce n'était pas un match qui rassemblait les gens sous l'écran plasma.

Pour Mano, le 11 septembre c'était le coup d'État de Pinochet et la mort d'Allende à la Moneda.

— Personne ne se souvient d'Allende, lui a soufflé Charly en regardant tomber une tour, puis deux.

Elle s'est dit que ce nouveau drame n'allait certainement pas aider Axelle. Aucun lien entre les revendications d'al-Qaida et les leurs, mais un lien entre deux choix de violence que la cour risquait de faire, immanquablement. Elle s'est rongé l'ongle jusqu'au sang – plus que quelques jours avant le procès.

Bon courage

La surveillante me réveille à quatre heures du matin, j'ai une heure pour me préparer. Une douche d'abord, rapide et sans plaisir, je dois sentir bon, ressembler à une vraie jeune fille, pas à un chat sauvage, une terroriste. J'aimerais rester longtemps sous l'eau, essayer de me dénouer le corps et la tête, mais c'est impossible, très vite l'eau devient tiède. Je frotte mes cheveux avant qu'elle ne devienne froide, ils sont encore courts, mais heureusement qu'ils ont repoussé, m'a dit l'avocat en me refilant le cintre chargé d'habits. Déjà, il avait fait la gueule en voyant que j'avais tout rasé avec un sabot de trois millimètres il y a trois mois, il s'était même carrément énervé, genre, Comment voulez-vous que je bosse correctement si vous ne faites pas votre part du travail, je vous ai demandé de ressembler à une jeune fille, pas à un GI.

Les habits sont posés sur le lit à présent – un chino noir ajusté, une chemise lavande et cintrée, une veste noire. Je reste nue, debout dans la cellule, à observer le col de la chemise, vraiment une couleur moche qui ne me ressemble pas, c'est sans doute pour ça que l'avocat l'a choisie. Je l'enfile, mes doigts hésitent sur la boutonnière. Il n'y a pas de miroir alors je dois dis-

179

cipliner mes cheveux courts dans le reflet de la vitre, à la fenêtre. Une fois que je serai descendue dans les geôles pour la fouille, je ne pourrai plus m'arranger correctement, il n'y a pas de miroir mais pas non plus de fenêtre. Enfiler des souliers en cuir me donne l'impression de redevenir une personne normale, ou celle d'avant, celle qui n'était pas un numéro d'écrou. Ici, je porte des baskets, c'est plus confortable, plus adapté. Je tourne sur moi-même, à la recherche de quelque chose que je ne sais pas identifier. Pourtant ça y est, je suis habillée, mais le cœur battant, terrifiée comme jamais. Un léger tic agite ma lèvre que je suis incapable de réprimer mais que j'identifie à chaque fois, c'est pénible. Je ne pense à rien sauf à ça, et puis je me concentre sur chaque geste, et sur les matières qui m'habillent. Le col en coton caresse mon cou, les poches du chino accueillent mes mains fébriles, c'est un pantalon bien coupé, agréable à porter. Enfoncée dans le pantalon, ma chemise me dérange. Je préfère que les pans ajustés tombent librement, tire dessus pour ce faire. Quand la surveillante revient, pas un mot n'est échangé. C'est encore Crawford qui, ce matin, me fait descendre aux geôles pour attendre le départ vers le tribunal. Je ne l'ai pas précisé mais, comme son surnom l'indique, Crawford est canon et porte même un joli grain de beauté au-dessus de la lèvre. L'uniforme ne parvient pas à l'enlaidir, ni les chaussures montantes de sécurité. Elle n'est pas méchante et nous avons partagé cet effarement de l'effondrement des tours. Et puis elle sait que les jours de procès sont spéciaux, terribles, pour les détenues, et elle ne cherche pas à aggraver les choses. Mon pro-

180

cès va durer plusieurs jours. Personne n'a pu me dire combien exactement. L'avocat penche pour plus d'une semaine, peut-être deux, je le saurai tout à l'heure. C'est un procès public et je me suis plantée, je pensais que notre braquage loupé était passé en partie dans l'oubli, alors que non. Il a suffi d'un rappel au 20 heures, avec ma gueule et celle du flic mort, pour que l'avocat me prévienne : il y aura du monde, beaucoup de monde. La photo qui tourne, celle que les médias utilisent pour rappeler l'affaire, c'est un cliché étrange qui ne va pas m'aider. J'ai l'air d'avoir quinze ans et je vais monter dans la voiture de police, bras menottés dans le dos. L'un d'entre eux a sa main posée sur ma tête pour me pousser à m'asseoir sur la banquette arrière. Il est en civil, les traits tirés, visiblement sous le choc. Mais moi, je ne sais pas pour quelle raison, j'esquisse un très léger sourire, le regard porté au loin. C'est ce sourire qui ne passe pas. Les gens sont prêts à comprendre beaucoup de choses, mais il faut les regrets, les larmes, l'égarement passager ou la légitime défense. Cette esquisse de sourire les met mal à l'aise, les révolte. On ne sourit pas quand on vient de descendre un homme au fusil de chasse. Il y a ce sourire et le sang qui macule mon tee-shirt. Ce n'est pas celui du flic, c'est celui de Nacer, mais tout le monde s'en fout. Dans les journaux, on m'appelle l'Ange de la mort, la Fille aux mains rouges, un article a titré un article sur l'événement : « Le diable déguisé en adolescente ». Sur la photo, mes traits de toute jeune femme heurtent par contraste avec ce qu'il vient de se passer. La construction du mythe commence avec cette image. Avec l'ouverture du procès, les surnoms ressortent, l'histoire est reprise, terrible, incomprise. Le procès n'a pas commencé et j'ai déjà envie de hurler. Hier, je me suis forcée à regarder les informations, et la place donnée à l'ouverture de mon procès. Rappel des faits, gros plans sur mon visage, sur celui de Jicé, de Nacer. Interview de la femme du policier, sa vie foutue depuis la mort de son homme, sa fille orpheline de père. Les motivations politiques, esquissées grossièrement, nos parcours de tueurs. Mano n'a pas été évoquée par les journalistes, pas plus que Charly et Paola. J'en ai crié de soulagement. *Folie meurtrière* revient souvent dans le discours des journalistes. *Famille endeuillée, incompréhension, jeune fille ordinaire, couple maudit* – m'associant à Nacer et occultant Jicé avec une violence dont personne ne semble se rendre compte.

Je suis Crawford sans un mot, descends l'escalier. La prison dort encore, même les insomniaques ont cessé de taper sur le rebord des fenêtres ou dans les barreaux, cet insupportable métronome qui met les nerfs des dormeurs à vif et provoque des combats à la promenade. La promenade, c'est quand même un drôle de mot pour parler de ces morceaux d'heure entre quatre grillages, sous un ciel traversé de fils tendus pour éviter les évasions. À chaque sortie, je chuchote que je me rends *sous les tilleuls verts de la promenade. Les tilleuls sentent bon dans les bons soirs de juin.* La suite, je l'ai oubliée, comme on oublie le prénom de ceux qu'on a connus très jeune. Il reste une musique, les couloirs du lycée, la voix de Rimbaud – un badigeon de la mémoire qui rend floues certaines zones et en éclaire d'autres.

Les marches me semblent sans fin, les geôles sont au sous-sol. Avant de m'enfermer à nouveau, Crawford me glisse que ça me va bien, ces fringues.

— Bon courage, elle ajoute.

Elle me sourit avant de refermer la porte. Attendre, encore, dans cette cellule de huit mètres carrés dont on peut toucher deux murs en même temps, bras écartés. On pourrait mais on ne touche pas les murs, ils sont beaucoup trop sales. Des mots, en divers endroits, des cris mal orthographiés de haine ou de désespoir. Du cul. Des petits dessins enfantins tracés par des mains adultes, des cônes fumants dans la bouche de personnages grotesques, des bites énormes. Il y a même une croix gammée, des A cerclés, des Ta mère la pute. Il flotte une odeur rance de vomi et de crasse. Je retire ma veste sans trop savoir où la poser, me décide à l'étaler sur ce qui sert de lit, la veste pouvant accueillir le reste de ma tenue sans que celle-ci touche la literie douteuse. Comme j'entends les pas approcher, je me déshabille rapidement, pose avec précaution mes pieds nus sur le sol glacé, garde ma culotte. Au bruit de la serrure, je serre mon bras gauche sur mes seins, en attente de savoir quelle surveillante est là ce matin pour la fouille. Pas de bol, c'est Pasqua qui prend la relève et dont la sale gueule aux bajoues plates et petits yeux porcins apparaît à l'ouverture de la porte. J'y vois un mauvais présage, puis m'interdis d'interpréter le moindre signe. Pasqua est une vraie salope, surtout avec les Arabes, son surnom ayant été choisi tout à la fois sur des critères physiques et psychologiques, comme Stirbois. Méthodiquement, elle passe ses mains dans mes cheveux sans la moindre précaution, triture derrière les oreilles avec brutalité, me fait lever les bras, écarter les jambes.

— Enlève ta culotte.

Pas d'alternative à cette exigence d'une violence inouïe. Avec le temps on accepte mieux mais on ne s'habitue pas. Ni moi ni une autre. Je me penche, désormais endurcie, tousse avant que Pasqua ne l'exige. La surveillante palpe mes habits, secoue chacun d'entre eux. Je ne peux pas m'empêcher de plisser le nez, écœurée de voir ses mains sur le tissu. Un tissu qui va revenir épouser mes formes, toucher ma peau. Il arrive qu'une détenue couche avec une surveillante, parfois une surveillante avec un détenu – l'aile des hommes est collée à celle des femmes. Les surveillants avec les détenues, c'est encore assez fréquent. Mais pour coucher avec Pasqua, je me dis qu'il faudrait vraiment une énorme remise de peine pour y parvenir.

— C'est bon, rhabille-toi. Fais vite, ils t'attendent.

Comme si je décidais des horaires, comme si j'étais déjà coupable de mobiliser des gens.

La culotte glisse le long de mes cuisses, l'élastique claque sur mes hanches étroites. Et soudain je revois Mano, bras tendus pour attraper l'horloge, couper le temps, lorsque tombait la neige. Le tee-shirt remonté sur ses reins, la dentelle, le pli entre ses cuisses et ses fesses. Son cul, sa peau. Ça me coupe la respiration. Et je me demande une fois de plus si Mano sera là, si Mano sera appelée à témoigner par l'accusation. L'avocat m'a assuré que non, il a continué d'insister pour qu'elle reste le plus loin possible jusqu'au procès, tout comme Charly. Pas d'appels téléphoniques, peu de lettres, encore moins de parloir. Je me frotte les yeux.

J'ai plutôt bien dormi grâce aux cachets. Il est possible d'en obtenir, tout ce qui rend les détenues tranquilles est encouragé. D'habitude, je ne prends pas de cachets. Je subis des nuits de sommeil haché, rompues par les cris, les chants quelquefois, les bruits d'objets que l'on frappe contre les barreaux des fenêtres. Il n'y a pas de nuits sereines, en prison. Je préfère ça plutôt que de perdre conscience, pour l'instant. Mais avec l'obligation d'un réveil aux aurores, la terrible promesse d'un procès retentissant, je ne pouvais pas me permettre d'être épuisée. J'ai demandé des cachets et ma nuit a été profonde et sans relief. Maintenant, je me rhabille sans broncher, lisse la veste sur mon torse, passe mes mains dans mes cheveux, discipline le tout et ramène une mèche courte sur mon front.

Trois hommes et une femme m'escortent. Pasqua m'a remis les menottes mais ne m'accompagne pas, je suis serrée sur la banquette arrière, entre Moineau et Candeloro. Le surveillant qui conduit et son voisin, je ne les connais pas. Ils restent silencieux, pleins d'importance. Leur mission les occupe tout entiers. Eux aussi ont regardé les informations, et quand leurs amis viendront chez eux, ils pourront, en posant un bol de cacahuètes sur la table basse, faire leur petit effet. Quatre pastis et Vous savez qui on a en charge, à la pénitentiaire ? Qui c'est qui la conduit jusqu'au palais de justice, la tueuse de flic ? Je regarde mes mains sans bagues, mes ongles coupés court, mes doigts croisés comme en prière – bien obligé, avec les menottes. J'attrape mon reflet dans le rétroviseur et j'ai l'impression d'avoir un autre visage, forcément, quatre ans, pas de miroir et les années qui comptent triple ou même plus. La voiture longe le mur d'enceinte puis s'enfonce dans un quartier aux trottoirs remplis de gens, le ciel semble immense sans les fils croisés entre les murs qui quadrillent le bleu. Il fait beau, si beau que j'en plisse les yeux, observe les marcheurs, je ne peux pas m'empêcher d'apprécier le trajet.

— Vous pouvez ouvrir les fenêtres, s'il vous plaît ?

Candeloro éclate d'un rire factice.

— Cent balles et un Mars, aussi ?

D'un geste agacé, Moineau ouvre la vitre, soupire.

L'air déjà tiède entre et balaie nos fronts.

— Merci, je chuchote.

Moineau s'appelle Moineau parce qu'elle a commencé toute jeune, et qu'elle était très naïve. Elle n'est plus si jeune à présent, et plus du tout naïve, c'était déjà une habituée quand j'ai été incarcérée. Mais le surnom est resté. Candeloro, avec son mulet frisé et ses poses agressives, a tout l'air d'un crétin à éviter. Être collée à lui me dégoûte. Le genre de mec que j'aurais ridiculisé en quelques réparties, du temps de ma liberté. Il n'est pas impossible qu'il le sache, et que son agressivité soit aussi liée à cette impression d'infériorité qu'il ressent quand je le regarde, qui va au-delà de la tension habituelle qui habite les relations entre détenus et surveillants.

— Tu vas vraiment faire tout ce qu'elle te demande ?

— Ta gueule, répond Moineau, laisse-la tranquille.

Candeloro sursaute, rougit jusqu'aux oreilles, colère et gêne mêlées.

— Tu te permets de me parler comme ça devant elle ? Ça va pas ? Pour qui tu te prends ?

Dans un soupir, la surveillante se penche vers lui,

186

m'ignorant. Je garde le dos collé à la banquette, le visage impassible.

— Parce qu'elle va vivre les pires jours de sa vie.

Le surveillant hausse les épaules mais ne dit plus rien. Quelques minutes plus tard, il ouvre la fenêtre de son côté, propose à la ronde ses chewing-gums à la menthe. J'accepte mais il referme le paquet quand je tends le bras, se marre comme un crétin.

Lorsque la voiture s'approche du palais de justice, je me dédouble, en quelque sorte. Un peu comme le jour du braquage, après les tirs. Je me regarde vivre l'instant dans l'impossibilité d'accepter que ces choses-là m'arrivent vraiment. Je m'abîme dans l'observation obsessionnelle de certains détails, les fils cousus aux manches de l'uniforme de Moineau, les minuscules ridules de mes mains, comment les plis entre les phalanges ressemblent à des yeux. Mon cœur bat dans mon cou et la voix de mon père colonise mes oreilles, pire que des acouphènes, C'est toujours pareil avec toi, si seulement tu écoutais ce qu'on te dit, si tu étais un peu moins conne, je ne comprends pas contre quoi tu es en colère.

— Il y a du monde sur l'esplanade du palais de justice, annonce un flic à l'entrée du parking souterrain, les deux mains appuyées sur la fenêtre ouverte du conducteur.

Ce soir, à la télé, je verrai les journalistes, les caméras, bouquets de micros tendus vers les uns ou les autres, acteurs ou spectateurs. Mais de cette agitation devant les portes du palais de justice, je ne vois rien : on s'engouffre dans le parking souterrain. Une fois la voiture garée et le moteur éteint, je galère pour en sortir avec les mains menottées mais j'y parviens, et je tente ensuite de remonter correctement mon pantalon qui est un peu descendu sur mes hanches.

— Je peux le faire pour toi, me glisse cette enflure de Candeloro.

Sans prendre la peine de lui répondre, je me débrouille seule, après avoir échangé un regard éloquent avec Moineau. On se dirige maintenant vers les salles du palais sans passer par l'entrée principale, direct dans le ventre de la baleine. Le palais de justice a un côté vieillot, il n'a pas été refait comme le tribunal de grande instance, dans la ville voisine. Ici, on caresse le bois lorsqu'on s'assoit, les plafonds résonnent encore du bruit des grandes affaires criminelles. En émergeant dans le box des accusés, j'ai soudain l'impression d'avoir été jetée sur une scène, sous les projecteurs et les regards de tous. Deux flics ne me lâchent pas, mon avocat se retourne pour me saluer. Il est assis plus bas devant moi – je verrai son crâne et son début de calvitie pendant toute l'audience, quand il ne sera pas au pupitre des plaidoiries. Là, il essaie de me refiler du courage par un sourire, putain je vais en avoir besoin. Il lève un pouce discret pour qualifier ma tenue et, plus largement, l'impression que je donne, plutôt bonne semble-t-il. Le savoir près de moi me rassure un peu, je ne me pensais pas si impressionnable. Ni si seule. En face de moi, de l'autre côté de la salle, une femme m'observe avec, dans les yeux, un mélange de colère et de pitié. Elle me dévisage avec une telle intensité que je finis par comprendre : il s'agit de la veuve du policier. C'est drôle, elle ressemble à ma mère. L'avocate des parties civiles, en revanche, n'a aucune espèce de pitié dans l'œil, mais l'œil bien assassin.

Mon avocat me fait signe de m'asseoir, les deux flics restent debout, un peu en retrait. Je souffle un grand coup en regardant mes genoux, prends des forces avant d'affronter visuellement le public, les journalistes, les gens assis dans la salle, sur ma droite. Je préfère détailler le juge et les assesseurs, le greffier qui me rend un regard que je juge de mauvais augure. L'huissier, près des avocats des parties civiles, ressemble à un chanteur new age sans maquillage. Je n'ai pas le temps de m'en amuser, les jurés s'engouffrent par la porte centrale et s'avancent en troupeau nerveux. Ils ne savent pas ce qui les attend, sont invités à s'asseoir pour être tirés au sort. Beaucoup se tournent vers le box, me dévisagent dès leur entrée. Lorsque commencent les récusations, mon regard s'envole enfin vers le public, beaucoup de public, beaucoup de monde venu assister à mon procès. Pourtant, quelques jours après le 11 septembre, j'espérais passer inaperçue. Visiblement, c'est mort.

Et puis je te vois.

Mano, tu es assise au cinquième rang, côté box. Tu as remonté tes cheveux dans un désordre élégant et entortillé. Ta bouche est entrouverte, tes yeux me dévorent. Je mets un moment à voir que Charly se tient près de toi, qu'il observe, fasciné, la machine judiciaire qui organise la tenue du procès en éliminant certains jurés sur des critères que seuls les avocats connaissent. Il observe une jeune femme aux cheveux rouges faire demi-tour et quitter la salle d'audience, un barbu soupirer et s'asseoir dans le public. Mais toi, Mano, tu ne regardes que moi, et c'est tout ce qui compte. Une esquisse de sourire, je me reprends, baisse la tête et passe une main sur mon visage. Te savoir si près me donne des forces. Deux rangs plus près, mon père et ma mère se tiennent raides ; elle a les yeux rouges, lui les yeux cernés. Ils ne me regardent pas, ils ne regardent pas leur fille dont ils ont honte. Ma mère finit par croiser mon regard mais mon père, comme s'il avait senti le danger, pose sa grosse main sur la cuisse de sa femme, qui rentre sa tête dans son cou, se détourne. Mon grand-père, lui, me fait un petit signe de la main, un sourire mouillé et franc, et c'est comme une couverture en cachemire posée sur mes épaules. Il n'est pas assis près de son fils et de sa belle-fille mais au premier rang, à l'angle le plus proche du box. Au fond, une grande brochette de militants qui sont venus me soutenir. Ils sont sérieux et cachent mal leur mépris pour le système judiciaire dans son ensemble et les banderoles qu'ils ont roulées à la va-vite et posées derrière eux.

La cour s'installe enfin en arc de cercle dans un silence terrible. Les six jurés me dévisagent sans manifester d'émotion particulière. On leur a demandé de tout faire pour ne pas laisser transparaître leur ressenti mais malgré leurs tentatives de neutralité, leurs visages lisses, ils ne peuvent pas me quitter des yeux.

Verdict

Du procès en lui-même, il ne me reste pas grand-chose. Il a duré dix jours et seules quelques scènes me reviennent en détail. Dix jours à me lever dans la nuit après quelques heures de sommeil, à m'habiller, descendre dans les geôles, subir la fouille, le départ, la route en voiture coincée entre deux surveillants plus ou moins compréhensifs ou humiliants. On m'avait prévenue, mais je ne pensais pas que ce serait aussi terrible. Et chaque soir, le retour, la tête somnolente, épuisée, repenser à la journée qui vient de se dérouler, assaillie par des morceaux choisis qui ont tout de la saillie, de l'assaillant, tout du harcèlement.

Le premier jour, mes anciens profs sont venus. Un oncle, le frère de ma mère. Mon institutrice de CE2. La psychologue que j'avais rencontrée régulièrement à la prison. Mon avocat a tout misé sur la jeune fille perdue, la sortie de route, l'adolescente prometteuse aux capacités pas encore déployées, trop jeune pour réagir quand il aurait fallu.

Ma prof de philo a parlé de moi en des termes élogieux, je ne me souvenais pas d'avoir été si bonne élève qu'elle l'a dit en classe de terminale. Ni si sérieuse. Mais c'est vrai que j'aimais bien cette matière, plus que d'autres. Et j'avais eu quelques échanges chaleureux en fin de cours avec cette grande femme aux cheveux gris qui semblait constamment fatiguée.

Les gens se succédaient à la barre pour me décrire, et j'avais l'impression qu'il s'agissait de quelqu'un d'autre. Et toi tu étais là, chaque jour. Ta présence me brûlait, ton regard me brûlait. Ton visage était un amer dans la tempête, mais ce n'était pas suffisant pour éviter la noyade. Pourtant, ils disaient du bien de moi, les témoins appelés à la barre par mon avocat. Ces pédagogues qui m'avaient connue encore plus fluette, enfant. Ils disaient tous, c'est vrai, la sauvagerie farouche, les silences pesants ou les paroles sans concession, mais tous y lisaient une volonté, un grand cœur, un refus de l'injustice. Une personnalité entière, certes, mais pas une tueuse. Ou alors par accident. C'est ce qu'ils disaient, et moi je ne savais plus qui j'étais. Traversée par des mouvements contradictoires, entre l'absolue désolation d'avoir tué un homme – je n'ai jamais voulu la mort de personne, même pas d'un flic – et l'envie de hurler que j'avais voulu arrêter le massacre en lui tirant dessus. Qu'on n'avait pas l'intention de tuer qui que ce soit. Que le flic avait tiré sur Nacer sans sommation. Mais l'avocat m'avait prévenue : nous ne sommes pas dans un film américain, et votre ami tenait une employée en joue.

N'empêche, je le savais bien, moi, qu'on ne voulait tuer personne.

— Vous aviez prévu de faire quoi avec cet argent ?
— On n'avait pas encore décidé.
— Expliquez-nous ça plus clairement. Vous nous

dites que l'argent ne devait pas servir des intérêts personnels, et pourtant vous nous annoncez que vous n'aviez encore rien décidé… Vous vous contredisez.

— On avait des idées, on voulait s'en servir pour aider des camarades.

Quelques ricanements ont fusé, dont je n'ai pas identifié l'origine. L'absence de Nacer résonnait dans le prétoire. Celle de Jicé encore plus fort. Ils n'étaient pas jugés, eux, mais utilisés, transformés, selon qui se servait de ce qu'ils avaient été et de leur rôle dans le braquage. J'en avais la nausée. En me taisant, je trahissais. En parlant, je… parler ne sert à rien, sauf à présenter ses excuses, et je ne savais pas comment faire. Alors je me suis tue. Ma vie, pas si longue au demeurant, s'est retrouvée étalée comme un biopic sans relief : études, amis, sexualité, niveau d'engagement, antécédents de justice. Globalement, pendant la première partie du procès, l'avocat est parvenu, par le choix des personnes interrogées, à donner de moi une image de jeune femme sympathique et passionnée. Malgré la sensation d'être à poil devant des inconnus, le regard des jurés posé sur moi s'est fait plus doux au fil des témoignages. Mais, dans la deuxième partie, la femme du policier a raconté sa détresse, l'homme bon qu'il était, qu'on lui avait brutalement enlevé. L'enfer de tristesse dans lequel leur fille chérie s'était enfermée depuis quatre ans. Des suivis psychologiques, des échanges à vous briser le cœur. Y compris le mien.

Et alors tout a basculé.

Qu'avions-nous vécu ? Qu'avons-nous gagné ?

Certains proches avaient dessiné une image positive de moi, mais malgré ça et la brillante plaidoirie de mon avocat, les demandes du procureur ont été d'une dureté effroyable. Lorsque les jurés sont revenus du délibéré, je ne sentais plus mon corps. C'est étrange, j'ai vraiment eu l'impression de flotter au-dessus de la scène, de me voir dans le prétoire, petite, maigre, sauvage et incapable d'expliquer nos actes. Incapable de nous défendre. J'ai eu honte de mon impuissance, étrangère à la scène.

Le juge a annoncé vingt ans incompressibles, accompagnés d'une peine de sûreté de cinq ans. Pour moi, ça n'avait pas encore de sens. J'ai vu ma mère faiblir, s'appuyer au bras de mon père, mais je n'en suis pas certaine. Pour moi, ça signifiait surtout que c'en était fini de l'attente, et de ces jours terribles où toute l'attention était portée sur moi et sur cet autre moi que dessinait la justice. Du coin de l'œil, avant que les deux flics ne m'embarquent vers le sous-sol du palais où était garée la voiture, je t'ai vue, Mano, debout et livide, te tourner vers la porte et quitter la salle en courant, poursuivie par Charly. Sur mon bras, la main de mon avocat. En contrebas, son visage désolé, son sourire crispé.

— Je suis désolé, Axelle. C'est un verdict très dur. Vous voulez faire appel ?

— Non.

— Vous êtes sûre ?

J'ai haussé les épaules, je voulais que ça s'arrête, ce cirque. Lui rendre sa chemise lavande et ne plus être obligée d'affronter la cour, le public, et ne plus lire les horreurs dans les journaux à chaque lendemain de séance. Je voulais que ça s'arrête, vraiment. J'allais changer de prison maintenant que j'étais condamnée.

Ça n'avait pas d'importance. Plus que tout, je voulais me retrouver seule avec le souvenir de Nacer, Jicé, Mano. J'y ajoutais Paola et Charly jouant dans la neige ou braillant des chants de lutte, serrés dans la voiture. Le souvenir de nous, vivants, avant la débâcle, avant l'enfer.

Parloir

— Je serais venue avant si ton avocat avait dit d'accord.

— Je sais.

— Tu m'en veux ?

Mano se tord les mains sous la table, puis pose soudain ses coudes dessus, glisse en avant, les manches de son perfecto lui mangent les paumes. Axelle sourit d'un seul côté, recule imperceptiblement.

— Ben non.

— On dirait que si. On dirait que tu m'en veux. Tu voudrais que je sois en taule moi aussi ?

Le visage d'Axelle se décompose.

— T'es dingue ! Jamais de la vie. C'est la chose qui me fait tenir, te savoir dehors.

Un silence les enveloppe, un silence plutôt complice, doux. N'empêche, il y a des choses qui râpent.

— Tu me manques, Axelle, tu n'imagines pas à quel point.

— Oh si, je peux imaginer.

Elles se sourient. Axelle lance des regards plissés aux tables qui les entourent, et Mano s'en rend compte. D'autres femmes parlent au-dessus des tables, tiennent les mains d'un mari, d'une amie, d'une sœur.

— C'est comment, ici?

— Mieux. Quand tu es condamnée, c'est mieux. Plus de liberté, on est toutes au même étage. Ardoise neuve avec les matons.

— Elles ont fait quoi, les autres?

Axelle hausse les épaules.

— On parle pas de ça, mais tout se sait. Des meurtres, en général. Leur mec, leur mac, leur gosse parfois.

— Leur gosse?

— Ouais.

Décidément, les silences ont l'épaisseur d'un mur porteur, par ici. Mano est bien décidée à ne pas se laisser ensevelir par l'ambiance.

— Quand est-ce que tu vas demander à revenir dans la région?

— Je ne vais pas demander.

— Quoi? Mais pourquoi?

Bouche entrouverte par le désarroi, elle attend qu'Axelle réponde, espère déjà qu'Axelle change d'avis.

— Pourquoi je demanderais à quitter cette taule? Elle est pas pire qu'une autre, et même mieux que l'ancienne.

— Pour moi, pour nous. Je pourrai pas faire cinq cents bornes chaque jour.

Axelle croise les bras sur sa poitrine, penche la tête sans quitter Mano des yeux.

— Je sais. Et c'est mieux comme ça.

— Non!

— J'ai pris vingt-cinq ans, Mano. Tu vas pas arrêter de vivre pour venir me voir en prison.

— C'est pas toi qui décides de ça.

— En fait, si.

Les yeux de Mano se mouillent dangereusement, bordés de rouge. Elle relève ses cheveux pour faire quelque chose de ses mains, détache sa barrette, attache tout à nouveau. Quelques mèches serpentent et tombent de chaque côté de son visage bouleversé. Ça fait sourire Axelle, qui allonge son bras sur la table, vient saisir la main de Mano.

— C'est moi qui décide parce que c'est moi qui inscris les noms pour le parloir. Si je ne veux pas t'y inscrire, tu ne peux pas m'obliger à te voir.

— Si, je t'y obligerai, merde.

Elle a la voix qui déraille, Mano. C'est comme si elle essayait de retenir une poignée de sable entre ses mains. Quatre ans qu'elle attend, qu'elle vit sans passion, le nœud au ventre.

— C'est à peu près la seule et unique liberté qu'il me reste, Mano. Choisir qui je veux voir au parloir.

Elle secoue doucement la tête avant de reprendre, plus bas encore :

— Ce serait trop dur de te voir tout le temps. Ma vie, maintenant, elle est ici.

Toutes les forces de Mano sont tendues par l'effort pour ne pas s'effondrer.

— J'aurais dû être avec toi.

— Arrête de répéter ça. Je suis heureuse que tu aies filé avant l'arrivée des flics.

— Tu le penses pas.

Axelle esquisse un sourire. Ses sourcils s'écartent en demi-lune.

— Évidemment que je le pense. Tu me crois incapable de me réjouir pour toi ?

— C'est pas ça.

— C'est quoi, alors ?

Du bout des doigts, Mano joue avec les fermetures éclair aux manches de son cuir.

— Je sais pas.

— Je vais te dire, Mano, la seule chose que je regrette, ce matin-là, c'est de ne pas être partie avec toi, de ne pas avoir annulé le programme. Nacer serait encore là. Jicé aussi. Et nous.

Elle a soudain l'air vidée et furieuse, mais on ne sait pas contre qui. Ses mains tremblent, elle les passe dans ses cheveux courts, les laisse croisées sur sa nuque, coudes en avant. À sa gauche, une vieille femme tente de laisser à sa fille des gâteaux qu'elle a préparés elle-même mais un maton les repousse au fond du sac. Il explique à la vieille dame que la nourriture est interdite au parloir. Axelle secoue la tête, attrape les mains de Mano, approche son visage du sien.

— Tu vas y aller, et tu ne vas plus revenir. Tu ne vas pas chialer. Tu vas aimer, baiser, vivre. Et dans vingt ans, si on est encore là et qu'on en a envie, on se raconte.

Elle y a mis autant de dureté que de regrets, c'est impossible de deviner ce qu'elle ressent, peut-être qu'elle-même ne le sait pas. Elle se dépêche d'appeler la surveillante, se lève et surplombe Mano qui reste assise encore quelques instants, terrassée, regarde Axelle disparaître et tout son corps est si raide, et elle se demande si elle ne va pas vomir là, sur la table où leurs mains viennent de se toucher. Axelle a tourné la tête, elle a eu cet ultime regard, un peu comme un mouvement qui nous échappe, le sursaut avant de mourir ou les derniers réflexes après la mort.

Maintenant, Mano marche avec une lenteur extrême sur le parking. Elle serre les pans de son cuir parce qu'il fait froid, l'automne est bien plus vif dans cette partie de la France que dans le Sud où elle vit. Il y a une écharpe à l'arrière de la voiture, il faut juste qu'elle soit capable d'arriver jusqu'à la voiture. Au même moment, dans sa cellule, Axelle se balance et se met soudain à hurler comme les folles au milieu de la nuit.

C'est l'horizon qui n'existe plus, c'est les arbres qui restent en hiver, le gel au bord des yeux, le sang qui peine à couler dans les veines, ces affluents du cœur. C'est l'absence de larmes pour une douleur glacée, une peine incompressible, des deux côtés.

Adultes

— Comment vous vous êtes connus, tous les deux ?
— Oui, racontez.

Thierry et Nadège ont les yeux qui brillent. Ils ont bu du vin ce soir avec leurs hôtes, du vin meilleur que celui qu'ils boivent d'habitude. Et ça les rend drôlement joyeux. Charly aussi, qui partage ce soir la vedette avec Thierry : tous deux ont signé un nouveau contrat de travail à durée indéterminée chez le même menuisier. Depuis trois ans ils bossent ensemble, sont devenus collègues puis copains, si ce n'est amis. Mano sourit pour faire bonne mesure, mais rien ne luit dans ses yeux. Elle ne cesse de féliciter Charly, de verser de nouveau du vin dans son verre. Elle a même payé la bouteille de champagne qu'ils ont bue à l'apéro, avec les pourboires de son travail de serveuse. Il y a aussi Lili et Stéphane, Anouk, Véro et sa grande gueule.

— Allez, juste votre premier baiser !

Mano sourit à la ronde. Sa main posée sur la cuisse de Charly dit une complicité que personne ne saurait démentir. Ils partagent leur quotidien depuis plus longtemps que beaucoup de leurs amis, qui jouent à la vie de couple selon un cycle bien rodé de deux ans et demi en moyenne. À l'intérieur, c'est autre chose. Elle a si bien appris à cadenasser ses émotions que plus rien ne transparaît. C'est comme une seconde peau mensongère qui deviendrait la réalité à force d'être portée. Savoir quelle vérité est la bonne l'occupe parfois des heures entières, quand le nœud se resserre autour de sa gorge. Maintenant, elle observe Charly rire avec les amis et elle surplombe de plus en plus la scène, les considérant de loin, comme un magma d'humains sans lien avec elle. Charly en premier. Elle peut bloquer sur sa joue mal rasée, l'oreille qui s'offre à elle, un coin de peau entre le cou et l'épaule. Ces petits détails qui font des familiarités, cette intimité liée à la connaissance totale de l'autre, rien de tout ça ne la bouleverse, et ça la rend triste pour eux, pour lui. Charly est un autre qu'elle connaît et reconnaît mieux qu'aucun autre et pourtant, s'il disparaissait, elle ne sait plus, dans ces moments-là, si elle en serait véritablement touchée.

Charly s'excuse, leur explique que les circonstances de leur premier baiser étaient tristes, qu'il préfère se souvenir de la suite, de ces dernières années qui lui semblent meilleures mois après mois. Sa main caresse la nuque de Mano pour appuyer ses dires ; elle sourit. Elle aime bien Thierry, Véro aussi. Nadège l'agace parfois mais peut la faire rire aux larmes. Ils sont différents de leurs anciens amis, et ce n'est pas si mal. Ces dernières années, sans même s'en rendre compte, ils les ont vus de moins en moins souvent. Ils participent encore à des manifs, mais loupent systématiquement les préparations et réunions des comités de lutte. Depuis que le squat où vivait Jicé a été fermé, d'autres se sont ouverts, mais qu'ils ne connaissent pas. Fréquenter des gens nouveaux, différents, leur fait du bien, change le prisme. Le braquage sanglant du Crédit Municipal a été oublié peu à peu et Mano apprécie de ne plus avoir à partager cette histoire-là avec d'autres que Charly. Les autres ne comprennent pas, et ça lui convient – sa solitude en est exacerbée. Cette histoire est la sienne et elle ne la partage véritablement qu'avec Axelle.

Leurs nouveaux amis sont joyeux, pleins d'envies et de projets de vacances. Ils veulent des enfants dès qu'ils seront sûrs d'avoir rencontré la bonne personne, se réjouissent de trouver un travail, critiquent les banques uniquement lorsqu'ils font un emprunt. Ils économisent pour se payer un billet d'avion, une location de vacances. D'ailleurs, Nadège lui parle de leur voyage à Londres qui était incroyable. Elle est enceinte jusqu'aux yeux, s'essouffle vite, éclate d'un rire clair en tirant son cou vers l'arrière. Elle n'hésite pas, elle, à parler de sa rencontre avec Thierry. Ils étaient plus jeunes et, dans sa façon de le dire, Mano sent bien le jugement déjà attendri sur ceux qu'ils ont été. Vite, être adultes, vite, abandonner ces lambeaux d'adolescence un peu risibles, ces maladresses que Thierry avait pour draguer les filles, les cuites systématiques de Nadège et les baisers qu'elle déposait alors sur chaque paire de lèvres à son goût.

C'est comme s'ils voulaient laisser derrière eux ce qui, aux yeux de Mano, les rend si attachants, si beaux. Le seront-ils encore lorsqu'ils prendront des airs d'importance en parlant de leur enfant ? De leur boulot ? De leur nouvel appartement ? Bien sûr, ils sont de gauche. Bien sûr, ils font encore grève, Nadège est institutrice, le service public a toujours du sens pour elle.

Bien sûr, ils se souviennent du deuxième tour de 2002 avec horreur, c'était hier, et ils s'inquiètent que Sarkozy passe aux prochaines élections. Mais, au fond, ça n'a pas vraiment de prise sur eux. Ils savent mettre les mauvaises nouvelles du monde en périphérie de leurs vies. C'est exactement ce que Charly voudrait pour Mano et lui, et c'est exactement ce que leur reproche Mano, à eux tous. Être heureux là où elle est incapable de l'être.

— Mais ça te fait quel âge, toi, déjà ? demande Nadège à Mano, qui sait déjà ce qui va suivre.

— Trente et un.

— Ben alors ? Quand est-ce que vous en faites un ?

La main de Nadège repose sur son ventre habité, son sourire à fossettes creuse encore un peu plus la distance. Autour d'elles deux, les discussions se croisent et les phrases fusent, Mano lui rend son sourire.

— Je ne veux pas d'enfants.

Presque en même temps, et recouvrant la réponse de Mano, Charly répond lui aussi :

— Bientôt. En tout cas ça fait envie, quand on vous voit.

Et il regarde Mano, du miel plein les yeux. Il n'a pas entendu sa réponse à elle, alors il a du mal à comprendre les raisons de son air désolé, et le dépit qu'il devine dans le sourire maintenant craquelé de Nadège.

Sans repères, il est difficile d'évaluer le temps qui passe. La vieillesse d'un parent, l'évolution d'un gamin, exactement comme une marque dans un bassin d'écluse. Parce que le temps ne se calcule pas de la même façon selon les différentes parties de la vie, même s'il ne s'agit pas de quartiers de viande ni de découpage aux ciseaux sur une frise. Ce n'est pas non plus la question du plaisir, de l'attente, et du temps long de la pénibilité face à la fulgurance des moments euphorisants. C'est encore autre chose, c'est le vertige qui t'attrape quand tu réalises que quatre ans sont passés sans que tu aies fait grand-chose, et c'est exactement ce que ressent Mano. Quand elle se dit que huit années sont passées depuis le braquage du Crédit Municipal, quatre depuis le procès d'Axelle aux assises, c'est un gouffre qui s'ouvre. Pour elle, c'était hier. Et, dans le bassin de son écluse, il n'y a aucune marque. Rien que de la flotte qui menace de faire déborder le bief.

Il est deux heures passées quand ils rentrent chez eux. Dans leur salon, une odeur d'encens les accueille. Mano n'allume aucune lumière, juste sa clope d'un coup de briquet. Charly a le temps de voir son visage. Il lui saisit le poignet avec douceur.

— Manuela, viens, on en fait un.

Quand il utilise son prénom complet en espagnol, ça la fait marrer. Globalement, quand il utilise l'espagnol, elle aime. Mais là son cœur se crispe.

— Tu sais bien que non.

— Tu serais tellement géniale. Je vois bien comme tu es généreuse.

Elle se retourne, soupire contre sa jugulaire.

— C'est pas parce que je file ma thune à tous les plus miséreux que moi que je peux être mère, et puis ça n'a rien à voir de toute façon.

— Comment ça ?

Charly allume une lampe à la lumière jaune et

douce, s'affale dans le canapé. La fumée de cigarette danse en volutes, Mano se débarrasse de la cendre dans une tête de mort écarlate déjà remplie de mégots.

— J'ai pas peur d'être une mauvaise mère, Charly. J'ai juste pas envie.

Charly se renfrogne, il fait des efforts mais ne comprend pas, il a trente-trois ans, rêve de sentir un môme dans ses bras, le regarder grandir. Comme il a bu chez Nadège et Thierry, il se lâche un peu, forcément. Il en a plein les yeux, des larmes de frustration. Il se tait depuis longtemps. Normalement, ça ne se passe pas comme ça, dans ce sens-là. Ses copains lui ont dit que les filles finissent toujours par en vouloir, des mômes. L'horloge biologique, tout ça. Comme il n'est pas trop con et un peu renseigné, Charly ne se risque pas à l'argument de l'instinct maternel mais quand même, il y a cette envie qu'on n'explique pas, en tout cas lui il la ressent.

— C'est pas normal, merde.

— Je ne suis pas normale, c'est ce que tu veux dire ?

— Mais non, c'est pas ça.

Elle secoue la tête, tire plus fort sur sa clope.

— Si.

Le silence s'installe, qu'ils connaissent bien. Mano marche lentement vers la chaîne hi-fi, farfouille et lance l'album *Murder Ballads*, de Nick Cave. C'est sombre à souhait, triste et anxiogène, c'est parfait.

— Tu veux pas mettre un truc moins déprimant ?

C'est une blague entre eux, son goût à elle pour des artistes aux musiques tristes.

— Manu Chao ? elle fait semblant de proposer, un demi-sourire aux lèvres, moqueuse.

206

Charly fait comme s'il n'avait pas entendu. Il l'observe se mettre à danser, bras écartés, bassin en mouvement, piétinements, tel un grand oiseau.

— Tu crois que tu changeras d'avis un jour ?

— Sur Manu Chao ?

— Non, sur l'envie d'avoir un enfant.

— J'avais compris, c'était pour te faire rire.

Elle a replié ses ailes le long de son torse, fume sa clope jusqu'au mégot et finit par l'écraser enfin. Tout doucement, en gestes veloutés, elle s'assied sur l'accoudoir du canapé et remonte ses jambes contre ses seins. Son regard est tendre, lointain, même quand elle dévisage Charly.

— Je changerai pas d'avis, Charly. Pas dans ce monde-là, pas dans ce merdier. Je suis sûre que tu serais un père incroyable, et si tu veux qu'on se sépare, je comprendrais, promis.

— Tu veux me quitter ?

— Non. Mais je ne veux pas d'enfants, et toi oui.

La voix de basse chante Henry Lee, recouvre leur drame.

— Tu ne veux pas d'enfants, Mano, mais qu'est-ce que tu veux ? Qu'est-ce qui te rendrait enfin heureuse ?

Sa voix est à la limite d'une brisure, d'un sanglot.

Mano reste immobile, perchée dans l'angle du canapé, ses cheveux autour d'elle comme un voile. Il n'y a en elle ni méchanceté ni volonté de blesser. Seulement elle ne peut pas répondre à cette question. Personne ne peut répondre à une question aussi fondamentale et ridicule. Elle n'en veut pas à Charly de la poser, il fait ce qu'il peut, mais il ne peut pas grand-chose.

Des jours, des mois, des années

J'apprends que Sarkozy a gagné les élections depuis ma cellule, en suivant les infos à la télé. On peut pas dire que je la regarde très souvent mais c'est un moyen de rester en prise avec l'extérieur, le monde, vu qu'on a du mal à choper un journal qui ne soit pas périmé d'une semaine. On a droit aux abonnements, mais ça ne change rien.

Après le procès, quand ils m'ont transférée dans une autre prison, j'ai eu ma propre cellule à l'étage des longues peines. L'ambiance y est radicalement différente de celle que j'ai connue en détention avant d'être condamnée. Ici, peu de délinquance, essentiellement des meurtres. Étrangement, plus les peines sont lourdes et plus l'ambiance est sereine. Hormis quelques meurtres liés au banditisme, les femmes d'ici ont pour la plupart tué un proche, et rien dans leur parcours ne les a préparées à de la détention. Elles ont vrillé une fois, salement, mais n'ont aucune raison de recommencer. Alors elles lisent, conversent avec les autres sans inscrire la menace dans chaque échange. Évidemment, rien n'est gratuit.

Évidemment, personne ne donne sa confiance aveuglément. Mais c'est plus détendu. On peut même, si on le souhaite, se rendre visite d'une cellule à l'autre à certains moments de la journée. Il y a des trous dans les murs, des cafards dans les plis de béton, des rats quelquefois, mais je suis mieux traitée que je ne l'ai été pendant les quatre premières années, même si une des surveillantes a décidé de tout détruire dans ma cellule à chaque fouille. C'était déjà le cas en préventive mais celle-là y met un soin tout particulier. Elle vide consciencieusement les paquets de pâtes qui s'égaillent au sol, brise le moindre objet, déchire parfois mes lettres. Elle s'en réjouit visiblement. Je l'appelle Himmler. Un jour, c'est même sa collègue qui l'empêche de continuer, et ça, c'est rarissime : malgré les dissensions qui les animent forcément, jamais nous ne sommes témoins d'un conflit. Je suppose qu'elle en faisait vraiment trop. Si je m'étais laissée aller, je lui aurais brisé la mâchoire, toute menue que je suis. J'ai des réserves de rage. Elle m'a pourri la vie jusqu'en 2012, mais j'y reviendrai.

Depuis le procès, et malgré notre parloir douloureux, tu t'autorises à m'écrire un peu plus, un peu mieux. Tes lettres sont moins nulles que pendant ma préventive, mais je ne parviens pas à retrouver la magie de nos échanges dans la vraie vie. Peut-être parce que je n'y réponds pas. Je dois être honnête : même si je te le souhaitais, je ne me résous pas à te savoir vivre sans moi, et surtout avec un autre. Tu ne m'as rien dit pour Charly mais je le sais, je vous ai vus au procès. Je voudrais être plus généreuse, mais c'est difficile, surtout ici, quand on a rien.

Des jours, des mois, des années qui passent.

Sarkozy devient donc président de la République et je n'ai pas d'alcool pour me saouler, m'aider à encaisser la nouvelle. Je pense à Naïma, sortie depuis deux ans, qui doit faire une sale gueule ce soir. Je pense à toi, t'imagine descendre dans la rue pour une manif impromptue et sans efficacité, de ces manifs spontanées qui cherchent l'affrontement par désespoir. Je ne t'ai plus vue depuis si longtemps, qu'est-ce que tu me manques, mon amour aux lèvres douces, mon amour en colère, nos mains liées en manif. Mon amour si lointain. Couper la télévision, passer mes mains sur mon visage, tenter d'apercevoir le ciel, même de nuit.

Des jours, des mois, des années. Quelques visages deviennent familiers au point d'être sympathiques, j'apprends à ne pas trop faire confiance, cependant. Les jours se succèdent, nombreux, pareils les uns aux autres. Des cris se solidifient aux fenêtres – ceux des autres et les miens, pendant de longs mois. Puis, un jour, j'abandonne la colère, épuisée, pour faire avec cette vie-là. J'imagine que ça ne s'est pas passé d'un seul coup mais je me souviens du matin où j'ai su. On ne peut pas attendre la sortie quand on prend autant, même si on espère toujours en faire moins. C'est toujours trop.

Des jours, des mois, des années.

Mon grand-père au parloir, qui prend le train une fois par semaine pour venir me voir, l'argent enfin envoyé par ma mère, tes lettres qui n'arrivent pas, retenues par la matonne qui ne m'aime pas ; tes lettres qui arrivent ouvertes, chiffonnées. Je les lisse du plat de la paume, il m'est insupportable de savoir qu'elles te lisent avant moi. Je pense que tu t'en doutes, et c'est peut-être à cause de ça que je te sens lointaine, retenue.

J'ai repris mes études de lettres modernes, on m'a refusé un double cursus en sciences politiques mais j'ai pu choisir quelques options de socio. Je révise seule, passe des examens que je réussis brillamment. Mon grand-père me félicite, il écrase une larme au parloir et mon cœur se déchire en très petits morceaux. Je mets des jours à le recoller, et encore, pas tout. Au final, je bosse aux ateliers de fabrication de tenues professionnelles, comme celles qui ont loupé leur BEPC. Les mêmes gestes chaque jour. Des jours, des mois, des années. Connaître chaque surveillante, les reconnaître de dos, participer à tous les ateliers artistiques pour échapper au vide. Ne pas compter, jamais. Coller des images au mur de la cellule, au-dessus du lit, tenter d'humaniser les lieux, apprendre à cuisiner avec ce qui se cantine, recuire l'immonde nourriture distribuée ici avec des oignons grillés, de l'ail. Trafiquer pour obtenir des épices, la plupart interdites. Des mois qui s'égrènent et des saisons dans l'air qu'on respire à la promenade. Des pluies diluviennes ou des soleils d'août à ne plus pouvoir dormir la nuit, sentir la sueur couler sur mon crâne, entre mes fesses, même immobile.

Des jours, des mois, des années. Oublier le goût des fruits frais, en rêver la nuit. Il y a de la vie en prison, mais ce n'est pas vraiment la vie.

Et puis, un jour, ma mère vient me voir.

On est en 2008. Je l'avais inscrite sur les listes dès mon arrivée ici mais, après onze ans de silence, je n'espérais plus. J'aimerais ne pas y aller, être capable de refuser la rencontre. Je l'imagine se heurter à mon refus, repartir avec son sac serré contre elle, marcher le long de la muraille jusqu'à l'arrêt de bus. Ou alors mon père l'attend dans la voiture ? Non, je pense plutôt qu'elle ne lui a rien dit de ce voyage. Je l'imagine boitillant dans les cailloux des travaux sur ses talons ridicules, sous le soleil trop lourd – septembre ressemble à août cette année-là, et ce n'est que le début. Mais je suis incapable de lui refuser un parloir, c'est ma mère. La voir, l'entendre, savoir ce qu'elle peut avoir besoin de me dire, onze putain d'années après mon incarcération. J'aimerais ne pas être aussi anxieuse mais, si je me sens capable de lui offrir un beau masque d'indifférence, l'intérieur est autrement bouleversé.

Britney n'est pas là depuis longtemps, c'est elle qui m'accompagne au parloir. Britney est très blonde et on la dit peu farouche avec les détenus hommes. Elle mâche un chewing-gum à la fraise, je vois sa langue et ses gencives à chaque claquement de mâchoire. De dos, elle arrive presque à rendre sexy l'uniforme bleu marine des gardiennes. Je la suis dans les couloirs, elle récupère d'autres détenues, passage de grilles, changement de bâtiment. Un bout de ciel strié de fil de fer, des oiseaux de plastique accrochés aux barbelés, l'odeur d'herbe sèche dans les forêts, autour de nous. Je ferme les yeux, le visage tourné vers le soleil, immobile entre deux portes.

— Ho, vous bougez, oui ?

Je ne suis pas la seule à qui elle parle. Nous sommes trois à profiter du chemin entre cellules et parloirs. Nous ouvrons les yeux, sourire aux lèvres, amusées d'être saisies sur le vif d'un plaisir volé à la prison. Tant qu'il nous reste des sensations, c'est que nous sommes vivantes.

Ma mère a rétréci. Elle a vieilli aussi. Elle semble complètement perdue sur sa chaise en Formica, son sac à main posé sur ses genoux et ses mains accrochées à la fermeture dorée, telle Bernadette Chirac à une inauguration de la Ville de Paris. Elle jette des regards apeurés autour d'elle, comme si les autres visiteurs risquaient de la dévaliser, ou que les gardiens n'allaient pas la laisser ressortir.

Elle me traverse d'abord sans me voir puis ses yeux reviennent sur moi, me fixent. Ils s'agrandissent et sa bouche se crispe. Je m'assieds en face d'elle avant qu'elle dise quoi que ce soit. Pas de baisers, pas d'accolade. Ma mère n'a jamais été très tactile, on ne va pas commencer maintenant. Son regard glisse sur ma tenue, pourtant sobre. Je porte un legging noir et un sweat gris immense aux manches retroussées, des baskets. Mes cheveux noirs sont courts avec des mèches rangées derrière les oreilles. Je ne porte pas de maquillage mais n'en ai jamais porté, sauf une tentative malheureuse au collège, quelques mois en classe de quatrième, un fiasco. Je ne parlerai pas en premier. Le silence s'éternise. Au bout d'un temps que je considère suffisamment long, je me lève et fais un geste vers la porte pour interpeller la gardienne.

— Attends !

Même sa voix a rapetissé. On dirait un cri de souris. Mon bras retombe mais je reste debout, la surplombe. Ses yeux roulent, elle s'affole.

— Assieds-toi, s'il te plaît. Comment vas-tu ?

Je soupire, finis par me rasseoir. Bien obligée de l'aider un peu.

— Ça va, je vais bien.

— J'ai fait un gâteau mais à l'accueil ils n'ont pas voulu que je te le donne.

— C'est interdit.

— Mais c'est idiot !

— Oui maman, c'est la prison. Y a un paquet de trucs idiots à respecter.

Dire *maman* me fait un drôle d'effet. Un mot que je n'ai pas prononcé depuis vraiment longtemps. La colère revient en pensant au nombre d'années.

— T'es pas venue pendant onze ans et tu débarques maintenant, c'est bizarre. Pourquoi t'es là ?

J'ai essayé de ne pas mettre trop de hargne dans mes mots, ma façon de les dire, mais ce n'est pas facile. Onze ans. J'ai trente ans et j'ai reçu d'elle une carte postale à chaque anniversaire. C'est tout.

— J'aurais voulu autre chose pour toi.

— Moi aussi.

Pour le coup, ma voix n'est pas agressive, je m'autorise même une fragilité dangereuse.

— C'est pas de notre faute à nous.

— J'ai pas dit ça.

— On t'a pas élevée comme ça, et maintenant tout le monde nous juge.

J'ai du mal à croire qu'après onze ans de silence, ma mère vienne me voir en prison pour me faire des reproches. Je redresse mon torse, appuie mes coudes sur la table, mains jointes, épaules en avant. La situation est surréaliste. Ma mère secoue la tête avec désolation. Elle approche son visage du mien.

— Ici il y a plein de filles… comme toi ?

— Comme moi ?

— Oui, tu vois très bien ce que je veux dire.

D'un mouvement de la main, elle englobe la prison autour d'elle, puis me désigne, le visage un peu pincé. Je connais cette expression. Bon sang qu'est-ce qu'elle est bête. Ce n'est pas une bêtise méchante, juste une bêtise de circonstance, de femme qui adhère à chaque position de son mari et considère qu'elle n'a pas à avoir de pensée propre. Ma mère est une écrasée volontaire. Adolescente, je l'ai beaucoup méprisée. Assise au parloir en face d'elle, à trente et un ans, je ne la méprise plus, je la plains.

— Oui maman, je vois ce que tu veux dire. Et je ne pense pas que la réponse te concerne.

Je n'ai pas envie de lui venir en aide. Qu'elle se démerde avec ses clichés. Je me souviens de son regard effaré la première fois que je suis rentrée à la maison avec une copine. Elle s'appelait Isabelle et même mon père l'a mieux supporté que ma mère. Ma mère en avait conçu une honte pour elle-même qui dépassait mon entendement. Mon père pensait que ça me passerait, que c'était juste de la provocation visant à l'humilier personnellement.

— C'est bien.

Soudain, c'est trop. Ça me brûle, à l'intérieur. Onze ans de silence pour entendre ça.

— Ta gueule. Ta gueule, maman.

Et je balance mon corps sur le dossier de ma chaise, excédée. L'espace d'un instant, je me réjouis de pouvoir la faire taire. Et puis je la regarde mieux, tente d'éteindre mon feu comme je l'ai fait si souvent. Comme je le faisais déjà à l'époque. Elle est petite, elle a vieilli, elle n'a pas eu d'espace pour exister autrement qu'en ombre de mon père. Elle ne dit même pas ça par provocation, par méchanceté. C'est juste de la bêtise. Je me souviens de sa douceur, quand j'étais enfant, de son temps entièrement consacré à tenir la maison et s'occuper de moi. Elle me rassurait avant de m'angoisser. Je la regarde rapetisser encore sous mon agressivité. J'ai du mal à m'apaiser, et je sais pourquoi : la colère me sauve des larmes.

— Je ne comprends pas pourquoi tu es venue, vraiment.

Elle renifle sans me regarder.

— Parce que ton père est malade.

Et soudain, alors que j'encaisse ce qu'elle vient de dire, je réalise qu'elle est grise.

— Malade comment ?

— Très malade.

— Je suis désolée pour toi.

Ma mère hausse les épaules, comme si elle doutait de ma désolation. Une grande tristesse m'attrape, plus forte que ma colère. Nous sommes passées à côté l'une de l'autre pendant tant d'années, et ce n'est pas vraiment rattrapable. Elle a pris soin de moi enfant en projetant quelqu'un d'autre sur mes tenues brodées, mes tresses et demi-queues aux chouchous colorés, je l'ai aimée tant qu'elle a assuré mes besoins. Dès que j'ai été en capacité de penser par moi-même, je me suis éloignée d'elle et l'ai ignorée comme on tait une maladie honteuse.

— Pas la peine d'être désolée, ça sert à rien.

— Quand même.

— C'est de ta faute. C'est la honte et le chagrin qui l'ont rendu malade. On ne t'a pas élevée comme ça.

Cette femme qui, après onze ans de silence, me blesse avec ses propos idiots, c'est encore ma mère. Et c'est une inconnue. Je me sens pleine de larmes et j'ai pitié de nous.

— C'est la dernière fois qu'on se voit.

J'ai voulu que ma phrase soit une question mais elle est tombée, nue et affirmative. Je tente, du regard, d'induire une incertitude, presque un espoir. Je ne sais pas quoi dire, c'est à mon tour d'être muette, gênée. De ne pas savoir par où la questionner. Je me fiche de la mort prochaine de mon père mais je sens qu'elle a besoin de parler, elle est terriblement seule.

— Il prend un traitement?

— Oui, mais ça ne suffira pas.

— Combien?

— Six mois. Peut-être un peu plus ou un peu moins.

Ma salive est devenue solide dans ma gorge, j'en ai assez à présent. Je décroise mes doigts, les pose à plat sur la table.

— Tu te ronges encore les ongles? Il faut arrêter, ce n'est pas très joli pour une jeune fille.

Elle n'en loupera pas une, c'est trop, un fou rire déplacé me grimpe le long du cou, caresse dangereusement mes joues et le coin de mes yeux.

— C'est l'heure, maman.

J'ai soudain besoin qu'elle s'en aille, je suis triste et gagnée par un sentiment terrible de vertige.

— Je suis allée voir la dame. La dame et sa fille.

— Quoi?

— L'épouse du policier, la pauvre.

J'en reste muette, vide.

Ma mère se tortille sur sa chaise, vérifie l'heure sur

sa montre. Par réflexe, elle étale un pauvre sourire sur son visage et nous nous levons d'un même mouvement. Nous nous embrassons maladroitement et je reste sans émotion, raide et absente. Mais l'odeur de son parfum m'assaille et je flanche à l'intérieur, redevenue enfant l'espace d'une seconde. Je pense qu'il va lui falloir du courage pour affronter les derniers mois de la vie de mon père et il ne va pas l'aider beaucoup. Je ne sais pas comment le lui dire, comment lui insuffler un peu d'amour, même bancal. Elle non plus, qui ne dit rien. Pas un mot, pas une insistance, elle suit la surveillante sans se retourner et me laisse orpheline.

En quittant le parloir, alors que la surveillante me fouille avec application, je fourre mes doigts dans ma bouche et me ronge l'ongle du pouce jusqu'au sang. À dater de ce jour, je n'ai plus mes règles.

C'est que nous sommes vivantes

Mes cheveux deviennent blancs en plusieurs fois.
Ça ne se fait pas d'un seul coup. Je peux te dire précisément les moments de bascule où la canitie envahit
ma tête, à commencer par le jour du verdict, où mon
brun-noir s'altère pour la première fois. D'abord, je
suis poivre et sel, puis de plus en plus blanche, année
après année, à chaque moment difficile. Quitter Naïma
pendant la préventive. Les cinq jours d'isolement dans
la nouvelle taule, où les surveillantes ont laissé les
néons allumés constamment. Quand Djib, une détenue
beaucoup plus forte que moi, m'a collée contre un mur
et m'a saisi les fesses à deux mains puis a essayé de
glisser deux doigts en moi. Je me suis cassé le nez en
lui cassant une dent. Quand la petite Fadhia s'est fait
démolir par Bab et Kenza et qu'elle a perdu un œil. La
première fois que je m'en rends vraiment compte, pour
mes cheveux, je prends un coup. Je devine derrière ce
blanc le visage de ma mère, et je me trouve plus vieille
qu'elle.

Un jour, je remonte de promenade quand une grande
femme aux yeux gris m'interpelle. Sa voix basse et
moelleuse contraste avec son physique brutal.

— Je peux m'occuper de tes cheveux, si tu veux.

219

C'est ainsi que ça commence, entre Véra et moi. Par une couleur noir corbeau proche de l'origine. Je lui confie ma tête, j'ai cantiné les produits avant. Ses cheveux à elle sont gris mais ça lui convient, elle m'explique ça pendant que, la tête en arrière, je ferme les yeux en écoutant sa voix de baryton. Il faut faire confiance pour balancer sa tête en arrière, gorge offerte, yeux fermés. Et cette histoire de confiance qui se gagne, je n'y crois pas trop. C'est comme l'amour ou l'amitié. Ça ne vient pas avec le temps, avec des preuves. On sait très vite. Je ne parle pas non plus de coup de foudre, c'est encore autre chose. Une évidence, quelque chose comme ça. Quand ça ne prend pas, il y a cette ruade du corps qui se défile. On n'offre pas sa gorge, son cœur ou son cul lorsque ça ne prend pas. Il arrive qu'on le fasse, en fait, mais quelques semaines de prison t'apprennent que tu n'as pas droit à l'erreur. Alors des années, tu imagines. L'animal en nous comprend la survie, en valide les clauses malgré lui.

Au contact de ses mains sur mon crâne, massant mon cuir chevelu, des larmes me montent aux yeux. Il y a si longtemps que je n'ai eu aucun contact physique, encore moins un contact attentionné, des gestes qui prennent soin. On oublie à quel point c'est vital. Ce jour-là, je m'en souviens et j'en ai le souffle coupé.

Véra a dix ans de plus que moi. Elle a tué son mari. Je ne sais pas pourquoi, je ne sais pas dans quelles circonstances. On ne pose pas ce genre de questions ici. Mais souvent, les filles finissent par te raconter leur histoire. Les seules qui ne parlent pas du tout, ce sont celles qui ont tué un enfant, le leur bien souvent.

Véra est arrivée ici il y a quelques mois, c'est elle qui a demandé un transfert, sa sœur habite la ville voisine.

Véra a pris autant que moi, et elle a déjà fait seize ans quand on se rencontre. Moi, j'entre dans ma douzième année d'incarcération. Il y a peu à dire de ces douze années, passées comme mille ou comme un mois.

— Pour moi, chacune a compté.

— T'es sérieuse ?

Véra fronce les sourcils comme sous une concentration extrême.

— Peut-être pas chacune, non. Mais le temps m'a changée.

Je reste étonnée par cet aveu qui ne correspond pas du tout à mon ressenti. J'ai l'impression d'être toujours la même, moi. Ne pas avoir de vie à l'extérieur m'a figée dans ce que j'étais à mon entrée en prison. Bien sûr, j'ai appris comment survivre, j'ai su m'adapter – exactement comme un animal en captivité –, mais il me semble que je suis la même que le jour de mon incarcération.

— Explique-moi.

— J'ai longtemps pensé que j'étais la victime.

J'attends la suite, pendue à ses lèvres que je trouve pleines et douces, même si je ne les ai pas encore embrassées.

— Il faut du temps pour accepter d'être coupable sans en mourir. Juste le savoir et vivre avec.

— Attends attends, c'était pas ta faute.

— C'est pas la question. Il est mort, et c'est moi qui l'ai tué, c'est tout.

Quelque chose me met sidéralement en colère dans ce que Véra essaie de m'expliquer, mais je ne parviens pas à le toucher du doigt.

— Ça justifie de se flageller ?

— Qui parle de se flageller ? Toi, pas moi.

— Mais c'est toi qui…

— Je dis que j'ai tué mon mari. C'est vrai, j'y étais.

Et soudain, les images reviennent – la femme du flic dans le prétoire, sa voix basse, son chagrin. La lourdeur de la chute, au Crédit Municipal, de l'homme cagoulé.

— Tu connais son nom ?

— Qui ?

— L'homme que tu as tué, tu connais son nom ?

Je hausse les épaules, les joues brûlantes, la gorge nouée.

— C'était un flic.

— Mais tu connais son nom ?

— C'était un flic, je te dis !

Véra me sourit, un sourire de travers qui pourrait me faire exploser de rage. Je suis tellement furieuse que j'ai envie de frapper quelque chose ou quelqu'un, mais Véra m'attire contre elle et me serre dans ses bras.

Lorsque j'ai été arrêtée, Internet faisait son entrée à la fac sur les gros ordinateurs fixes des salles informatiques. Y avaient accès les étudiants qui n'avaient pas d'ordinateur chez eux. Dix ans plus tard, grâce aux nouvelles arrivantes, j'apprends qu'Internet a fait son chemin dans chaque appartement, qu'il est rarissime de ne pas avoir recours à cet outil. Que tout le monde ou presque possède un ordinateur, souvent portable. Je n'ai pas connu cette habitude, elle ne me manque pas. C'est un avantage que j'ai sur d'autres, plus récemment enfermées, qui vivent très mal d'en être coupées. Toi, tu m'écris à la main, toujours. Je me demande si tu as un ordinateur toi aussi.

Véra non plus n'a pas connu Internet. Elle aime lire, me dit-elle, alors nous échangeons des livres. Mais la bibliothèque n'est pas riche en ouvrages, c'est le moins qu'on puisse dire. Beaucoup de très mauvais romans qui parfois me tombent des mains. Ces dernières années, une vraie bibliothèque s'est montée, avec des commandes possibles et des centaines d'ouvrages en rayonnage. Mais à l'époque où je rencontre Véra, les livres proviennent d'un fonds de solidarité et les romans qu'on y trouve sont extrêmement datés. Mon grand-père vient me voir avec des livres mais, selon l'humeur des gardiennes, il repart avec ses cadeaux.

Avec Véra, nous nous écrivons par livres interposés. Avec un crayon à papier, nous entourons des mots qui, mis bout à bout, forment un message. Ce qui devient amusant, c'est quand le message sort de l'informatif ou du pragmatique et devient de la poésie. Quand je le dis à Véra, elle me regarde comme si j'étais folle. Une autre aurait éclaté de rire pour un même sentiment, mais Véra ne rit jamais.

— De la poésie ? N'importe quoi.

Véra est la première personne avec qui je développe un lien, un véritable lien, depuis mon incarcération. C'est en attendant ses messages avec une impatience douloureuse que je réalise l'ampleur de ma solitude. Il y a eu Naïma au début, mais ce n'est pas exactement la même chose. Il y a, avec Véra, ce désir d'intimité et de partage qui fragilise et prend de la place. Le vide est rempli par quelque chose de beau. Une rencontre, dans tout ce qu'une rencontre a de formidable, à savoir une transformation, un nouveau regard. Chaque jour, je me réveille en me disant que quelque chose va se passer, un échange, une discussion. Véra me sauve du vide. Et pour la première fois depuis si longtemps, j'ai à nouveau envie de toucher et d'être touchée. Grâce à elle, je reviens doucement à la vie.

Stok Kangri

Il a fallu qu'elle s'équipe. À trente-cinq ans, Mano aime les collines bruissantes, l'herbe chaude et les vents du sud qui caressent et courbent les épineux. Mais les cols pelés, les pics silencieux, bruns de terre infertile ou blancs de neige, grêlés de fissures, glissants, inaptes à la respiration, engloutis dans des nuages de brume, elle n'est pas sûre. N'étant ni aigle ni bouquetin, elle ne voit pas le sens de se prendre pour ce qu'elle n'est pas et de défier les sommets. Et puis il y a la peur, vrillée dans son ventre, communiquant des frissons à chaque parcelle de sa peau, si elle y pense trop longtemps.

Dans le magasin spécialisé, Charly s'extasie sur les cordes, les pics, les vestes en matière technologique résistantes aux froids les plus terribles.

— On va pas faire l'Everest, non plus, ose Mano en tripotant des gants fourrés qui semblent conçus pour un géant.

Charly relève la tête, l'air stupéfait.

— Stok Kangri, c'est pas une petite balade, ma chérie.

Mano déteste qu'il l'appelle ma chérie. Il y a, dans le ton de Charly, une évidence amoureuse mêlée à une fausse attitude de martyr. Ça a commencé à partir du moment où il a compris qu'ils n'auraient pas d'enfants. C'est comme si, par son refus, elle lui voulait du mal. Alors il lui fait des propositions qu'elle peut difficilement refuser – elle a dit non à sa demande la plus importante, elle ne peut rien lui refuser d'autre. Stok Kangri, par exemple, c'est pas elle qui a décidé, mais elle n'a pas su dire clairement non. Charly supporte de moins en moins bien son incapacité à vivre normalement. À faire des projets. Sa vie arrêtée, mutilée par l'arrestation des autres. Sa vie suspendue par l'incarcération d'Axelle. À trente-cinq ans, Mano ne s'est toujours pas décidée à vivre. Lorsqu'ils s'engueulaient encore souvent à ce sujet Charly parlait d'expiation déplacée.

— Je sais bien que c'est pas une balade, t'inquiète.

Elle lâche la paire de gants, caresse une veste imperméable et gonflée de plumes.

— Six mille cent cinquante-trois mètres, énonce fièrement Charly.

On dirait qu'il est déjà au sommet, drapeau planté dans la glace. L'angoisse diffuse englue Mano, ralentit ses mouvements. Elle enfile la veste dodue et se met très vite à transpirer.

— Elle est bien cette veste, elle me tient chaud.

— Prends-la.

Il est content, Charly, tout satisfait, rempli par son projet. Il est très loin du saisissement de Mano, de son vertige. Il ne voit pas les efforts qu'elle doit faire pour essayer de se glisser dans le rôle, pour tenter de participer.

Ils ne parlent pas de dernière chance, ni de sauver leur couple, c'est pas leur genre, mais au fond c'est

226

exactement ça. Gravir un sommet, ensemble. Pour Mano, l'idée d'accompagner Charly est à l'image de l'avenir : insurmontable. Mais, à son âge, il est temps de se frotter à l'insurmontable, tant mieux si ça fait mal, c'est comme une chute qui irait vers le haut. C'est vrai que ça ressemble à un chemin de croix. Après tout, pourquoi pas.

L'Inde, elle n'y a jamais mis les pieds. Le Ladakh, au début elle pensait même que c'était un autre pays, coincé entre le Pakistan et le Népal. Pas une province, pas un morceau du tout. Alors quand Charly en a parlé la première fois, elle a à peine écouté, acquiescé mollement entre deux anxiolytiques. Maintenant que ça approche dangereusement, que le projet prend corps en matières technologiques, cartes et billets d'avion, Mano s'amenuise, se rétracte de toute sa chair mais pas un mot, pas un seul, pour dire non. Sans Charly elle aurait plongé, serait descendue si bas qu'elle n'aurait pas su remonter. Lui, il a posé ses mains sur elle avec douceur, tenté jour après jour de lui faire cadeau d'une envie, d'une raison. Elle lui doit bien un sommet à gravir ensemble, le corps malmené par l'effort, la peur de la chute et de la neige jusqu'aux genoux – il paraît qu'à six mille on n'y échappe pas.

— Tu prends le bonnet, aussi ?

Elle lui sourit, empile les achats dans le grand panier en plastique marqué au logo du magasin qui cogne sa jambe, plein et lourd, tandis qu'elle avance vers les caisses, griffe sa peau nue. Acheter un anorak au printemps provoque une distorsion du réel qui n'a rien d'amusant. Mano ne grimace pas, elle sait altérer ses expressions, enfouir ses émotions. Depuis le temps.

Alors les deux mains serrées sur la poignée, le panier qui dégueule et tire sur ses bras, le sourire qui hésite. Charly lui vient en aide, porte à sa place et étrangle sa volonté. Elle suit, les bras ballants, ses pas silencieux sur la moquette. Il est tellement heureux que ça blesse Mano, de ne pas savoir être à l'unisson.

Charly s'est mis à marcher sérieusement depuis deux ans, de plus en plus régulièrement, de plus en plus haut, et longtemps. Au début, elle l'accompagnait, et elle y trouvait un certain plaisir. C'est encore le cas, mais elle s'arrête toujours avant lui. Le plaisir n'est pas immédiat, il la saisit après, lorsqu'une journée d'efforts physiques s'achève et que son corps douloureux se détend enfin. Lui, il a trouvé dans le sport un exutoire à ses frustrations. Il n'y a pas que la marche, il fait du vélo et de la natation, pousse ses efforts de plus en plus loin à chaque entraînement. Mano suit par désœuvrement, par fidélité. Parfois aussi, il faut bien le dire, par culpabilité.

Elle a trente-cinq ans mais n'a pas la vie qu'elle imagine être celle d'une femme de trente-cinq ans. Pas d'enfants, de vacances prévues plusieurs mois en avance ou de repas entre collègues. Pas non plus de grand projet qui exalte. Tout s'est figé le jour du procès. Mano travaille toujours dans des bistrots, en change parfois, fait aussi des extras. Les horaires aléatoires, finir tard quand d'autres dorment pour se lever tôt, aller dans l'autre sens que la plupart des gens, ça lui convient. Quelque chose s'est brisé pour elle à l'intérieur. Mano n'a pourtant pas perdu sa douceur et, quand elle en a le temps, elle accompagne les gosses du foyer social en balade au bord de la mer. Certains n'ont jamais vu la mer alors qu'ils n'habitent qu'à quelques kilomètres des plages. On lui a suggéré de bosser vraiment dans le social, de passer le concours pour la formation d'éduc, ou un truc du genre, mais elle refuse. Accompagner des mômes, elle veut bien. Leur parler, écouter leurs histoires, se réjouir de les voir s'amuser, c'est possible. Mais plus, elle ne veut pas. Elle ne peut pas.

Stok Kangri, pour l'instant, ça n'a pas de réalité. C'est une montagne aux lignes floues, un défi qui appartient à Charly. Elle ne sait pas encore que ce sommet-là aura des conséquences sur sa vie, des conséquences immenses, déterminantes. Elle sourit à la caissière, à Charly. Elle pense à Axelle, serre le chagrin au fond de son ventre, comme d'habitude.

Leh

Elle n'a rien vu de Delhi. Quand ils arrivent à l'aéroport après dix heures de vol et deux somnifères, Mano ressemble à un zombie qui émerge, tandis que Charly explique par le menu à son voisin de quelle manière ils vont emprunter le chemin du sommet de Stok Kangri. Elle ne dit rien. Un autre avion les attend pour se rendre au Ladakh. Il est possible d'y aller en voiture ou en bus, mais la route frôle le Pakistan à plusieurs endroits, le trajet n'est pas sûr. Des à-pics tombent d'un côté de la route, qui parfois se transforme en chemin. On se demande comment les camions passent. D'ailleurs, chaque année, des véhicules basculent dans le vide. Il faut bien choisir son chauffeur, et avoir du temps. Charly a calculé qu'il leur faudrait une semaine pour monter ainsi jusqu'à Leh, alors qu'en avion le trajet ne prendra qu'une heure. Et ils ne peuvent rester que quinze jours, Charly n'a pas pu poser plus de congés. C'est la première fois qu'ils partent en voyage aussi loin. On ne peut pas dire qu'ils aient les moyens pour le faire plus souvent. Mais, cette fois-ci, c'était trop important.

Charly approche de la quarantaine, il avait besoin de se frotter à un projet plus grand que lui, besoin d'oser quelque chose d'exceptionnel.

230

L'année dernière, plusieurs attentats meurtriers ont ébranlé l'Inde. À Bombay, une dizaine d'attaques simultanées ont fait presque deux cents morts. Puis à Jaipur, il y a seulement trois mois. Sept bombes, une soixantaine de morts, beaucoup de blessés. C'est récent, inquiétant. L'ambiance s'en ressent dans l'aéroport où des militaires à moustache et béret vert déambulent, patibulaires, et dévisagent les voyageurs d'un air féroce. Mano se dit que ce serait étrange qu'elle meure dans un attentat, à l'autre bout du monde.

Des dizaines d'enfants sales au regard doré ont brisé les lignes de surveillance militaires et tentent d'obtenir quelques roupies auprès des voyageurs. Mano repère aussi un singe gris à quelques mètres, en reste estomaquée.

— Allez, viens, il faut enregistrer nos bagages pour le Delhi-Leh.

Charly lui prend la main et elle serre fort. Peut-être que ce lieu étrange, ce pays immense, si différent de chez eux, va les aider. Elle sourit en passant le portique – les gamins, le singe, autre chose qu'elle n'identifie pas encore –, vaguement euphorique. Et ça fait très longtemps qu'elle n'a pas ressenti une chose pareille.

Le deuxième vol, comme prévu, est rapide. Elle ne s'endort pas et peut découvrir l'Himalaya sous les ailes de l'avion, les montagnes en dentelle rose et blanche tout autour d'eux. Ils ont du mal à faire la différence entre neige et nuages car ici, même en août, les Éternelles teintent les sommets d'une blancheur épaisse, scintillante. C'est en silence qu'ils atterrissent, le visage collé au hublot. Mano ne dit rien mais

231

s'impatiente d'arriver, et cette seule impatience est une chance, une éclaboussure sur une plante pas tout à fait crevée.

Ils sont à Leh, enfin, et la fraîcheur les saisit dès les pieds posés sur le tarmac. Mais respirer est difficile – ils ont été prévenus. On ne passe pas en une heure de trois cents à trois mille cinq cents mètres d'altitude sans conséquences. Leur sang est moins oxygéné et ils ont du mal à respirer sans s'essouffler.

Dans le taxi qui les conduit au centre de Leh, ils se sont calés, chacun contre une vitre, et restent silencieux, ébahis. De temps en temps, l'un serre la main de l'autre, ils s'attirent mutuellement l'attention sur un essaim d'enfants en robe orange, des cylindres dorés en haut de temples miniatures, une énorme tête de Bouddha en pierre, des Royal Enfield chevauchées par des hippies égarés ou des familles entières qui se tiennent par la taille. Mano a la bouche entrouverte. Elle respire le pays, le mâche doucement. Quelque chose d'étonnant est en train de se passer. Peut-être parce qu'elle n'est associée à rien de connu pour elle, l'Inde est une grande surprise, un tout étranger qui la soulève et l'éloigne radicalement du centre de ses souffrances. Ici, tout est plus grand qu'elle, tout est différent de ce qu'elle a connu jusqu'à aujourd'hui, et, pourtant, cette étrangeté même lui est familière. Pas la familiarité liée à ce que l'on connaît mais à ce que l'on reconnaît, même si on le découvre pour la première fois. C'est exactement ce qu'elle ressent.

— C'est dingue, elle souffle pour elle-même ou pour Charly, qui valide du menton, souriant.

— J'ai hâte qu'on y soit.

Elle fronce les sourcils, interdite.

— Où ça?

— Au sommet, à Stok Kangri.

S'il y a bien une chose dont elle se fout éperdument, et encore plus fort à présent, c'est de grimper en haut d'un des sommets alentour. Mano, sourire aux lèvres, se prend une claque gigantesque, un séisme intime la secoue de haut en bas sans qu'elle puisse en comprendre la teneur complète. Il n'est pas impossible qu'elle ait des choses à se prouver et à éprouver, mais certainement pas par un exploit sportif. Les sommets sont sublimes, elle est d'accord avec Charly sur ce point, mais les regarder d'en bas est un cadeau. Leur grandeur manifeste, leur domination sur le monde habitable, ça lui convient tout à fait.

Le chauffeur leur donne un nom, l'adresse d'une famille qui peut les héberger; ici, les habitants accueillent les voyageurs dans leur maison lorsqu'ils ont de la place, pour une somme très raisonnable. Charly demande à l'homme s'il veut bien les y amener, mais il leur explique qu'il faut faire une partie du chemin à pied, impossible de s'engager avec une voiture sur le petit sentier qui longe la rivière et débouche sur la maison, mais il leur assure qu'elle est facile à trouver. Ils se suivent sur le chemin, oscillant sous le poids de leur sac à dos, deux grosses tortues qui étirent le cou pour ne pas en perdre une miette. Le chauffeur de taxi n'a pas menti, la demeure est posée au milieu d'un grand potager, comme toutes ou presque ici. La femme qui les accueille confirme qu'ils ont une chambre disponible. Elle ne parle pas anglais mais se fait comprendre avec les mains, le sourire, les coups de menton. Son visage est plus tibétain qu'indien. Elle leur ouvre la porte d'une grande pièce dont les fenêtres occupent un angle entier. La lumière tombe violemment sur le lit, une lumière solide et dorée.

— C'est parfait, chuchote Mano en posant son sac, alors la femme les salue et disparaît dans l'autre aile de la maison.

Charly sort un par un les éléments d'équipement pour gravir le sommet. Il sifflote joyeusement. Mano laisse tout en plan, enfile un sweat et sort. Devant la maison, il y a une avancée qui surplombe le potager. Au-delà, elle devine la rivière sous les arbres et, un peu plus loin, d'autres maisons, d'autres potagers, le long du sentier. Tout autour, il y a les montagnes. Les pics, les cols, en rose, orange, bleu pâle, blanc crème, argenté. Elle allume une cigarette. Par la fenêtre, elle voit Charly qui continue de vider son sac. Il essaie ses gants. Mano secoue la tête, revient sur l'horizon. Sans Charly, elle ne serait jamais venue en Inde, elle ne serait jamais venue au nord du nord de l'Inde, dans cette province perdue en altitude, coupée du reste du pays dix mois par an à cause de la neige. Elle n'aurait jamais tendu l'oreille pour saisir les glapissements de l'eau, les gongs du monastère à flanc de montagne qui se répercutent dans la vallée. Sans Charly, elle n'aurait jamais observé, béate, des radis de la taille d'aubergines pousser dans un potager de livre d'enfant. Il y a si longtemps qu'elle le sait : sans Charly... Pourtant le malaise est là, quand elle le regarde, quand elle prend un peu de distance et qu'elle les regarde, tous les deux, s'agiter sans se comprendre. Elle voit bien qu'il attend quelque chose qu'elle ne peut pas lui donner, qu'il espère une vie qu'elle ne peut pas vivre. Mais lui n'a pas trahi, c'est ce que Mano se répète à chaque fois qu'il ne la comprend pas. Il n'a pas trahi comme elle. Maintenant, après tant d'années, elle ne le formule même plus. C'est intégré comme un poison qui ne tue pas, ou alors lentement.

Dans deux jours, le manque d'oxygène se fera plus supportable et ils pourront partir vers Stok Kangri avec un guide. Mano étire son dos, bras vers le ciel. Elle est presque heureuse d'être ici. Il y a longtemps qu'elle n'est plus sûre d'être vivante.

Fukushima

Cette année-là, nous avons eu une vraie bibliothèque, et une vraie bibliothécaire. Un énorme bouleversement parce que, d'une certaine façon, la prison
est devenue habitable. J'irais presque jusqu'à dire
agréable, aussi fou que ça puisse paraître. J'avais eu
soif pendant des années, et on me collait soudain une
cascade à deux pas de ma cellule, avec la possibilité de
remplir des gourdes. Justine écoutait nos envies, nos
demandes, et elle faisait des commandes. Les livres
arrivaient quelques semaines plus tard, neufs, dans des
cartons qu'elle nous laissait ouvrir. Je découvrais Véra,
et, enfin, je pouvais lire tout mon saoul, comme avant
mon incarcération. J'avais eu des heures sombres,
d'autres suivaient, mais il faut mentionner ces années
bénies où mon temps se partageait entre Véra et la
bibliothèque. J'avais apaisé, en partie, ma colère, en
explorant doucement ma culpabilité – pas celle dans
laquelle on se vautre par complaisance mais l'objec-
tive, la réelle. J'avais tué un homme. Je restais poursuivie par un sentiment d'absurdité, de malchance et
de mauvais choix, mais j'allais mieux, en partie grâce
à ma rencontre avec Véra. Il fallait ça pour survivre,
pour garder une santé mentale à peu près équilibrée.

Himmler a fini par quitter la taule. Elle a été remplacée par Shakira. Les temps changeaient sans moi, et j'étais assez maligne pour savoir à quel point cela me décalait du monde réel. Plus les années passaient, plus je serais inadaptée si je devais sortir un jour. Souvent, je pensais à ce film, tu sais, *Les Évadés*, dans lequel les types qui sortent de prison après des décennies enfermés vont toujours dans le même hôtel et se pendent à la même poutre, inaptes au nouveau monde. Une chose était sûre : je ne les laisserais pas me tuer. C'est du moins ce que j'ai longtemps pensé et, je t'avoue, ça m'a parfois permis de tenir.

Les livres aussi m'y ont aidée. Les années qui ont suivi, j'ai eu l'impression de grandir à chaque lecture, de me nourrir, boulimique et jamais rassasiée. J'ai lu plus d'ouvrages de théorie politique que je n'en avais lu avant mon incarcération. J'ai compris tant de choses, j'ai revisité nos délits à la hauteur de mes nouvelles compréhensions. Et si j'ai pensé qu'on avait merdé, je n'ai pas pour autant eu besoin de nous juger. Jugée, je l'avais déjà été, condamnée aussi. Nos amis en sont morts. Ne crois pas que je t'aie cru heureuse et indifférente, toutes ces années. Quelle qu'en soit la façon, nous avons tous payé très cher l'utilisation des armes. Nous n'avions pas choisi la violence comme concept, comme objectif, mais nos luttes, notre désir de changement, ont pris une forme inattendue, et nous avons foiré lamentablement. J'aurais tant aimé me battre sur d'autres terrains. J'aurais voulu être à Seattle en 99, à la conférence de l'OMC, en 2001 à Gênes pour contrer le sommet, en 2014 à Notre-Dame-des-Landes, défendre la zone, les bois, le collectif. J'aurais aimé rejoindre

Paola – sais-tu qu'elle m'a écrit ? Elle a rallié les résistants No TAV dès son retour en France, en 98. J'aurais aimé courir encore, poursuivie par la police, leur tenir tête. Sentir à nouveau le goût des lacrymos, après celui de la terre mouillée, de ta bouche, de ton sexe. Vieillir moins vite, rester vive comme la force, ne pas avancer seule. Là sont nos armes. Je ne dis pas qu'on a eu tort, je dis que nos armes sont multiples. J'aurais préféré ne pas vivre en prison, tu sais.

*

C'est mon grand-père qui m'annonce la mort de mon père, son fils, trois ans après la visite de ma mère. Mon grand-père vient désormais une fois par mois. Il s'est affaibli avec le temps, même s'il le nie. Il est mon seul lien avec l'extérieur, il le sait. J'ai reçu, au fil des ans, pas mal de lettres de vieux copains ou d'admirateurs complètement allumés, et les tiennes évidemment. Je n'ai jamais répondu, malgré la tentation parfois très forte. Je me suis souvent demandé si tu m'en voulais de ne pas répondre aux tiennes. Quand j'apprends que mon père est mort, je relis compulsivement quelques-unes de tes lettres. Les mots importent peu, mais la forme des lettres, l'intention, le mouvement de ta main sur le papier. Et puis quelques mots atteignent ma conscience, tu parles des invendus du marché paysan sur la place principale de notre ville. Tu racontes les légumes à peine abîmés, les caisses de tomates, aubergines, courgettes, que vous avez remplies, Charly et toi. Et les fruits. J'en salive. Des pêches, des fraises, un melon madérisé. Au moment où j'ai reçu ta lettre, cette liste des fruits ramassés à la fin du marché m'avait semblé insane, presque hostile. Elle me parlait d'un quotidien que je ne partageais pas, les invendus, la cuisine, je cumulais tristesse et rage, tu étais si loin. Quelle erreur. En relisant ta lettre, ce morceau de ta vie échappé me secoue brutalement. Croquer dans une petite pomme sucrée et juteuse. Ou enfourner des cerises jusqu'à en avoir mal au ventre, des burlats noires et épaisses qu'on trouvait chez le voisin de mon grand-père, dont je crachais les noyaux le plus loin possible sans pouvoir éviter le jus qui rendait mes lèvres bleues. Me souvenir, laisser remonter les sensations physiques au point de les éprouver à nouveau. C'est cela que tu m'offrais.

Quand j'essaie d'en parler à Véra, elle trouve idiot ce genre d'évocations, elle pense que ça rend les choses pires encore. Je ne le pense pas. Ou alors c'est un pire qui me tient en vie, moi.

Mon grand-père vient de m'annoncer que mon père est mort et je découvre le douloureux plaisir de l'évocation. Après le goût des fruits je serre les yeux, me bouche les oreilles pour entendre, en creux dans ma tête, le crissement de la neige tassée sous les semelles. Le craquement du bois qui brûle, et les petites explosions lorsqu'il est très sec dans les flammes. Pourtant, je n'ai pas souvent eu l'occasion de l'entendre, ce bruit-là, mais il me rappelle celui des braseros allumés lors des piquets de grève. Au tout début, c'était l'hiver, la taule était tellement mal chauffée que j'avais la nostalgie du corps brûlé par le soleil, avec la sueur qui coule, ou rien que le visage, tu sais, quand tu fermes les yeux dans la lumière à la terrasse d'un café. Mais après une dizaine d'étés sans aération, au bord de l'étouffement de juin à septembre, à sentir mon odeur de transpiration jusqu'au malaise, à tendre des draps aux fenêtres, à jouer aux tee-shirts mouillés pour la survie, la peau brûlée n'a plus fait partie de mes souvenirs heureux. Quoi d'autre ? Marcher pieds nus sur les carreaux de ciment, nager dans la mer, caresser les arbres, c'est quelque chose que j'ai souvent fait seule. Je faisais ça en cachette, persuadée que tout le monde se moquerait de moi. J'enlaçais les troncs et les larmes me montaient aux yeux. Je n'ai jamais raconté ça à personne. J'aurais tellement aimé te raconter ça après l'amour, nos peaux un peu collantes, nos yeux dévorants.

Mon père vient de mourir et je cherche un souvenir de lui, une habitude, une odeur, sa voix. Il s'est passé si peu de choses entre nous. Ou bien j'en ai oublié la saveur, trop bouleversée par sa violence, ses indifférences, ses jugements et son silence absolu depuis l'incarcération, sa passivité. Je suis triste mais pas de sa mort.

L'odeur de Véra est plus délicate que sa gestuelle. Une odeur citronnée, douce, que je hume au cœur de ses étreintes d'une tendresse bourrue, d'un désir désordonné. Nous parlons peu. Si j'avais croisé Véra à l'extérieur de la prison, nous ne nous serions jamais rencontrées véritablement. Cela dit, je ne crois pas la connaître vraiment. Nous avons, c'est certain, attrapé quelque chose d'indicible et éminemment intime, singulier, chez l'autre. Mais tant de choses nous séparent. Par exemple, Véra est d'une grande jalousie. Une jalousie viscérale, douloureuse, et même un peu cinématographique. J'ai essayé de lui expliquer à quel point je trouve ça ridicule, mais ça a redoublé son énervement et, il faut bien le dire, nos incompréhensions. Il a fallu que je lui parle possession, liberté. La jalousie n'est qu'un manque de confiance en soi. L'exprimer à l'autre est un caprice d'enfant. Mais pour Véra, la jalousie est une preuve d'amour. N'en pas ressentir une preuve d'indifférence. Parfois, la façon qu'elle a de se buter m'agace au plus haut point, jusqu'à ce que la vérité me saute à la figure : malgré mon jugement, et la honte que je pose sur ce jugement, Véra m'est simplement nécessaire, tout comme je le suis pour elle. En prison, certaines personnes, et parfois certaines choses, vous deviennent vitales, des choses qui peuvent sembler dérisoires à l'extérieur. Du halva en pot peut devenir vital. La tolérance d'une gardienne, la présence protectrice d'une détenue plus ancienne et plus forte que vous, des poèmes de Brautigan ou Vinau, une couverture en plus les jours de grand froid où le vent filtre par tous les interstices et souffle à la fenêtre, et siffle sous la porte, une teinture de cheveux lorsque le blanc menace, les arrivages de fringues, la tendresse d'une voisine de cellule. Personne ne vit sans amour.

Mon père est mort une semaine avant la catastrophe nucléaire de Fukushima.

Le grand chambardement

Ma mère reste un mystère. Sa position a toujours été le reflet des décisions de mon père. Je n'ai jamais vraiment partagé grand-chose avec elle depuis ma sortie d'enfance, et les conflits, eux, étaient réservés à mon père. Aujourd'hui, j'ai tendance à trouver des excuses à ma mère, bien plus qu'à mon père. Je la revois, silencieuse, jamais une décision, jamais un désir exprimé. Un peu conne, un peu dindon, encore belle, même au parloir. Je voudrais ne pas la mépriser. Mes parents m'ont eue alors qu'ils étaient déjà vieux. Ils attendaient certains comportements de la part d'une enfant, n'étaient pas prêts à en comprendre d'autres. Mon père, au fond, n'a jamais rien compris à ce que j'étais, et n'a jamais cherché à comprendre. C'était un homme rancunier, raide d'esprit, sans souplesse, sans joie. C'est ce que je pense, et il ne peut plus me prouver le contraire.

Pour son enterrement, la pénitentiaire m'autorise une sortie, menottée et encadrée.

Mon cœur bat à toute vitesse lorsque la voiture s'engage sur le périphérique. Je dévore tout ce qui m'est donné de voir, y compris le moche, le gris, le sale. Je ne loupe rien des tentes crasseuses dans les creux d'autoroute, improvisés en camps de survie, pas plus que du ciel immense, des graffitis que je ne comprends pas, des enfants à l'arrière des voitures. Je me sens perdue mais heureuse que mes gardiens n'aient pas choisi d'utiliser le camion cellulaire comme pendant les derniers jours de mon procès. Au moins, je peux manger le monde des yeux, même si nous sommes sur l'autoroute. Tu n'aimais pas les autoroutes et je partageais tes détestations. Mais tu vois, après tant d'années, je veux bien rouler sur une trois-voies, même un jour de départ en vacances.

J'ai demandé à ne pas aller à l'église, le cimetière suffit largement. Je ne sais pas exactement pourquoi j'ai fait cette demande, ou peut-être que si : l'espoir de t'y voir. Et sortir de la taule, même une journée. Mars, un ciel bleu d'acier, un froid mordant, le temps parfait.

Quand la voiture se gare devant le cimetière, une petite foule se retourne comme un seul corps. Tous les visages se fixent sur nous. C'est étrange, la voiture et les gardiens me semblent soudain plus rassurants que cette vingtaine d'humains au regard braqué. Une des gardiennes a la délicatesse d'arranger pour moi la grosse écharpe sur le devant de mon manteau, camouflant mes mains menottées. Je la remercie, même si ça ne fait pas grande différence, tout le monde sait qui je suis et ce que j'ai fait. C'est fou, j'ai oublié le nom de la surveillante, et même son surnom, alors que je me souviens des plus salopes, celles qui se réjouissaient de nous voir tomber plus bas, chialer, celles qui aimaient se rassurer : nous n'étions pas de la même espèce qu'elles.

Évidemment, j'aurais dû me douter que l'amicale de la police serait présente, et les collègues de mon père. La haie d'honneur, le bleu marine.

— Tu es sûre? me demande la surveillante, désolée pour moi.

— Maintenant que je suis là.

Je lui souris, j'apprécie sa sollicitude. Je balaie des yeux, cherche un visage, et mon grand-père fend le groupe pour s'approcher de moi. Ses yeux cernés de rouge débordent d'amour.

— Je peux? il demande à la surveillante, et lorsqu'elle acquiesce, il me prend dans ses bras et me serre fort.

Je sens les petits soubresauts de sa cage thoracique contre moi, même à travers le manteau. J'ai envie de chialer.

— Reste près de moi, me lâche mon grand-père, ne fais pas attention aux autres.

Je reste près de lui, je l'aime tant. Pourtant, je fouille du regard. J'ai besoin de savoir qui est là. Et si quelqu'un est venu pour moi. Ma mère se tient près du cercueil et ne me regarde pas. Il y a des regards effarés, et même quelques vieilles qui se signent. On dirait un mauvais film, j'ai envie d'en rire sans y parvenir. Je chasse les harpies de mon champ de vision et me concentre pour tenir bon face à l'assaut des grands copains de mon père. Les flics. Les vieux flics tout juste en retraite. Mais le premier qui accroche mon regard me désarme en quelques secondes. Il s'agit de Pierre, qui m'a connue enfant. Pierre et ses tours de magie, capable de faire disparaître une pièce et la faire réapparaître derrière mon oreille. Pierre qui n'avait pas d'enfants et adorait me gâter lorsqu'il venait à la maison. Son sourire de beurre fondu me laisse sur le carreau. Il a vieilli et s'est voûté, mais aucun doute sur ses intentions : lorsqu'il vient vers moi, ce n'est pas pour m'invectiver mais pour m'embrasser. Il tient mes épaules à deux mains, recule pour mieux me regarder, m'embrasse à nouveau, sur le front cette fois. Je suis complètement déboussolée par ces marques d'affection. Je ne m'y attendais pas de la part d'un ami de mon père. Je pensais vraiment que leur haine était commune.

— Ton père ne te détestait pas, me glisse Pierre à l'oreille, comme s'il devinait mes pensées.

Je m'autorise une grimace dubitative qui le fait sourire. C'est à cet instant que la voiture des pompes funèbres arrive et empêche Pierre de se lancer dans le périlleux exercice de donner tort à mes doutes. Il me lance un clin d'œil, rejoint les trois autres gaillards qui sont déjà au cul de la camionnette, prêts à épauler le cercueil. Deux autres flics et mon oncle – j'aurais dû me douter que je verrais aussi cet abruti-là. Mon grand-père serre mon bras avec tendresse. Je vois bien qu'il est heureux de la gentillesse de Pierre à mon égard et qu'il appréhende ma rencontre avec mon oncle, son autre fils. Mais pour l'instant nous suivons le cercueil et ses porteurs, à pas très lents. Deux gardiens nous encadrent, mon grand-père et moi. Nos semelles crissent sur le gravier blanc, les menottes irritent mes poignets.

Mon regard alterne entre le bois verni et la nuque un peu rouge de mon oncle, quand un éclat lumineux m'attire soudain. Je ne suis pas la seule, puisque j'ai le temps de voir un homme se jeter derrière une tombe et saisir un photographe par le revers de sa veste. L'homme, je vais m'en rendre compte, c'est Ben, un pianiste qui vivait au squat. J'en reste saisie. En même temps que je reconnais Ben, je comprends que le photographe est là pour moi. Après tout ce temps, je me demande bien quel intérêt il trouve à ma sortie du jour. Peut-être matière à défendre des mesures plus drastiques avec les meurtrières, ou à mesurer mon âge et ses outrages, ce genre de merdes. Ben lui en a collé une belle, le type se casse sans râler, c'est un enterrement tout de même, il doit bien se rendre compte que sa présence ici à me tirer le portrait n'est pas franchement défendable. Ben me sourit, je lui souris aussi. Je ne pensais pas éprouver autant de joie à revoir un ancien copain. Le temps a passé, je ne crois pas avoir échangé plus de deux fois avec lui sans la présence d'autres personnes. Il faisait partie d'un tout, sympathique mais flou.

Les porteurs sont arrivés devant la tombe et j'aperçois, de loin, les lettres dorées déjà inscrites sur le marbre rose, le nom de mon père. Le cercueil est posé, le curé dit encore quelques phrases pénétrées et inutiles, et les bleu marine, en rang d'oignons, font un salut militaire en l'honneur de mon père. J'évite les regards mais je les sens sur moi, brûlants, et je sais que la présence de mon grand-père à mes côtés me sauve de la vindicte, voire des jets de cailloux. La dernière fois que je suis venue ici, j'avais huit ans, on enterrait la mère de ma mère. Avide d'identifier des émotions spéciales chez ma mère, je l'avais observée attentivement et ne l'avais pas lâchée de toute la cérémonie. Le matin même, j'avais insisté pour assister à la mise en bière – le terme était mystérieux, le contenu dangereux. Mes parents avaient refusé, arguant que j'étais

246

trop jeune pour voir un mort, fût-ce ma grand-mère, et même a fortiori. On avait jugé ma curiosité vaguement malsaine, mon père secouant la tête, Le jour de l'enterrement de ta grand-mère, tu n'en loupes pas une. Ma mère ne disait rien, elle serrait les lèvres, ne regardait personne, un peu comme aujourd'hui. Ses yeux de chiot triste, ma tentative de réconfort vouée à l'échec : elle n'avait jamais saisi la main que je tentais de glisser dans la sienne.

Mon grand-père renifle, je le sens fragile contre moi. C'est son fils qu'on enterre. Il m'épargne cependant une maxime au sens profond du genre qu'on ne devrait pas survivre à ses enfants, et je lui en sais gré.

— Tu veux une clope, papy ?

Il acquiesce et prend celle, allumée, que je lui tends. Il a arrêté de fumer depuis longtemps, alors il tousse du fond de la gorge, la racle et manque de s'étouffer, respire à nouveau. La fumée nous sort des narines tandis que les hommes des pompes funèbres font descendre le cercueil avec deux cordes. Ça a l'air compliqué de ranger mon père sans faire un carnage en provoquant un éboulement.

— Dis, furet, tu te souviens du grand chambardement ?

Je me souviens très bien du grand chambardement. Étonnamment bien, d'ailleurs. C'est ainsi que nous avions nommé une journée de tri où mes parents m'avaient demandé de vider nos armoires pour faire le vide, le propre. Au début, je n'étais pas partante, je n'avais pas envie de tiroirs rangés, d'armoire au linge plié. J'aimais le bordel, les choses en désordre, le trop-plein, le surplus. Ma chambre n'était pas bien grande et ressemblait à un terrier. Les objets de mon quotidien marquaient ce que j'étais, y compris des objets dont je ne me servais plus et qui ne me serviraient plus jamais, y compris les figurines de l'enfance et mes peluches dotées d'âmes qui s'animaient la nuit à l'instar de Hobbes, le tigre de Calvin. Mon père s'était moqué de moi, jetant dans un grand sac tout ce qui passait à sa portée et lui semblait inadapté à mon âge. J'avais douze ans, je crois me souvenir. Ce n'est pas un traumatisme, même si j'en ai gardé une dent contre mon père ; comme tous les enfants, j'avais une propension au conservatisme et voulais que rien ne change. Comme tous les enfants, j'ai appris de ces épisodes un peu douloureux. Mon père aimait l'ordre et les organisations au carré. Ma chambre était une insulte à son sens de l'organisation.

— Pourquoi tu me parles de ça ?

Il laisse échapper un rire de gosse, cherchant à poser ses yeux ailleurs que sur la boîte difficile à caser et les deux employés qui transpirent.

— À cause de ces deux-là, ils ont l'air nuls question rangement.

Je souris à mon grand-père, capable de faire une vanne au pire moment pour ne pas montrer sa peine.

Mon regard croise celui de Pierre. Il respire le chagrin, et son sourire est plein de tendresse. Il me fait signe de venir le voir, malgré les visages réprobateurs qui l'entourent. Je laisse mon grand-père au bord du trou, m'approche de Pierre qui écrase sa patte sur mon épaule, m'entraîne plus loin entre les tombes. Voyant que les gardiens me suivent mollement, j'impulse un mouvement vers la gauche.

— J'irais bien voir la tombe de mes grands-parents, là-bas.

Pierre se souvient de l'emplacement, il était là le jour de l'enterrement. Il a toujours été là.

— Comment ça va pour toi, Axelle ?

— Le top.

Il n'est pas si à l'aise que ce qu'il y paraît. Ma réponse ne le fait même pas sourire.

— J'imagine que c'est très dur, je suis désolé.

— Le sois pas. Même mon père ne l'était pas.

— Je suis pas ton père.

Devant la tombe des parents de ma mère, je ressens un drôle de frémissement le long de mon cou. J'aimerais bien avoir la foi, leur parler. Ma grand-mère était gentille je crois, j'ai quelques souvenirs flous, un chat obèse qui vivait chez eux et que je retrouvais quand j'y dormais. Mes parents ne voulaient pas d'animaux, c'était donc assez exceptionnel pour que les retrouvailles avec l'animal aient quelque chose de vraiment magique. Je me demande soudain où est passé ce chat, je n'ai aucun souvenir de lui après leur mort. J'imagine mon père en train de lui faire la peau. Mes pensées m'échappent, prennent un chemin incongru, s'empilent à toute vitesse et sans logique.

— Peut-être que j'aurais préféré.

— Dis pas ça. J'aurais pu être très con moi aussi.

— J'en doute pas, vous étiez tous les deux à bonne école.

— Axelle…

— Quoi ? C'est vrai, non ? La police, c'est quand même pas l'école de la tolérance et de l'ouverture d'esprit.

— Tu serais étonnée.

— Ben tiens. Des bienfaiteurs.

— T'as toujours eu du mal avec la loi. Tu peux pas en vouloir aux flics de traquer les hors-la-loi.

— Je t'arrête tout de suite, Pierre, parce que, après, on va dire des conneries et on n'a pas assez de temps pour ça. Je suis contente de t'avoir vu, et je ne suis pas fière d'avoir buté un homme, flic ou pas. Mais ne me fais pas la leçon. Ça fait seize ans que je me la fais, la leçon, j'ai pas besoin d'un flic.

— Je sais.

Il baisse les yeux vers le sol. Est-ce qu'il regrette lui aussi les bavures érigées en système ?

— Et que j'en aie tué un ne justifie pas toutes les merdes qu'ils continuent de faire.

Sa prise se referme un peu plus fort sur mes épaules, il tourne son visage vers moi, approche sa bouche de mon oreille. Je suis presque gênée par cette proximité jusqu'à ce que je comprenne qu'il veut me parler le plus discrètement possible.

— Vous avez été dénoncés, Axelle.

J'avoue, je ne comprends pas tout de suite de quoi il parle. Quoi qu'on en dise, même s'il m'arrive de ne plus ressentir le passage du temps à force de routine carcérale, il s'est tout de même passé seize années depuis le braquage. Je n'y pense pas tous les jours. Je regarde mes mains, serre les poings et croise mes doigts nerveusement. Je suis incapable de parler mais je sens un flux chaud s'échapper de mon sexe et couler entre mes cuisses. Je ne les avais plus depuis plusieurs années et voilà qu'elles reviennent au pire moment.

— Je ne sais pas si j'ai raison de te le dire, après tout ce temps.

— Mais au procès…

— Personne n'en a parlé. Les collègues ont couvert l'indic.

— L'avocat?

— Personne, Axelle. Personne n'était au courant.

— Mais pourquoi? Pourquoi ça n'a jamais été mentionné?

— Je te l'ai dit: pour couvrir l'indic. Il a permis de garder un œil sur le milieu, même après votre arrestation.

C'est un choc, mais il y a une chose que je ne comprends pas.

— Pourquoi me le dire aujourd'hui?

Pierre hausse les épaules. Ses yeux tristes tombent un peu sur les côtés.

— Je ne sais pas. Je suis vieux, je ne suis pas sûr de te revoir, tu comprends.

— Mais je suis censée en faire quoi, de cette information?

J'ai haussé le ton, ma voix grondante attire les deux gardiens.

— Un problème? demande l'un d'eux, plus à Pierre qu'à moi.

Un geste de sa part les apaise. Pierre plante ses yeux dans les miens.

— C'est pas mon problème, Axelle. Moi, à ta place, je préférerais savoir. Après, ce que tu en feras… je ne suis pas sûr qu'il y ait quoi que ce soit à en faire. C'est vieux.

Je tourne la tête dans tous les sens pour apercevoir

Ben, me demande s'il est toujours là et pourquoi il est venu.

— Qui c'est, Pierre ? Donne-moi son nom s'il te plaît.

Désolation

De dos, Charly ressemble à un animal, oscillant pas après pas dans une neige dure et encore sale. Les dernières strates de terre maculent le blanc, les traces d'autres marcheurs passés avant eux. Charly suit le guide et Mano suit Charly comme elle peut, les jambes mangées d'anxiété. La neige, c'est un peu sa limite. Déjà que le manque d'oxygène lui donne la sensation d'être bourrée, marcher dans la neige relève du défi. Pourtant, elle continue, sans savoir si c'est très courageux de sa part ou très lâche. Ses pas sont lourds, mal équilibrés, elle a peur de glisser, de se blesser. Heureusement, le campement est proche, les tentes luisent, jaune canari sur blanc pailleté. Un soupir de soulagement s'échappe de sa bouche lorsqu'ils l'atteignent, en même temps qu'un nuage de vapeur. L'inspiration suivante lui brûle la gorge. Le guide leur a pourtant expliqué qu'il fallait respirer par le nez. Quelques silhouettes se détachent près d'un petit barnum, soulèvent les pans souples et accueillent les nouveaux venus. Il y a trois Français et une Anglaise, un autre guide qui semble connaître le leur. Mano entend à peine les voix qui se saluent, les saluent, et leur suggèrent de poser leurs affaires dans une tente libre. Elle fait basculer son sac vers l'arrière, dégageant ses épaules pour le faire glisser au sol brutalement. Libérée du poids des lanières et de la protection du sac collé à son dos, elle serre ses bras autour d'elle, frotte ses épaules avec une vigueur relative, semble assommée, étrangère. La sueur de la marche se refroidit vite. Depuis une heure, elle est restée les yeux vissés à ses pieds ou au dos de Charly. Maintenant qu'elle lève la tête, elle découvre au-dessus d'elle la hauteur du sommet, son ombre immense qui pèse sur ses épaules de petite humaine à nouveau triste. Sa nuque en devient douloureuse d'être stimulée si loin vers l'arrière. C'est qu'elle est déraisonnablement haute, cette montagne.

Elle n'ira pas plus loin, elle le sait. C'est impossible. Une certitude s'immisce, celle de mourir si elle ose. Si elle se laisse convaincre. D'une main extirpée du gant, elle masse sa nuque raide, grimace à peine. Ne pas pleurer mais ne pas s'extraire non plus. Elle a trop souvent usé du subterfuge, un système huilé, familier, terriblement passif. Charly sort son plus bel anglais pour demander au guide par quel chemin ils attaqueront la montée. Il tend le bras, doigt pointé sur tel ou tel accès, s'exclame, rit d'y être enfin. Mano ne détache plus son regard du sommet, happée par ce face-à-face belliqueux avec la montagne. Elle voudrait lui dire, comme à un être vivant, qu'elle ne lui grimpera pas sur la tête, aucune inquiétude, alors pas d'avalanche sur nos tentes ce soir s'il te plaît. Charly s'aventure à l'extrémité du campement, là où quelques rayons de soleil viennent encore frapper le sol malgré l'ombre de la montagne, le guide lui crie de s'arrêter. Mano tourne la tête, alertée par la puissance de sa voix, lui qu'elle a à peine entendu depuis qu'ils ont quitté Leh. Charly stoppe sa marche, se retourne lentement, inquiet lui aussi. Le guide le rejoint prudemment et, même si Mano n'entend pas ce qu'il dit, elle comprend très bien qu'il lui désigne le dénivelé, quelques mètres plus loin, et la chute inévitable qu'il ferait en continuant son exploration. Immobile, Charly oscille d'un pied sur l'autre, un peu hagard. À petits pas, ils font demi-tour et son regard s'arrête sur Mano restée près de la tente jaune, sac à ses pieds, visage tourné vers lui. Il lui sourit, s'approche d'elle tandis que le guide rejoint les autres marcheurs sous le barnum. Il n'y a plus qu'eux, debout dans le froid qui gagne tout. Autour, les montagnes ont pris des teintes roses ou dorées, selon l'enneigement. C'est maintenant.

— Je ne monte pas.

Charly fronce les sourcils, pas sûr d'avoir compris.

— Le sommet. Je ne veux pas.

— Tu déconnes.

— Non.

Le silence de Charly grésille de consternation, une consternation qui frôle la colère.

— Putain, Mano.

— Je suis désolée.

— T'es toujours désolée. Pour tout.

— Qu'est-ce que tu essaies de me dire ?

Charly passe la main sur son visage, son agacement est difficile à camoufler.

— La désolation, c'est ton créneau. Je croyais que ça te ferait plaisir.

— N'exagère pas. Tu voulais surtout te faire plaisir.

L'étonnement blessé se lit sur son visage.

— C'est ce que tu penses?

Elle amorce un grand soupir.

— Disons que... tu t'es pas vraiment posé la question.

— Je sais plus quoi faire pour que tu sois bien, Mano.

Un éclat de rire amer secoue Mano. Elle est belle, avec ses joues rosies par le froid, ses yeux qui reflètent les brillances alentour. C'est immense, ici, ils sont si petits.

Il saisit le col de sa veste, cherche ses yeux.

— Si on réussissait à avoir un enfant...

— Rien à voir. S'il te plaît, arrête de me faire passer pour la méchante. Tu fais exactement ce qui te fait plaisir et j'ai pas de problème avec ça. Mais depuis le début je t'ai dit que j'étais pas sûre d'aller jusqu'au bout, que ça me fout la trouille, la hauteur, le vide.

— Mais je suis là.

— Quel rapport?

La question le blesse, il accuse le coup dans un rire sans joie.

— Ah, pardon, madame n'a besoin de personne.

C'est tellement faux qu'elle en a le cœur serré. Autant d'aveuglement, c'est consternant.

— Si. Mais ça ne me protège pas de la mort.

Il lève les yeux vers le sommet, agite les bras pour donner de l'impulsion au projet, cherche encore à la convaincre, aimerait la prendre dans ses bras, s'ils n'étaient pas si engoncés dans leurs énormes vestes.

— Tu auras l'impression d'avoir réussi quelque chose de grand, d'exceptionnel.

— C'est ton truc à toi.

— Tu m'avais dit oui.

La voix plaintive, la moue d'un enfant vexé.

— Je sais. Je te reproche rien, Charly. J'ai juste plus envie.

— T'as envie de rien, de toute façon. Je me demande…

— Quoi ?

Il baisse la voix, mais le ton est hargneux.

— Des fois, je me dis que t'aurais préféré finir en taule, comme les autres.

Au bout d'un silence stupéfait qui dure de longues secondes, un sourire s'affiche sur le visage de Mano. Un sourire triste et lumineux en même temps. Elle sent sa cage thoracique se débloquer, ses déglutitions sont plus sereines.

— Tu brûles.

— Comment ça ?

— C'est la première fois que tu en reparles. Depuis le procès. Huit ans que tu refuses d'en parler.

— J'ai pas envie d'en parler.

— Moi, ça me fait du bien.

— Pas moi ! Je pensais qu'on était passés à autre chose. Ça fait douze ans, putain. Et huit ans depuis le procès.

Les yeux de Mano s'ouvrent en grand sur son compagnon et sa colère manifeste. Une colère pathétique à côté de celle qui monte en elle, fulgurante.

— Qu'on *passe à autre chose* ?

— Ces conneries.

Elle s'étrangle, il se reprend.

— Nos conneries, si tu préfères. Mais moi je me suis arrêté à temps.

La façon dont il a craché sa phrase, sa tête qu'il

257

secoue d'un air dégoûté, aucun détail n'échappe à Mano. Son cœur bat trop vite, elle ne sent plus le froid, se fout d'où ils se trouvent. Charly a mis douze ans à en parler de lui-même, il ne compte pas s'arrêter là.

— Je te tiens à bout de bras depuis des années, Mano. Rien ne te rend heureuse. T'es pas en prison, toi, alors profite.

— Axelle y est, elle.

— Mais je m'en fous, d'Axelle!

Mano en a le menton qui s'affaisse.

— Je croyais que c'était ton amie.

— C'est toi qui m'intéresses! Et Axelle... elle était plus jeune mais c'est elle qui nous a... qui t'a embarquée dans ses trucs, c'était n'importe quoi.

Il se tient la tête à deux mains, le visage torturé, exsangue. Un vide immense se creuse entre eux, de la taille d'un aven. La voix de Mano se fait brutale:

— C'est ça que tu penses? Que notre lutte, c'était n'importe quoi?

Le plus insupportable pour elle n'est même pas cette déception prévisible, mais d'entendre le prénom d'Axelle craché de façon si désinvolte et méprisante.

— Évidemment que c'était n'importe quoi. Pas le fond, mais la forme.

— Parce que depuis, tu as trouvé d'autres solutions?

— Comment ça?

— Tu trouves qu'on va bien? Que ça s'arrange, le monde autour de nous?

— Non, bien sûr que non, mais c'est comme ça, on n'y peut rien. Le mieux c'est d'y trouver notre compte.

Quelle merde, quelle facilité. Elle est avec cet homme depuis onze ans. Sa main s'envole pour gifler

258

Charly mais le geste a peu d'envergure et ses doigts claquent sur le col de la doudoune. N'empêche, il en reste sur le cul, Charly, qu'elle lève la main sur lui.

— La désolation ou la violence, c'est tout ce que t'as en réserve ? Je t'ai connue plus douce.

L'appel du guide leur fait tourner la tête en même temps. Il leur fait signe de se joindre au reste du groupe, sans doute pour manger quelque chose, se reposer, échanger sur le plan de route et l'horaire du départ, demain matin. Charly lui crie qu'ils arrivent et se retourne vers Mano. Les tempes serrées dans son bonnet, un bout de frange collé au front, elle ne dit rien.

— J'aurais dû te laisser y aller, en taule.

C'est sorti comme une gifle, du poison.

— C'est-à-dire ?

— Rien. Tu comprendrais pas de toute façon.

— T'as raison, je suis trop conne.

Elle devine son hésitation, et par là même la gravité de ce qu'il va dire, même si elle n'en a aucune idée précise.

— Ils le savaient, Mano. Ils savaient que vous alliez braquer la banque.

Après douze années de silence, à présent il parle trop. Et elle se tait, une solide nausée au cœur. Puis insiste, effrayée d'avance :

— Je comprends pas ce que tu veux dire. Bien sûr qu'ils savaient, puisqu'ils sont venus.

— Ils savaient *avant*. Ils ont attendu mais ils auraient pu vous en empêcher.

Il n'est pas nécessaire de convoquer ses souvenirs, elle se souvient de tout. Chaque minute de ce matin-là revisitée mille fois dans sa mémoire de douleur coupable. La Renault 5, le bruit du moteur allumé, ses mains crispées sur le volant, regard fixé sur les portes de la banque après qu'Axelle s'y est engouffrée, derrière Nacer et Jicé. Des minutes qui durent des heures, et Charly qui ouvre soudain la portière, son cri à elle.

— Mais alors pourquoi ils ne sont pas intervenus avant ?

— Ils voulaient vous choper en flagrant délit.

Mano fronce les sourcils. C'est sous ses yeux mais elle ne comprend toujours pas.

— Comment tu sais tout ça, Charly ? Je croyais qu'un copain t'avait prévenu, il disait que les flics allaient intervenir sur un braquage.

— Oui, et j'étais bien placé pour savoir de qui il s'agissait, pas vrai ?

Elle fixe la neige à ses pieds, atterrée.

— Puisque je t'en avais parlé la veille, contre l'avis de tous.

— Voilà.

Une rafale balaie le bas du glacier, les recouvrant d'une fine couche de neige gelée. Elle sent un grand vide s'ouvrir devant elle, en même temps qu'un flou devient net. La vérité lui apparaît, terrible et absurde. Sa voix se raffermit.

— C'était pas un copain.

Le silence de Charly est un aveu, ça fait longtemps qu'il se tait mais là, son silence est bruyant. Maintenant, il la laisse comprendre. Mano écarte un peu les bras dans son énorme doudoune.

— C'était toi, Charly. C'est toi qui nous as donnés aux flics.

C'est comme si un grand animal lui griffait l'intérieur du ventre. Mano cherche un démenti dans les yeux de Charly mais c'est fini, il est passé aux aveux et ne peut plus reculer.

— Je les ai suppliés de me laisser te prévenir. Tu as pu échapper à…

Il esquisse un geste qui englobe la mort et la prison.

— Et les autres ? Pourquoi ne pas avoir prévenu les autres, avant que ça dérape. Tu imagines comme les choses auraient été différentes ?

— J'ai tout fait pour que tu sois heureuse, Mano.

— Et Jicé ? C'était ton meilleur ami. Nacer, Axelle…

— Je pensais qu'ils interviendraient avant, c'est ce qu'ils m'avaient dit.

— Mais pourquoi, Charly ? Pourquoi t'as fait ça ?

Ce qu'ils savaient

Les flics cueillent Charly à la sortie de son stage. L'entreprise de menuiserie pour laquelle il se lève aux aurores n'est pas encore fermée, il est épuisé mais heureux de commencer à bosser, comprendre les rouages.

— On a quelques questions à vous poser.

Il sait tout de suite, sans trouver par quel chemin les flics ont appris. Ils sont trois, en civil. Son corps entier se met à exsuder une sueur aigre qui lui coule dans le dos, rend ses mains moites.

— Je sors du travail, là, je suis crevé.

— Tu travailles pas, tu es en stage.

Le tutoiement, immédiat, et Charly comprend qu'ils savent, pour le patron de la boîte. À toute vitesse, il tente de remplir les vides, mais il a bien trop peur pour y parvenir. Ils sont revenus de la montagne depuis une semaine seulement, comment les flics peuvent-ils savoir ? Et pourquoi lui ?

— Monte.

La voiture banalisée, porte arrière ouverte, l'invite à s'engouffrer dans l'habitacle. Il ne bouge toujours pas.

— Tu veux qu'on prévienne ton patron ?

Charly grimpe dans la voiture.

Les flics ne sont pas vraiment agressifs, ils ont

affaire à un jeune apeuré, sans morgue, un rebelle en carton. Leur partition est bien rodée. Durant le trajet, ils ne disent pas un mot, laissant Charly abasourdi et anxieux, enfoncé dans la banquette comme un enfant fautif. Il mouline à toute allure, se demande si les autres seront au commissariat, si on le laissera sortir pour être à son stage demain matin. S'ils sont sur écoute, il y pense puis se dit qu'ils n'ont parlé de rien au téléphone, ne comprend pas.

Dans les bureaux, il sent une légère agitation à leur arrivée, mais pour l'instant il n'a pas les menottes, ça le rassure. Les détails le rassurent. Le fait qu'on lui propose un café le rassure. Mais ça ne dure pas. On le pousse dans une pièce où l'attend un flic en civil. L'homme lui sourit avec les dents, l'invite à s'asseoir d'un geste de la main. Charly n'en mène pas large. S'il connaît bien les flics en uniforme et les CRS harnachés qui accompagnent tristement chaque manifestation, il n'a jamais mis les pieds dans un commissariat et ne sait rien de leurs méthodes, rien de la signification qu'induit telle ou telle attitude. Mais il sait pourquoi il est là, et il a soudain l'intestin en déconfiture. D'ailleurs il se tient comme un enfant, tassé sur sa chaise, les deux bras autour du ventre, les yeux baissés qui se relèvent sans forfanterie vers le flic assis en face de lui. Un deuxième est entré, qui marche autour de lui, puis un troisième qui pose une fesse sur le bureau, l'observe sans sourire.

— T'as quel âge, Charly ? commence le premier flic.

— Vingt-quatre ? Vingt-cinq ? continue l'autre sans lui laisser le temps de répondre.

— Tu vas payer pour les autres.

— C'est con, il a pas l'air d'un mauvais gars.

— T'es pas un mauvais gars, Charly, si ?

Dans ce théâtre bien rodé, Charly secoue la tête, il ne trouve rien d'autre à faire. Une boule dans sa gorge coince toute parole. Des gargouillis sonores s'échappent de son ventre.

— T'es pas un mauvais gars et pourtant tu vas payer pour les autres.

— Le patron nous a dit : c'est pas toi qui tenais le flingue.

Voilà, on y est. Charly relève la tête, affolé, les fesses serrées au point d'en avoir les cuisses tremblantes.

— Je peux aller aux toilettes, s'il vous plaît ?

Le flic assis éclate de rire, répète, la voix contrefaite, enfantine :

— Je peux aller aux toilettes, s'il vous plaît ? Non mais je rêve. Allez, casse-toi.

Charly panique, interpelle les autres d'un regard suppliant.

— Je t'accompagne, lâche l'agent qui s'agite dans son dos depuis tout à l'heure.

— Bouge, on n'a pas que ça à faire, ajoute le troisième en lui tirant une claque sur l'arrière du crâne.

Il a beau savoir que les réparties sont précisément calculées pour le mettre mal à l'aise, Charly n'en est pas moins victime. Il suit le flic jusqu'aux toilettes, se précipite à l'intérieur et se vide en pleurant de soulagement et d'inquiétude mêlés. Les coudes enfoncés dans les genoux, il fixe ses chaussures, hagard. Il pense à ses parents qui ne comprendraient pas. Ils sont profs tous les deux, lui ont appris que la violence n'est jamais une solution et que l'important est d'exercer un métier qui le rende heureux.

— Tu comptes y passer la nuit?

Charly ravale ses larmes, penser à ses vieux n'est pas une bonne idée, ça le fragilise. Alors il pense à Mano, dont il est amoureux. Mano pour qui il veut être fort, courageux.

Quand il revient dans la pièce, il se sent mieux. Physiquement du moins. Pour le reste, ce qui l'attend n'a rien de réjouissant.

— Allez, ça suffit les conneries, annonce le flic assis qui se lève. Qu'est-ce que tu peux nous dire d'intéressant pour te sortir d'affaire?

— Hein?

— Fais pas semblant de pas comprendre. T'as suivi les autres, c'est ça? Peut-être qu'ils ont fait pression sur toi?

En rafale, les trois flics se relaient, au point que Charly est bien incapable de faire la moindre distinction entre eux. Ils sont une bête à trois têtes, lui promettent l'enfer.

— On vous connaît, les révolutionnaires.

— Anarchistes de mon cul.

— Vous vous prenez pour Action directe?

— Pour info, ils croupissent en prison, ces salopards.

— On t'écoute, Charly.

Charly ne dira rien, il en est certain. Il durcit sa position, sûr de ne pas être une balance, manquerait plus que ça.

— On parle d'Emmanuelle?

265

Il lui faut plusieurs secondes pour comprendre qu'il s'agit de Mano.

— Qu'est-ce que vous lui voulez ? Elle a rien fait !

— Ah. Elle n'a rien fait, donc. Mais les autres, oui.

— C'est pas ce que j'ai dit.

— T'as l'air d'y tenir à cette fille.

Le deuxième flic fait semblant de réfléchir.

— C'est celle qui s'est fait virer, c'est ça ?

— La blonde, renchérit son collègue en farfouillant dans ses notes.

Le cœur de Charly se serre douloureusement.

— C'est dommage que ta vie soit foutue à cause des autres.

— Et la vie de la blonde, aussi.

— On appelle tes parents ?

Charly explose, sans même penser à se taire, à demander un avocat. Où sont passés les conseils minutieux qu'il connaît par cœur en cas d'arrestation en manif ?

— Vous voulez quoi à la fin ?

Un silence de qualité suit sa question. Les flics sourient et Charly ne réfléchit plus. Il est ferré comme un gros saumon dans les pattes d'un grizzly.

— On te veut pas de mal. On te connaît un peu, on a bien vu que t'étais un garçon sérieux. Tu passes beaucoup de temps en manif et tu traînes en squat, mais tu bosses.

— Tu te laisses entraîner.

— T'es pour la violence, toi ? T'aimes ça ?

Ils attendent vraiment une réponse, observent Charly se débattre avec cette question rhétorique qui lui laisse peu de choix.

— Non.

— Ah, tu vois.

Et puis la question, la vraie, est posée enfin, l'air de rien :

— Vous avez d'autres actions prévues ?

— Comment ça ?

— Vous croyez qu'on vous connaît pas ? On sait tout de vos vies, on sait où vous créchez, avec qui vous baisez, ce que vous bouffez. On connaît l'heure de vos réunions à la con, les conneries que vous dites.

— Vous allez pas vous arrêter là, c'est sûr.

Face au silence buté de Charly, les flics soupirent.

— Tu parles d'une action révolutionnaire…

— Piquer dans la caisse, c'est limite, tu trouves pas ?

— Mais ça vous a donné des idées, pas vrai ?

Charly, comme les autres, considère la police comme une grosse entité belliqueuse, chien de garde d'un État liberticide et brutal. C'est la première fois qu'il a vraiment affaire à eux, et il réalise qu'ils les connaissent. C'est drôle, il ressent presque une sorte de fierté – ils doivent beaucoup les inquiéter pour qu'ils les surveillent comme ça. Mais cette fierté un peu ridicule, qui n'a même pas eu le temps d'infuser, est anéantie en quelques secondes.

— Sur la caméra de surveillance, y a que toi qui as enlevé ton masque dans l'entrée.

— C'est con, t'es le seul qu'on peut inculper.

Un petit silence théâtral lui laisse le temps d'imprimer l'information, ses conséquences.

— Alors si tu nous files un coup de main, ça pourrait drôlement s'arranger pour toi.

— Et peut-être pour la blonde, si tu t'y prends bien.

— Pour les autres aussi, note bien.

— Parce qu'ils vont se foutre dans une sacrée merde, Charly, tu t'en rends compte j'espère.

L'emploi du prénom, une petite familiarité qui l'agresse et l'oblige à un rapprochement qui le dégoûte.

— Toi, t'y es déjà, dans la merde. Braquage à main armée, ça va dans les combien?

Celui qui vient de parler se tourne vers son collègue, qui semble hésiter.

— Dix ans? Quinze?

— Dans ces eaux-là, ouais.

Le premier flic se plante en face de Charly et l'oblige à croiser son regard.

— Écoute-moi bien, petit branleur: pour l'instant, t'es le seul qui va plonger. Au prochain coup foireux, c'est tous tes petits copains qui plongent. Maintenant t'as le choix: tu nous tiens au courant le jour où une nouvelle action s'organise…

— Non!

Charly a crié, effaré par l'énormité de la proposition.

— Laisse-moi finir. Tu nous tiens au courant et ça signifie que tu sors d'ici ce soir, tranquille. Et le petit film où on voit ta tête se… perd. Si tu refuses, on comprend, bien sûr. Hein, les gars?

Les deux autres acquiescent silencieusement.

— Si tu refuses, on comprend mais tu sors pas d'ici. Garde à vue, incarcération et procès. On a des images, et le patron de la boîte pourra t'identifier. Tu vas rester longtemps, très longtemps à l'ombre.

— Ce qui nous empêchera pas de choper les autres après.

— Mais si tu nous rencardes, d'une part on peut empêcher tes copains de faire une très grosse connerie, d'autre part tu évites la taule. Moi, je trouve que la proposition est drôlement généreuse.

Charly est liquide. Blême, suant, et désespéré. Où que sa logique s'enfonce, il tombe sur un mur. Un paquet souple de Gitanes tourne de main en main. L'odeur de brune envahit le bureau. La tête dans ses mains, Charly se morcelle. L'air est empesé de fumée chaude et de transpiration. Dans le silence, il quémande du regard, alors le flic bavard lui file une clope, l'allume avec son propre briquet, sans un mot. Charly n'aime pas vraiment les brunes, ça lui rappelle son père et le ramène dans le salon de l'enfance où il faisait ses devoirs.

Après ça, la seule odeur d'une Gitane le rendra malade comme un chien.

Mais à la guerre comme à la guerre, il prend ce qu'on lui offre.

Biru Bhai

Elle marche entre les drapeaux népalais qui s'agitent en brochettes. On appelle ça des *lungtas*, ce qui signifie «chevaux du vent» ou «chevaux du souffle», et ça leur va bien. En rouge, jaune, blanc, vert, bleu, les prières tibétaines claquent sous la brise. Elle sent son torse ouvert au vent, peut-être parce qu'elle respire comme elle n'a plus respiré depuis des années. Laissant derrière elle le sommet de Stock Shangri, elle avance d'un pas solide vers les yourtes qui se dressent entre les sentiers de marche et la route qui relie Leh à Manali. Des femmes au visage cuivré frottent des marmites en fer et les rincent au tuyau, derrière la yourte. Trois camions énormes et colorés sont garés à proximité, et leur vue réjouit Mano. Non qu'elle soit particulièrement heureuse à l'idée de prendre la route dans un de ces monstres, mais ils seront sans doute pour elle un moyen de rejoindre Manali, si l'un des chauffeurs veut bien l'emmener. Mais pas ce soir. Elle a marché au pas de course, en descente raide, depuis deux heures qu'elle a quitté le campement au pied du sommet. Tout son corps crie au repos, les muscles de ses jambes sont aux limites d'une crampe. Elle s'arrête avant d'être à portée de voix, s'assied sur une pierre pour souffler.

L'horizon est sans fin, elle voudrait en offrir la vision à Axelle. Et même ses courbatures. Comme le frisson qui la soulève, le froid après l'effort, la sueur glacée qui ébranle le creux de son dos. Elle ne sait pas encore qu'elle est au début de quelque chose. Mano identifie les fins bien mieux que les débuts, alors qu'ils sont souvent jumeaux. Elle se dresse et reprend sa marche.

En s'approchant de la yourte principale, elle prend conscience que le sommet disparaît derrière elle. Le sommet et l'angoisse, le sommet et Charly, ce secret pénible. Sur de grandes bâches noires, des lettres à la peinture blanche annoncent le nom des lieux : New Lahassa Restaurant. Puis, en dessous, en lettres capitales : BIRU BHAI. Aux abords de la yourte, des chaises en plastique rouge et bleu pâle s'alignent, comme s'il pouvait y avoir autant d'humains d'un seul coup dans ce lieu hors du monde. Le vent fait claquer les drapeaux, les tissus accrochés à chaque tente. Une des femmes lui crie quelque chose dans une langue inconnue, accompagnant son cri d'un geste d'invite vers la grande yourte. Au-delà, les montagnes s'étirent, tendues sous le dessin des nuages. Des chemins de caillasse grise et rousse se croisent jusqu'à perte de vue, jusqu'aux plaques blanches et brillantes des neiges éternelles. La nuit descend. Mano pousse la lourde couverture qui tient lieu de porte et se glisse à l'intérieur. Un homme aux yeux fendus, en doudoune sans manches sur un pull déchiré, lui fait signe de s'asseoir au sol. Il verse du thé dans un énorme thermos décoré de scènes de la vie de Ganesh. Au sol, dans un cercle moelleux, s'entassent des couvertures aux motifs géométriques. La lumière qui filtre au travers des murs en tissu donne un halo bleu à tout, y compris son visage. Un couple de touristes finissent leur thé, visiblement fatigués. Ils chuchotent et tentent de se mettre d'accord sur quelque chose que Mano ne comprend pas, lui font un signe de tête, un sourire chaleureux, avant de se remettre à discuter entre eux. L'homme s'approche avec une tasse remplie de thé. Elle n'a rien commandé pourtant, mais ça ne se passe pas comme dans un bistrot français, ni même comme à Delhi, dans un restaurant. Pas de carte, on boit ou on mange ce qui est là. Mano saisit le thé, remercie, se chauffe les mains sur la tasse brûlante. Certaines images la font souffrir. Un jardin secret de dévastation qu'elle évite de consulter mais qui s'impose parfois à elle sans qu'elle puisse rien y faire. Plusieurs d'entre elles émanent du procès. Le visage de Charly lorsqu'il lui annonce sa trahison en est une désormais. Cette désolation presque agacée, toutes les étapes de la justification en un seul sourire, la bonne foi. Elle secoue la tête, ne s'en remet toujours pas. Et les questions, lancinantes : comment j'ai fait pour ne pas savoir ? Est-ce que ça m'arrangeait bien ? Des années à ne pas me douter, pourtant, des années à faire l'amour avec lui. Mano est prise d'un haut-le-cœur. Non, elle n'a pas envisagé une seule seconde que Charly ait participé à l'arrestation autrement qu'en lui sauvant la mise. Elle était trop enfoncée dans sa culpabilité. Et, à présent, c'est presque pire : c'est elle qui a renseigné Charly la veille du braquage.

Son sac posé près d'elle contient ce qui va constituer son unique bagage pendant longtemps. Elle fait mentalement la liste de ce qu'il contient. Passeport, visa, argent, une paire de baskets légères, quelques fringues.

La fatigue lui tombe dessus, soudain et violemment. Elle prend alors conscience de son corps courbatu, tendu. Parce qu'elle entretient un rapport peu amical avec lui, elle se demande s'il y a là une chance à saisir, si l'Inde pourrait l'aider à rassembler les morceaux. Y compris les morceaux d'un corps qui se disloque d'année en année, depuis la défonce des premiers temps jusqu'à l'oubli de soi dans le couple et les jobs de survie. C'est une bascule, ce thé bu dans la yourte, le corps qui souffre, et cette vérité vomie sur le dos de la montagne.

Elle aimera son corps comme elle pensait ne jamais pouvoir le faire, prendra en compte la moindre parcelle et la fera enfin sienne, ne laissera rien à l'ennemi ou au jugement. Convoquera l'endurance. Marcher marcher marcher, pas sur les sommets, non, mais dans les ruelles, d'un temple à un autre, de la mer aux fleuves bruns, connaître le nom des lieux et en sourire, à force de se laisser apprivoiser. Elle n'a pas encore pris la décision mais c'est imminent. Quelque chose la gagne, une souplesse, une trappe dégagée des résidus de mousse qui l'empêchaient de s'ouvrir.

Le thé est délicieux, elle se laisse brûler la langue avant de l'avaler, sourit aux deux touristes, à l'Indien qui cuisine. *Namasté*, les mains jointes, au début elle trouvait ça ridicule, l'impression de singer une culture qui n'est pas la sienne, et puis finalement, hein, c'est encore la meilleure façon de s'intégrer, d'apprendre à dire merci. Surtout quand on s'incruste.

Savoir qu'elle a partagé son quotidien avec l'homme qui les a balancés aux flics est vertigineux. Comprendre que c'est à cause de lui si Axelle est en prison, si Nacer est mort. Et Jicé. En même temps qu'une colère compréhensible, émerge une pitié plus complexe. Il a vécu toutes ces années en gardant le secret, essayant de s'agiter au quotidien, normalement. Elle n'aurait pas pu, c'est certain. Et soudain, elle se demande si Axelle sait, ou se doute. Si c'est le cas, ça signifie qu'elle imagine une trahison commune. C'est peut-être pour ça qu'elle ne veut pas la voir au parloir et qu'elle ne répond pas à ses lettres. Des larmes lui montent aux yeux, des larmes de perdition, des larmes de fatigue. Il faut pourtant qu'elle se décide.

Alors que le vent souffle et fait bouger les pans de la yourte et que l'Indien se penche vers elle, théière à la main, Mano choisit de rester. Aucun lieu ne l'appelle, pas plus celui-ci qu'un autre, et il n'y a rien de mystique dans cette nouvelle envie de poser ses pas et son sac, de tirer des droites tordues entre telle et telle ville. Juste le hasard, ou des curiosités qu'elle écoute sans le savoir. N'être attendue nulle part et s'en réjouir. S'entourer de repères qui n'ont rien à voir avec ce qu'elle a été, ce qu'elle a vécu. Il lui est impossible de rentrer, insoutenable l'idée de retourner sur les lieux de leur vie commune. Mano a déjà changé, et ce grand pays y est aussi pour quelque chose. Elle se détache de celle qui préparait des mojitos avec dextérité, tendait son doigt bien haut vers les flics, ne jurait que par ses amis et la lutte finale, avec cette petite rocaille dans la gorge quand le rire se déployait. Elle est déjà en train de se transformer, même si elle ne le sait pas. Elle garde encore la douceur – preuve que tout n'est pas détruit, finalement.

Solitude

Pierre n'avait pas le nom de l'indic. C'était un secret bien gardé, pour la simple et bonne raison que peu de gens le connaissaient et qu'il n'était dans aucun fichier. J'étais effarée. Avant de remonter dans la voiture, j'ai rejoint Ben qui fumait devant le cimetière, sautillant d'un pied sur l'autre, un peu bossu, un peu frileux.

— Les copains te saluent, il m'a dit avec les yeux plissés, comme si un soleil de midi nous écrasait alors qu'il faisait moche, et même du vent.

Je crois qu'il était content, moi je l'étais. Même si on ne se connaissait plus, même si nous avions changé. Je me suis sentie comprise, dans son regard d'approbation, dans sa présence. Après le braquage, je n'ai pas voulu savoir qui, des copines et copains, nous soutenait, qu'ils valident ou pas l'usage des armes à feu. Au procès, j'étais tellement tendue que je n'ai pas particulièrement noté qui, au fond du prétoire, était là ou pas. Devant le cimetière, alors que j'allais repartir derrière les murs de la taule, j'ai pris conscience de ma solitude. Je parle d'une solitude intellectuelle, idéologique. Avec Véra, nous ne débattions pas.

— Et toi, Ben ? Qu'est-ce que tu deviens ?

— Je viens de rejoindre Notre-Dame-des-Landes.

J'en avais entendu parler aux infos, des infos tronquées et partielles, mais je savais entendre en retirant le filtre. Je lui ai souri, j'étais heureuse pour lui, j'aurais aimé repartir avec lui plutôt qu'avec les gardiens de la pénitentiaire. J'aurais adoré grimper dans sa Ford Fiesta absolument dégueulasse, de la bouillasse plein les jantes et les portières, faire grincer les amortisseurs malgré mon poids plume, m'occuper de la musique pendant qu'il aurait démarré. J'aurais choisi un truc facile et grandiose, *Guns of Brixton* des Clash ou *My Way* par Sid Vicious. On aurait roulé jusqu'à Nantes et on aurait rejoint la ZAD par les petites routes. Attends, avant on serait allés voir la mer à Pornic, ou à côté. Oui voilà, on serait allés voir la mer.

— T'as bien de la chance. J'adorerais partir avec toi.

— Chiche, il a chuchoté en rigolant.

Ça m'a plu qu'il soit capable d'en plaisanter. Qu'il ne soit pas dans la pitié ou dans un respect excessif, déplacé, comme celui qui débordait de certaines lettres que je recevais. Et puis j'ai réalisé que ça me touchait qu'il soit venu, juste pour m'embrasser. À force, en prison, on s'endurcit, parce qu'il est dangereux d'être touché, ça rend fragile. J'ai pensé un instant que c'était peut-être lui qui nous avait donnés, mais j'ai chassé l'idée ; ça ne marchait pas.

— Mano ? j'ai demandé d'une voix que j'ai voulue ferme.

J'étais mal à l'aise de demander des nouvelles de toi, j'aurais dû en avoir, j'aurais dû tout savoir de toi. Demander de tes nouvelles était un aveu atroce pour moi.

C'est lui qui m'a dit que tu étais en Inde depuis trois ans. Tellement bizarre, cette destination. Si loin de nos références de lutte. L'Amérique du Sud, j'aurais compris. L'Argentine, le Chili, la Colombie, j'aurais compris. Mais l'Inde, quelle étrange idée. Non que le pays, cet immense pays, ne présente pas énormément d'attraits, mais pour moi on y baignait dans ces lumières orange et rouges, mauves, propices aux fumeurs et aux mystiques, ce que ni toi ni moi n'étions. C'était étrange de te savoir si loin de moi. C'était étrange de ne pas pouvoir partager avec toi cette nouvelle que je n'avais pas encore digérée. Balancés. Donnés. Un putain d'informateur savait et nous avait dénoncés. J'étais simplement heureuse que tu aies réussi à échapper aux flics, à filer hors de la nasse avant que le quartier soit bouclé, mais comment tu as fait, Mano ? Comment tu as pu sortir du quartier alors qu'ils l'avaient quadrillé ? Coincée entre les deux matons, alors que je venais d'enterrer mon père, je me suis demandé, pour la première fois aussi frontalement, quelle était ta part de responsabilité là-dedans. Autrement dit, et plus clairement : était-il possible que ce soit toi qui nous aies donnés aux flics ? Parce que j'avais beau chercher, personne d'autre que nous n'était au courant. Nous quatre. Et quatre moins trois, ma belle, ça donne toi, les mains sur le volant, me regardant marcher vers l'entrée du Crédit Municipal. J'en ai eu le souffle coupé. Et puis je me suis reprise, impossible, pas toi mon amour, pas toi.

J'ai embrassé Ben, lui ai dit d'embrasser les camarades de ma part, ceux que je connaissais.

— J'étais pas sûr que tu aies envie de me voir aujourd'hui, Axelle. J'ai tenté mais j'étais pas sûr.

— T'as bien fait de venir.

Un gardien s'est approché, il m'a demandé de me bouger. Ben l'a toisé, j'ai senti qu'il pouvait facilement l'insulter, qu'il se retenait pour pas que ça me retombe dessus. Je l'ai regardé monter au volant de sa caisse, démarrer et filer. C'est à ce moment-là que ma mère s'est approchée de moi. Elle a enlevé son bonnet, l'a glissé dans la poche de son manteau trop grand. Ses yeux ourlés de rouge m'ont dévisagée avec plus de bienveillance que je n'aurais pu l'espérer. Tout le monde s'est écarté mais elle ne m'a pas parlé. Moi non plus, mais je lui ai souri, et j'ai presque décelé une réponse en miroir, un frémissement de lèvre. Et puis l'amorce d'un geste, je ne sais qui la première, mais nous nous sommes rapprochées, ce n'était pas vraiment de la tendresse, juste une accolade. C'était déroutant, c'était bien. J'ai salué Pierre d'un geste de la main, qui m'a répondu d'un sourire triste, et j'ai serré mon grand-père contre moi. J'ai respiré très fort son odeur de vieux papier et de vétiver, photographié les plis de son cou, la gravité sous son menton, les poils de ses oreilles. Je me suis à nouveau laissée aller dans ses bras, il n'était pas impossible que ce soit la dernière fois, en tout cas de cette façon. Avec tout ce que j'avais reçu comme câlins aujourd'hui, j'allais avoir droit à la fouille des grandes occasions avant de retourner en cellule.

— C'était bon de te voir, furet, même un jour triste comme ça.

L'enterrement de mon père, il faut le dire, marque le début de ma chute. 2013, les choses tenaient encore la route, mais 2014, quelle année terrible. Je suis à la peine, malgré la bibliothèque et les ateliers proposés de-ci de-là. Seuls les ateliers artistiques m'aident à rompre la routine, à oxygéner mon existence. Je ne peux pas te raconter chaque conflit survenu derrière les barreaux, chaque bagarre, chaque abus de pouvoir. Ça n'a pas trop d'intérêt, la taule n'a pas beaucoup d'intérêt. Et tout est fait pour que les filles replongent. Pour nous, les longues peines, c'est un autre problème. C'est nous qui avons pris le plus cher et, pour beaucoup d'entre nous, le risque de récidive est quasiment nul, alors qu'il est multiplié chez les délinquantes – par mauvais traitements, mépris, manque de moyens. Ma colère est toujours là mais différente. J'ai refusé la justice restaurative, la rencontre condamnée-victime qui m'a été proposée avec la fille du flic, devenue adulte. Pour moi elle reste une enfant, et même un fantôme d'enfant envahissant. Mais merde, qu'est-ce que j'aurais pu lui dire qu'elle ne savait déjà ? Je n'avais rien contre son père, tout contre ce qu'il incarnait. Et il avait buté Nacer. Me flageller en écoutant cette jeune femme m'expliquer que se construire sans son père avait été une épreuve, non merci. Me juge qui veut, sauf toi. Je ne suis pas un monstre mais, pour rester vivante, il ne faut pas trop agrandir les fissures.

Tu m'écris à cette époque que tu es en Inde, que tu as décidé d'y rester, seule. Une force étonnante se dégage de cette lettre, plus habitée et vivante que toutes les autres. Je la relis souvent, comme quelques autres, tes mots sont mon fil d'Ariane, ils m'accompagnent dans le labyrinthe.

Et puis 2014 arrive, une année qui ouvre un gouffre. 2014 : Véra doit sortir de prison. Je t'imagine, toi, en sari au bord du Gange, dans une débauche d'images inspirées par Kipling. Et moi je m'enfonce. Même à la bibliothèque où je suis auxiliaire, je suis de plus en plus souvent absente. Je m'assèche. J'ai de la chance de bosser à la bibliothèque pourtant, au moins je ne sers plus de main-d'œuvre facile aux ateliers. J'aimerais profiter de la présence de Véra avant son départ mais je n'y arrive pas. J'anticipe sa sortie et je lui en veux, connement. Nos cellules sont ouvertes en journée à l'étage des condamnées, et la mienne a toujours été libre d'accès pour elle. Mais désormais, depuis que sa date de libération est connue, je refuse plusieurs fois qu'elle y entre sans offrir le moindre argument. Je repense souvent à cette histoire d'indic, je tourne autour avec des résidus rageux au bout de la langue, des insultes qui claquent à haute voix sans adresse précise. J'ai des questions auxquelles toi seule pourrais répondre. J'ai besoin de comprendre ce qu'il s'est passé le jour du braquage, qui nous a donnés et pourquoi.

Et puis Véra s'en va. Il serait faux de dire que je ne suis pas heureuse pour elle, bien sûr que je le suis. La veille de son départ, je reste finalement près d'elle, dans sa cellule. On se promet des choses en affirmant qu'on ne se promet rien. Un mois plus tard, je suis malade à l'idée de la revoir. Des crampes me tiraillent l'estomac lorsque je descends au parloir, exsangue.

Quand je l'aperçois, je vois tout de suite qu'elle est aussi mal que moi. Elle observe tout le monde par en dessous, méfiante comme un loup, la patte coincée dans un piège. Elle respire la peur, et je crois en deviner la raison : qu'ils ne la laissent pas repartir. Elle a apporté un sac, un gros sac en plastique carré avec mon numéro d'écrou écrit dessus au feutre noir. Quelque chose a changé en elle.

— Je t'ai apporté des fringues.

Je lui souris et serre son poignet pour la remercier. Toucher sa peau est difficile. Elle secoue la tête.

— La gardienne m'a expliqué point par point ce que j'ai le droit ou pas de faire entrer dans la taule.

— C'était qui ? je m'étonne en rigolant à moitié.

— Britney.

— Mais… elle t'a pas reconnue ?

— J'en sais rien.

— Tu déconnes ? C'est dingue.

— J'imagine que dans sa tête c'est bien clivé entre les détenues et les gens libres. Ou alors…

— Ou alors elle s'est foutue de ta gueule, oui.

Nous avons toutes les deux des nœuds qui serpentent entre nos gorges et nos ventres. Je bats du pied à toute vitesse, nerveusement. Mon genou vibre de ces rebonds agités.

— Comment ça se passe pour toi ?

Véra hausse les épaules, gênée peut-être.

— Ça va.

J'attends, choisis de ne pas la brusquer. Mais rien ne vient.

— Tu as vu ton fils ?

Elle regarde autour d'elle, j'ai l'impression que c'est douloureux pour elle d'être ici, mais pas pour ce qu'elle y a vécu de difficile, plutôt parce qu'elle ne trouve rien à me dire et que cette gêne l'envahit. Les secondes s'alignent. J'ai la furieuse sensation qu'elle voudrait à tout prix être sur le parking, que cette visite soit terminée. J'en conçois une rage déchirante.

— C'est tout ?

Elle fronce les sourcils. Je la trouve soudain laide, lente.

— C'est tout ce que tu as à me raconter ?

En un instant, je la vois se refermer. Son corps se voûte, ses yeux s'assombrissent. Je sais que c'est ma faute mais je n'arrive pas à faire marche arrière, au contraire.

— Je suis toujours enfermée, moi. Tu ne veux rien me raconter ?

Plus l'envie de chialer m'envahit, plus je suis agressive. Je parle très doucement pour ne pas alerter les gardiennes, je siffle entre mes dents, méchante, sans même lui laisser le temps de me répondre.

— Vraiment rien ?

Véra pousse du pied le sac vers moi. Je sens qu'elle s'apprête à repartir, qu'elle rassemble son corps dans un grand mouvement et évite mon regard, ce qui me rend encore plus folle de rage. Mais alors que j'ouvre la bouche pour l'agonir de reproches, elle lève une main autoritaire à hauteur de mon visage.

— Tu te tais, maintenant. Ta violence, tu la ravales,

282

ou tu la gardes pour te défendre. J'ai pas à payer pour je ne sais qui.

Je tente de protester mais elle me coupe immédiatement, son regard planté profondément dans le mien, un regard triste d'animal qui se noie :

— Tais-toi, Axelle. Si tu n'es pas capable d'autre chose, ferme-la.

Je suis en colère et terriblement vexée qu'elle identifie cette rage, et son inanité. Je me force à adoucir ma voix, son timbre et sa puissance.

— Tu crois que je suis en colère ?

Véra se lève et m'observe d'en haut avec bienveillance. Elle me sourit, elle qui souriait si peu. Je vibre d'un désordre indescriptible tandis qu'elle se déplie en soupirant, se prépare à partir.

— Axelle, tu es toujours en colère.

Véra n'est pas revenue tout de suite. Je suppose qu'elle m'a laissé le temps de digérer mon état, voire de m'étouffer avec. Sa situation, d'un certain point de vue, était pire que la mienne. En vingt ans, j'en ai vu revenir des filles perdues dans la vraie vie, des filles que personne n'attendait, baladées de service social en contrat précaire, refusées dans presque tous les boulots parce que marquées au fer par leur passage en prison. Moi-même, je le sais, malgré un diplôme qui pourrait me permettre d'enseigner, aucune institution ne m'embauchera jamais. Véra ne pouvait prétendre qu'à un boulot d'usine, ou à faire des ménages. Elle avait tué son mari, elle était donc honnie par toute sa belle-famille. Plus encore, il fallait qu'elle les évite, au risque de se faire frapper ou pire. Personne ne l'attendait. Ses anciennes collègues des Nouvelles Galeries avaient changé de rayon, de quartier, de ville. Si elles ne lui avaient pas adressé un signe durant toutes ces années d'incarcération, ce n'était pas pour l'accueillir à bras ouverts à sa sortie. La seule personne chez qui elle pouvait se domicilier, c'était sa mère. Et elle ne savait pas si son fils, devenu jeune adulte, aurait du temps à lui consacrer, s'il avait des reproches à lui faire. Qu'elle ait tué son père pour lui éviter d'être frappé à mort ne semblait pas y changer grand-chose, au fond. Le manque lui crevait le ventre depuis que les visites de son fils s'étaient espacées et qu'il venait au parloir en traînant des pieds, les yeux vissés au sol, répondant aux questions comme à l'interrogatoire. Oui, en un sens, la situation de Véra était pire que la mienne. Il ne m'a pas fallu longtemps pour m'en rendre compte. Juste le temps d'apaiser ma colère, c'est-à-dire mon chagrin.

Véra est revenue trois semaines après ce premier parloir loupé pour me dire qu'elle ne reviendrait pas. Elle quittait la région et je savais qu'elle avait raison de le faire. Pour envisager une vie différente, il fallait quitter les lieux d'avant la taule, il fallait se réinventer. S'éloigner de sa mère était une idée judicieuse d'après ce que j'avais pu en apprendre, lorsqu'elle avait accepté de se confier un peu. Je ne lui posais aucune question sur son fils. Qu'elle n'aborde pas d'elle-même le sujet m'en disait suffisamment. J'ai su plus tard que je me trompais, en l'occurrence. Mais, par pudeur, je n'ai rien demandé. Elle avait beaucoup de chance de pouvoir partir, il est difficile de trouver l'opportunité de se refaire une vie dans une autre ville, loin. Elle me parlait d'un travail de vendeuse dans une boutique de bijoux. Elle était lumineuse. Je voyais bien qu'elle tentait de ne pas se laisser déborder par cette lumière, tant par prudence pour elle-même que par égard pour moi.

— Le jour où tu sors, viens me voir si tu veux.

J'ai détourné la tête, j'y croyais peu. Cette fois-ci, nous avons eu le temps et l'envie d'une dernière accolade. Je l'ai regardée partir avec une joie sincère.

Pendant la fouille, après le parloir, je ne ressens rien ou presque rien, juste la froideur professionnelle de la gardienne, la brusquerie agressive de son acolyte. Mes yeux ne les voient pas, mon corps subit sans tension, sans même cette envie de ruer comme une bête qui est notre quotidien. Rien, je ne ressens rien. Une fois remontée dans ma cellule, je me couche tout habillée sur mon lit. Je sens la couverture gratter mon cou mais je ne fais rien pour y changer quelque chose. J'espère qu'il pleut et il pleut. Pas cet orage explosif que j'appelais de mes vœux, avec éclairs, grisaille tirant sur le noir, pluie giflant la fenêtre. J'ai droit à une pluie pâle, clairsemée, émergeant d'un ciel nivéen. Je ne ressens rien, aucun désir, aucune pulsion, impulsion. Et c'est toi qui m'envahis, Mano. Tes cheveux sur tes reins, ton col roulé ce matin-là. Ton profil au volant de la voiture, ta façon de jeter des coups d'œil furtifs dans le rétroviseur.

Tu te souviens ? Il n'y avait personne sur le trottoir, personne aux fenêtres. Je suis descendue de la bagnole, j'ai pris le fusil de mon grand-père dans le coffre et je suis revenue vers toi. La dernière fois que je t'ai vue libre, j'ai saisi ta nuque en glissant mes mains sous tes oreilles, avec tout mon courage disponible. J'avais de l'adrénaline en réserve, tu penses. À ton cou, la chaîne en argent que je t'avais offerte quelques jours auparavant. Je me suis penchée vers toi pour t'embrasser. Tes lèvres étaient douces, tu avais une haleine de café et de peur. Ma langue s'est glissée dans ta bouche et la tienne était chaude. Les pulsations dans mon sexe ont répondu à nos baisers.

Contre la fenêtre de ma cellule s'écrasent les gouttes. Je crois que c'est là, très exactement, que je commence à me briser.

Le yack

Mano reprend la route dans un camion Tata au rétroviseur chargé de colliers et de prières. Sur le tableau de bord, un Ganesh dansant. Sous ses fesses, de lourdes couvertures caressent ses jambes fatiguées. Sa ceinture de sécurité ne fonctionne pas, elle reste coincée dans le boîtier.

— *Belt?* elle demande en mimant le geste de s'attacher.

— *No belt, no belt*, répond le chauffeur.

Dans un grand rire sous sa moustache, il lui fait comprendre que ce n'est pas grave, qu'elle peut très bien s'en passer. Qu'il s'en remet aux dieux et que, s'ils doivent mourir, ils mourront.

Le Ladakh ne ressemble pas au reste de l'Inde. À le traverser, on s'imagine bien plus au Tibet. Le Ladakh n'est accessible que deux mois dans l'année : juillet et août. Hormis ces huit semaines d'été, aucun véhicule ne peut y accéder puisque la route est mangée par la neige et la glace.

Ils mettent trois jours pour rejoindre Manali. Le premier jour, elle découvre les lacs aigue-marine au creux de paysages lunaires, entourés de cairns plus ou moins grands, traces de vœux en équilibre certain. Elle aussi empile les pierres plates en pensant très fort à Axelle. Le chauffeur met de la musique dans son camion, une musique indienne très bruyante qui rend Mano folle au bout de quelques kilomètres, mais elle ne dit rien, se concentre pour ne pas avoir peur des dénivelés, du vide. Au détour d'un très long virage, ils croisent des petits chevaux robustes qui affrontent le froid, chanfrein au vent, crinière ébouriffée. Elle demande au chauffeur de s'arrêter pour mieux les voir. Tandis qu'il en profite pour aller pisser derrière un rocher, elle approche sa paume du museau d'un cheval. Le gardien du troupeau lui lance un *Namasté* chaleureux, alors elle répond *Namasté* elle aussi, ses mains rassemblées devant sa poitrine. Elle respire mieux à mesure qu'ils descendent. L'oxygène, mais pas seulement.

Le premier soir, ils font halte sur un campement où un grand barnum en toile de tente trône sous la montagne. Un immense dortoir est collé à une petite cuisine collective. Épuisée, Mano se jette sur un dhal brûlant avant d'aller se coucher tout habillée sous trois épaisseurs de couvertures, dans un lit de camp en fer. Dormir là coûte quelques roupies à peine. Au réveil, elle traverse le dortoir ronflant pour émerger à la lumière et découvrir ce nouveau paysage. La rivière passe plus bas dans un canyon caillouteux et, lorsque le soleil troue la brume, la plaine ressemble à un décor de western. Son corps se détend, elle sourit dans la lumière, un œil fermé, en buvant un café soluble dans un bol en plastique, un café en grains insipide et doux en même temps. La couverture, gardée sur ses épaules, pèse délicieusement lourd, l'ancre dans le sol. Seules émergent sa main et sa clope.

— Pourquoi la route n'est jamais vraiment réparée ? elle demande à un des hommes responsables du campement.

— Parce que nous sommes juste à côté du Pakistan. En cas de conflit, si la région revient au Pakistan, il ne faudrait pas qu'elle soit en bon état.

Elle rit de cette réponse, pourtant ce n'est pas une blague. Plus haut, la veille, elle a vu des hommes en train de travailler le long des fossés, chargés de sacs pleins de cailloux, mais ils étaient là depuis longtemps. Il s'agit de garder la route en état sans changement notoire. Il faut que les camions puissent passer mais qu'elle reste difficilement praticable, dangereuse.

Quand ils repartent, elle supporte déjà mieux la musique du vertige. Son corps se relâche dès qu'elle pense à l'immense liberté dont elle dispose. Il ne faut pas songer à Charly, aux années perdues – d'ailleurs elles ne sont pas perdues, il ne faut pas réfléchir ainsi, elle secoue la tête parfois comme un poulain rétif quand les images viennent sans qu'elle les ait convoquées. Le chauffeur lui parle de temps en temps sans jamais cesser de rire mais elle ne comprend pas tout, son anglais a des *r* roulés comme ceux d'un Espagnol. Il lui sourit, lui montre du doigt certaines choses.

Soudain, il freine brutalement et envoie les roues du camion sur le côté. La roue avant gauche patine dans le vide et Mano se plaque contre la portière, persuadée que c'est la fin. Soixante mètres de dénivelé, le vide, et tant de choses à payer. Le chauffeur touche Ganesh du bout des doigts, puis il les embrasse et pose sa main sur son cœur, souriant. Il saisit le volant à pleines mains, la roue remonte lentement le talus, revient dans l'axe, et ils repartent tandis qu'un couple de pigeons s'envole. Le con, il a failli les envoyer dans le vide pour éviter deux oiseaux. Elle en reste silencieuse et pensive un bon moment. Mais après ça il n'y a plus d'oiseaux posés sur la route, juste un bouquetin qu'elle n'aurait jamais vu sans lui et son œil habitué.

La deuxième nuit, ils la passent dans une auberge, au cœur d'un village étrange, posé à flanc de montagne. Il fait déjà beaucoup plus doux, même si elle porte encore son bonnet par habitude. Plus bas, sous les fenêtres de sa chambre, Mano observe les buissons de fleurs jaunes qui mangent la colline jusqu'en bas, dans la vallée. Elle apprend qu'il s'agit de moutarde. Elle a tant de choses à découvrir.

Quand enfin ils rejoignent Manali, elle comprend qu'elle n'en a pas fini avec l'Inde. Il lui reste pas mal d'argent, le sien et celui de Charly qui se débrouillera bien pour rentrer – de quoi tenir un mois, deux si elle fait attention. Elle changera son billet, ou se le fera rembourser. Son visa tiendra le temps de voir venir.

Sur le bord de la rivière, alors qu'elle demande au chauffeur dans un anglais approximatif de la laisser près d'un hôtel, elle aperçoit le yack. C'est la première fois qu'elle en voit un. Le souffle coupé, elle se met à brailler au chauffeur de s'arrêter là, maintenant, tout de suite. Elle veut s'approcher de l'animal, le voir en vrai sans la distance d'une vitre, palper sa réalité du regard. Le chauffeur a juste eu le temps de freiner qu'elle jaillit hors du véhicule pour aller se poster en face de la bête.

Pire qu'une enfant, la voilà qui perd ses moyens, les mains tremblantes face à l'animal, c'est comme si elle croisait une licorne ou un minotaure, son cœur bat à toute puissance, elle voudrait crier de joie mais ne veut pas effrayer l'animal, d'ailleurs il est énorme, elle ne pensait pas que les yacks étaient si grands, si impressionnants. Celui-ci a un anneau entre les naseaux, de la taille d'un collier humain, c'est sans doute par là que son propriétaire l'oblige à obéir. Ses poils longs et épais tombent jusqu'au sol, si bas qu'ils cachent ses pattes, et elle devine ses petits yeux noirs sous la toison. Il est d'un blanc sale, presque gris par endroits, des cornes noires, immenses et brillantes. Il a dû sentir sa présence, lève la tête, l'observe sans bouger. Les deux se jaugent. Le propriétaire de l'animal est resté plus loin, sa badine en main, il discute avec un autre homme. Mano pense propriétaire pour ne pas dire maître, tant lui semble absurde le fait qu'un tel animal puisse être maîtrisé, dominé, domestiqué. Le yack grogne sans hostilité, tend son mufle vers elle. Mano se met à pleurer. Trois jours qu'elle est tout entière concentrée sur la route, l'entrelacs de terre qui traverse les montagnes, les rivières, longe des canyons blancs, des éboulis naturels, hostiles. Trois jours qu'elle a laissé en lisière la vie avec Charly, l'idée du retour, sa vie d'avant. Trois jours qu'elle verrouille tout derrière elle. La bête la regarde et libère ses larmes. Ça ne dure pas très longtemps, parce que le propriétaire a fini de discuter et qu'il reprend sa marche, pousse des petits cris qui font avancer le yack. L'homme et la bête passent près d'elle qui renifle, le visage inondé et morveux.

Un klaxon du camion la sort de son état. Elle secoue la tête, pleure encore mais se sent bien, mieux qu'elle n'a été depuis très longtemps. Le chauffeur lui fait de grands signes, alors elle grimpe dans la cabine pour récupérer son sac et le saluer avant de partir. Elle glisse dans sa main les billets, le nombre convenu entre eux. Elle apprendra plus tard qu'elle a payé le prix faible pour cette route-là. Il lui conseille une auberge, parle à toute vitesse sans qu'elle comprenne, rit, lui tape sur l'épaule et la salue, à l'européenne cette fois-ci, bras tendu, main serrée. Il farfouille dans sa boîte à gants, en sort une petite médaille bleue qui représente Shiva. C'est une babiole en fer-blanc au bout d'un lacet en cuir, comme celles qui pendent du rétroviseur. Mais c'est pour elle. Il lui tend la protectrice aux bras multiples et Mano accepte. Elle le remercie, passe le lacet au-dessus de sa tête, dégage ses cheveux pour qu'il se loge dans son cou, contre la chaîne en argent qu'elle n'a jamais quittée. Shiva tombe juste entre ses seins, le chauffeur ferme les yeux et la salue encore avant de reprendre la route.

Mano reste bouleversée après ça, secouée par la rencontre avec le yack, par l'intensité de ces trois jours. Mais surtout, elle se retrouve seule comme jamais auparavant, si seule qu'elle sent la présence d'Axelle, chaude et farouche, près d'elle. Elle jette son sac sur son dos et longe la rivière pour rejoindre l'auberge. L'eau claque bruyamment sur les pierres plates, la rive serpente, boueuse, glissante. C'est excitant de prendre le risque de tomber. D'énormes crapauds chantent dans les buissons, elle aperçoit même des limaces de la taille d'un paquet de cigarettes. Plus bas, à plusieurs jours de route, lui a expliqué le chauffeur avec de grands gestes, il y a des singes et des éléphants au cœur des villes. Rien ne l'effraie, tout lui semble avoir pris une netteté inédite. Mano s'allume une clope, souffle la fumée vers le ciel, un ciel d'après la pluie, quand le bleu pousse les nuages. D'une main, elle caresse l'argent et le cuir qui s'emmêlent déjà à son cou. Pense qu'à trente-cinq ans, il est peut-être enfin temps de vivre.

Le pays qui rend fou

Pendant un mois, Mano voyage. Elle descend d'abord jusqu'à Jaipur, où chaque jour elle va s'installer face au palais des Vents pour écouter le chant sifflé des bourrasques qui s'engouffrent par les fenêtres en grès rouge. Il y fait bien meilleur qu'à Leh, ou même Manali. Plus elle descend, plus l'été la rattrape. Elle découvre les vaches qui habitent les villes et se couchent au milieu des routes, provoquant des embouteillages, les singes voleurs qui montrent leurs dents et leur cul aux passants, volent des bananes, du pain, des menus objets. La mendicité, crue et violente, lui arrache les yeux, elle ne s'y habituera jamais, même après dix ans. L'argent dont elle dispose lui permet largement de se loger et de vivre dans un premier temps, d'autant qu'elle choisit des chambres d'hôtel ou des auberges modestes. Peu à peu, elle apprivoise l'Inde. À ses poignets, des fils rouges se nouent, s'épaississent à chaque ville traversée, chaque nouvelle expérience. Elle est discrète, se mêle rarement aux tablées d'étrangers, même ceux qui parlent français. Elle ne cherche pas à se faire des amis, pas tout de suite.

Elle marche. Dans les ruelles étroites, sur les ghâts, sur les chemins rouges, en périphérie des villes ou au cœur de celles-ci. Elle marche pendant des heures. Et elle prend des trains. Avec l'été, ce sont les odeurs de l'Inde qu'elle apprivoise, des odeurs de terre retournée, de crasse, de goudron. Des odeurs de fruits pourris, de sueur, de fleurs. Au marché de Jaipur, les fleurs en collier par milliers sur des étals la laissent éblouie et ébréchée. Elle qui pensait préférer le noir à toute autre couleur. Elle achète de nouveaux habits. Ce ne sont pas des déguisements, elle se fond simplement dans l'Inde. Il y a des pays dans lesquels on se dilue, c'est comme ça, l'Inde est comme ça. C'est un pays qui rend fou, elle l'a lu quelque part. Un peu comme certains Japonais ne résistent pas à leur rencontre avec Paris, l'Inde rend fous certains voyageurs. Elle n'en fait pas partie, elle ne devient pas folle, elle se fond dans l'Inde parce que c'est exactement ce dont elle a besoin. L'Inde est différente de tous les pays de lutte dont elle connaît l'histoire, l'Inde est lumineuse et semble parfois ne pas avoir bougé depuis 1947. Et, au fond, Mano s'en fout. Tout est tellement étranger que ses repères n'y ont pas cours. C'est plus simple, alors.

Elle ne devient pas folle, Mano, mais un grain la guette, à force d'étrangetés lumineuses. Ma tempête, elle chuchote à Axelle, qui marche près d'elle.

Bénarès, elle y reste un moment. À cause de cette vue sur le fleuve, cette vue de tout en haut. Chaque matin a une couleur différente, le Gange est parfois d'or fondu, parfois vert de vase. Certaines brumes de chaleur lui évoquent un brouillard anglais avant de se déchirer pour révéler des ciels roses, des vols d'oiseaux. Le souffle lui manque, souvent, pour encaisser le choc de certains couchers de soleil, mais aussi pour supporter sans broncher les odeurs de merde au creux des ruelles minuscules en terre battue, celles des fumées venues du ghât des crémations. Et puis un jour, malgré le fleuve et les aubes irréelles, elle prend un train pour descendre au Tamil Nadu, là où les autorités, en 1968, ont donné à quelques acharnés un morceau de terre pour qu'ils y érigent une ville indépendante, autosuffisante : Auroville. Elle en a vaguement entendu parler, et c'est finalement ce qui se rapproche le plus, en Inde, de son univers. C'est une curiosité simple, sereine, qui la guide. Auroville a été construite près de Pondichéry, cette unique ville d'Inde à être restée plus française qu'anglaise sous le joug colonial.

Dans une zone limitrophe à Auroville, verdoyante et relativement privilégiée, Mano a posé son sac. Elle boit un chaï sur la terrasse de la guesthouse colorée qu'elle a choisie la veille au soir. Trois chats se prélassent sur les tables inoccupées. Ici, il y a moins de singes qu'ailleurs. À Bénarès, ils venaient voler le petit déjeuner des touristes. La mobylette qu'elle a louée pour sillonner la zone est garée sous ses yeux. Rouillée, elle pétarade au démarrage. Son bleu ciel d'origine a perdu de sa superbe. Une voix la tire de ses rêveries, une voix railleuse qui sort d'une grande bouche sexy sur un visage d'une rare élégance. L'Indienne en jean s'exprime dans un français parfait pour engueuler un couple de jeunes gens aux yeux écarquillés, pile-poil à la terrasse du café où Mano boit son chaï. D'ailleurs c'est elle qui le lui a servi.

— Je suis seule alors vous allez encore attendre un peu, vous savez. Et avec le sourire, parce que je ne sers pas les gens qui font la gueule.

Dans un mouvement des épaules un peu théâtral, la femme fait demi-tour pour s'engouffrer dans le restaurant. Ses cheveux sont si longs qu'on les dirait vivants. Ce franc-parler, cette gouaille sur un visage si aristocratique, Mano se sent tout de suite à l'aise. Elle la rejoint à l'intérieur.

— Excusez-moi, j'ai entendu que vous étiez seule.

La femme lève les yeux de ses marmites, les pose sur Mano qui se sent déshabillée, jugée. Elle encaisse, n'a plus rien à perdre, pense-t-elle, trente-cinq ans et l'impression d'en avoir mille sans en avoir rien fait. Une image d'elle assez déplorable, de l'énergie pour réparer ça.

— Et?

— Et je cherche du travail.

Un sourire moqueur accueille sa demande.

— Ah, super, une petite Française qui veut prolonger son visa.

— C'est pas ça, c'est…

— C'est quoi?

Dans le silence, la belle femme fait passer sa préparation sur deux assiettes, qu'elle emporte vers la terrasse. Elle lève le menton en passant devant Mano.

— Tu trouves une réponse avant que je revienne, sinon je vais croire que je dois embaucher une idiote.

Quand elle revient, Mano exulte.

— Vous êtes d'accord pour que je bosse ici, c'est ça?

— Ça dépend. Pourquoi tu veux rester?

— Je ne peux pas rentrer.

— C'est un bon argument mais pas très rassurant. Et un peu obscur, si je peux me permettre. Et pourquoi je t'embaucherais, toi, alors qu'il y a plein d'Indiennes qui cherchent du travail ?

— C'est mon métier.

La femme fronce les sourcils, attend la suite.

— Le service, bars, restaurants, tout ça, c'est mon métier, en France. Enfin, c'est ce que je fais, ce que je faisais avant de venir ici.

La femme la dévisage mais Mano le lui rend bien. Fils argentés dans une grande chevelure brune, nez busqué comme celui d'Axelle. Un port de tête exceptionnel, des habits qui n'ont rien de traditionnel.

— Tu sais que je suis une paria.

— Pourquoi ?

La femme soupire. Elle sort deux tasses en grès et les pose sur un comptoir bas, entre elles deux, y verse un chaï doux qui sent la cardamome.

— Une femme seule ne travaille pas, ici.

— Tu n'es pas mariée ?

— Je l'ai été, mais il est mort.

— Désolée.

— Pas autant que moi, c'était un homme génial.

Elle jette un œil sur le portrait d'un moustachu encadré au mur. Mano lui trouve l'air tendre.

— C'est lui ?

— Oui. Il était très drôle, on riait tout le temps.

Lentement, pour ne pas briser l'échange, Mano sort son paquet de clopes de sa poche.

— Est-ce que je peux fumer à l'intérieur ?

— Bien sûr. Passe-m'en une.

Mano allume leurs cigarettes avec une même allumette. La femme aspire fort la fumée en fermant les yeux.

— Moi, c'est Bhavani.

— Mano.

— Enchantée, Mano.

— Pourquoi tu ne vas pas t'installer dans une grande ville ?

— Dans une grande ville, c'est sûr que je rentrerais plus facilement dans le décor. Mais chez moi c'est ici. C'est comme ça.

Mano lui sourit.

— J'aime beaucoup, ici.

— Je te préviens, c'est mal payé.

— D'accord.

— On reçoit tous les touristes à la con qui sentent l'appel du mysticisme.

— Je vois.

— Ceux qui ont fait un stage de yoga et pensent qu'ils sont la réincarnation de Sri Aurobindo.

— Super.

Bhavani pouffe, ironique, en crachant un nuage de fumée.

— T'es d'accord avec tout, c'est ça ?

— Oh, moi tu sais, je suis juste une petite Française qui veut prolonger son visa.

Elles se sourient, complices, même si aucune ne connaît la profondeur des souffrances de l'autre. Ni ses ressources. Elles se devinent et se sentent soudain moins seules. Bhavani écrase sa cigarette dans une coupelle en porcelaine au fond de laquelle brûle un morceau d'encens.

— Tu as des casseroles au cul, oui. Ça se voit, tu sais.

Mano botte en touche, écrase sa clope sur celle de Bhavani comme on signe un pacte avec du sang.

Des nouvelles de papa

Bhavani gérait seule la guesthouse depuis la mort de son mari, et elle mentait quand elle affirmait à Mano que beaucoup d'Indiennes voulaient travailler chez elle. Même celles qui l'auraient voulu auraient été découragées par les rumeurs, voire empêchées par leur frère ou leur mari. Sans parler de la petite Sathya, terriblement capricieuse, difficile à supporter pour qui n'était pas sa mère.

Pendant presque dix ans, les deux femmes cohabitent et travaillent ensemble. Elles s'entendent particulièrement bien et savent composer avec la complexité du commun : lorsqu'elles s'épuisent et ne se supportent plus, Mano s'échappe quelques mois, puis elle revient et l'absence permet à Bhavani d'être heureuse de la voir reprendre la gestion de la guesthouse avec elle. Après de longs mois d'hésitations, Mano a prévenu sa famille qui, sans surprise, n'a rien compris à son désir de rester en Inde. Ils ne la voyaient plus très souvent, même avant son départ. Quelquefois, elle leur demande un peu d'argent. Pour Noël, ou son anniversaire. Un peu honteuse, à bientôt quarante ans, d'avoir encore besoin d'eux. Mais même fauchés, ils ont toujours répondu à l'appel. Les parents de Mano sont des gens aimants, maladroits, tristement inquiets, considérant le malheur comme une composante obligatoire de la vie, mais aimants.

Mano prend ses marques dans ce pays qu'elle découvre désormais aussi par les yeux et les mots de Bhavani, qui se raconte difficilement mais raconte son pays très volontiers. Dans un même mouvement, elle peut encenser cet immense pays qu'elle adore et ne quitterait pour rien au monde, et fustiger ses habitudes ancestrales qu'elle juge arriérées, inégalitaires. Malgré cette ambivalence, elle tente d'élever sa fille du mieux possible, son insupportable fille qui met son petit doigt potelé sur toutes les contradictions de sa mère, évidemment. Mano n'a pas d'énergie pour ça, elle se dit qu'elle a bien fait de tenir bon face à Charly. Elle aime bien discuter avec la gamine, mais pas lorsque celle-ci cherche l'affrontement. Mano aime la douceur, Mano est la douceur. Et Sathya s'en rend compte, s'en agace, voudrait provoquer des cris comme avec sa mère. Mais Mano reste imperméable, change de pièce lorsque Sathya devient trop pénible. Au bout d'un moment, ce qui s'est organisé entre Bhavani, Mano et Sathya se met à ressembler à un système familial. Ce qui lie Mano et Bhavani n'a rien d'amoureux ; elles sont amies, camarades. Au travail, c'est Bhavani qui décide, mais elle a toute confiance en Mano. En qualité d'étrangère, Mano peut habilement les ravitailler en alcool dans une boutique de Pondichéry et elles se confectionnent, à l'abri des regards, d'incroyables cocktails à base de fruits pressés et de whisky. Parfois, contre de très gros pourboires, elles en réalisent pour les touristes effarés de ne pas trouver la moindre goutte d'alcool dans les cafés, bars et restaurants de la ville. Mano apprécie la présence de Bhavani, respectueuse de ses secrets, capable de l'aborder à partir de ce qu'elle offre et de ne poser aucune question sur son passé.

De temps en temps, Mano s'en va. Souvent, c'est lorsqu'elle sature de cette vie de famille ou du travail, tout simplement. Ça la démange, de retrouver la solitude et l'état de grâce de ses premières semaines en Inde. Elle visite alors un autre morceau du pays, un tout petit coin souvent, dans lequel elle se fond, Française discrète qui n'a pas peur des singes ni des éléphants et ne les regarde plus avec l'effarement des premières fois. Elle prend ses marques près d'une rivière, sur une falaise en bord de mer, dans un hameau perdu entouré de temples en ruine, pendant quelques semaines, avant de rentrer en périphérie de Pondichéry. Bhavani gère alors la guesthouse seule ou avec l'aide toute relative de Sathya. Lorsqu'elle quitte la zone proche d'Auroville, Mano retrouve une sensation perdue, la présence plus prégnante d'Axelle, paradoxalement. Elle lit toujours très peu mais devient de plus en plus contemplative. Le temps passe à une vitesse fulgurante, elle ne s'en rend même pas compte.

Internet a fait son chemin et les réservations de la guesthouse sont désormais gérées par informatique. Mano a peu à peu apprivoisé l'outil, il lui permet de communiquer avec ses sœurs et quelques vieux copains, mais pas des masses. Étrangement, passer par l'écrit lui permet d'avoir un contact régulier avec ses sœurs, surtout la plus âgée, Karine, avec qui elle a de vrais échanges, riches et surprenants, vu qu'elles n'étaient pas très proches enfants et adolescentes. L'écart de six ans entre elles était un peu trop grand, malgré les souvenirs communs, pour permettre une véritable complicité. Un jour, Karine lui envoie un mail qui va doucement bousculer Mano. Karine vient de se séparer, elle rêve de Goa. Alors Mano prend un vol pour Mumbai, puis un autre plus court qui la dépose à Goa. C'est le début de la mousson et, quand elle récupère sa sœur à l'aéroport sous une pluie battante, elle est terriblement émue, ne sait pas très bien quoi faire de toute cette émotion qui la surprend.

À l'entrée de Benaulim, anse de Goa, le chauffeur freine et les dépose dans de grandes gerbes boueuses. L'eau a fait déborder la mer, elle leur arrive aux chevilles.

— C'est normal, ça ? demande Karine, inquiète.

— L'eau peut monter encore plus haut parfois, jusqu'aux genoux.

— Mais ça va rester comme ça pendant tout mon séjour, tu crois ?

— Attends demain, lui répond Mano, sage comme un yogi.

Sa sœur se marre, bouleversée par le choc du dépaysement. Elle observe, admirative, la mer immobile comme un grand lac d'acier, le ciel tombé dedans. La pluie s'est arrêtée, elles marchent vers la plage, les pieds dans l'eau tiède. Leurs paillotes ont été réservées par Mano. Elle a fait ce qu'il fallait pour que sa sœur soit impressionnée. Elle la sait dans les douleurs d'une séparation mais n'a jamais connu son jules, ni les deux enfants qu'ils ont eus ensemble. Deux et quatre ans.

Au fond, elles se connaissent si peu. Seule l'enfance les relie, l'adolescence aussi. Un petit quelque chose en plus avec Karine, une évidence qui les rapproche immédiatement lorsqu'elles se retrouvent.

Karine s'affole pour le wifi, elle doit absolument prendre des nouvelles d'Enzo et Lucas.

— C'est ton ex qui les garde cette semaine ?

— Jamais de la vie. C'est maman.

L'évocation de leur mère, la proximité que Karine a gardée avec les parents, ça lui colle un vertige anxieux. De la culpabilité, aussi. Elle se demande un instant si cette proposition de vacances n'est pas la pire idée qu'elle ait eue depuis très longtemps.

— Elle va bien, maman ?

— Oui, enfin je crois. Heureusement qu'elle est là en tout cas. Sans elle, là, je ne sais pas ce que je ferais.

Mano fait semblant de ne pas voir les perches tendues par sa sœur qui voudrait vider son sac, parler de cet ex encombrant à qui elle ne fait pas assez confiance pour le laisser s'occuper de ses propres enfants. Elle réalise qu'elle a perdu l'usage d'une certaine parole, celle à bâtons rompus, entrecoupée d'exemples et de confidences, de comparaisons.

La pluie ne tombe plus, d'incroyables traces de couleur illuminent le ciel, violacées, roses, orange. Elles s'installent dans des sièges posés sur le sable mouillé devant leur bungalow. Il fait doux.

— On se baignera demain.

— J'espère bien, j'en rêve.

Karine a vieilli, Mano s'en est rendu compte dès l'aéroport. C'est bouleversant de revoir sa sœur vieillie ; elle avait gardé d'elle une image antérieure à leur dernier repas commun, l'image de l'adolescente qu'elle était avant de quitter la maison. Elle aurait pu s'en douter mais ne l'a pas fait : revoir sa sœur la ramène au cœur de la famille, l'oblige à repenser aux frangines, aux parents, aux coupures qu'elle a opérées avec eux. Des coupures sans haine, sans reproches, mais un besoin de s'éloigner vraiment, d'exister sans eux. En embrassant le groupe, la lutte, l'illégalité, elle s'est déplacée très loin. Après, quand elle vivait avec Charly, sa mère a insisté mille fois pour qu'ils viennent à la maison. Mano a tenté deux ou trois fois, et il faut bien dire que Charly a fait le job, mais pour Mano ça n'avait aucun sens, elle ressortait de ces dimanches lessivée et sale à la fois, avec l'impression accrochée au cœur d'être à côté de sa vie. Voilà, penser à la famille l'oblige à penser à Charly, et elle ne veut pas. En cinq ans, la colère s'est transformée en mépris.

— Tu reviens en France pour ton anniversaire ? lui demande Karine.

— Pourquoi je ferais ça ?

— Ben… quarante ans, quand même.

Dans l'œil soudain embué de Karine, on comprend que ses quarante ans à elle sont mal passés. Mano s'en aperçoit, lui sourit en grand.

— Hey, toi tu les fais même pas.

Sur la plage, une vache crème se promène, d'une non-chalance propre aux bovidés, accentuée par l'absolue liberté dont elles jouissent en Inde. Karine n'en revient pas, elle pousse des cris et mitraille l'animal avec son téléphone portable.

— Bien sûr que si, je les fais, mes quarante-six.

Avec deux gamins et un divorce en cinq ans, je te jure que j'ai pris cher.

Mano observe sa frangine. C'est vrai qu'elle a changé, et ça ne se joue pas que dans les rides ou les cheveux blancs mélangés au blond. C'est dans la posture, sa façon de parler, un quelque chose que Mano ne parvient pas à identifier mais qui la bouleverse. Karine a des cailloux dans la voix qu'elle n'avait pas avant. Un mouvement des épaules un peu las, même quand elle est joyeuse. Une épaisseur nouvelle, moelleuse et encombrante. Karine s'approche doucement de la vache qui marche, de l'eau jusqu'aux jarrets, en espérant faire un selfie. Elle recule d'un bond lorsque la vache tourne mollement sa tête impavide vers elle.

— Tu verras demain, elle crie à Mano, à quoi je ressemble dans un maillot de bain. C'est pas la joie.

Elle plisse ses lèvres d'une petite moue désespérée.

Mano se lève brusquement.

— Pourquoi demain?

L'eau lèche les pieds de leurs paillotes, elles ont déjà enlevé leurs chaussures, pourquoi pas le reste de leurs habits. L'air est bien assez chaud pour avoir envie de courir dans la mer. Mano ôte sa chemise, son pantalon en coton bleu. Elle s'engouffre dans la paillote pour y enfiler son maillot de bain. Sa sœur pousse un cri et se précipite pour être la première. C'est un retour immédiat en enfance – qui arrivera en premier à table, qui aura la première place à la douche, qui gagnera l'attention du père, un baiser de la mère. Elles se poussent pour sortir et courent sur la plage, provoquant de grandes gerbes autour d'elles, et se jettent en même temps dans l'eau tiède. Le corps de Karine a changé, mais celui de Mano aussi. Observer sa sœur le lui rappelle.

Mano regarde ses cuisses nues, brunes, dans son maillot de bain. Si ses mains trahissent son âge, chargées de bagues lourdes en argent massif, ses jambes de marcheuse n'ont rien à envier à certaines jeunes filles. Elle voudrait s'en foutre mais elle n'y arrive pas. Elle est heureuse de ses jambes dessinées, des ressorts musculeux, de sa peau lisse, de l'absence de craquements lorsque les genoux se plient. Des années maintenant qu'elle entretient ce véhicule, ses chairs, ses os, ses muscles, un grand tout qu'elle a mis du temps à aimer, à identifier. Au début, entre l'enfance et la fin de l'adolescence, elle aurait voulu devenir danseuse, aimer son corps avec l'évidence des grandes bringues souples qui passent leurs chevilles derrière leur tête. Malgré les preuves de sa puissance de séduction, les regards d'hommes sur son corps nerveux, la longueur de ses cheveux, rien ne semblait pouvoir lui donner, intérieurement, l'assurance dont elle rêvait. La faute aux frangines, toujours plus grandes, toujours plus belles, c'est ce qu'elle se disait parfois mais tu parles, c'était bien plutôt une histoire de génération, d'une époque qui ne laissait aucune place à la tranquillité. Vous étiez en permanent équilibre entre salope et coincée, vous étiez moche dans le regard de qui souhaitait vous rabaisser et ça marchait, le pire. Quand elle y pense, c'était tellement fou, comment elles ont tenu si longtemps, un mystère. À présent elle s'est réconciliée avec ce corps, et elle aimerait en parler avec Axelle, de ce temps qui passe parfois pour le mieux. Mais comment écrire ce genre de chose à celle qui passe sa vie en prison ?

Il y a longtemps qu'elle n'a pas ri comme ça. Il y a longtemps qu'elle n'a pas ressenti la légèreté. La vache les observe un moment puis elle continue sa route, suit la courbe de l'anse et se perd dans la mangrove, au-delà de la plage.

— Des nouvelles de papa ? demande Mano en émergeant, essoufflée.

— Il va bien.

Mano hausse les épaules, ça fait des remous autour d'elle, ses longs cheveux en corolle humide.

— Bien comment ?

— Bien comme papa.

— Pas très bien alors.

— Non, pas très.

Plus tard, à la terrasse d'un restaurant, Karine lui explique que leur père n'a pas voulu porter plainte contre son dernier employeur malgré ses toux implacables, son diagnostic sans appel. Mano se sent ceinturée d'impuissance, loin de tous, et pas très légitime pour mettre son grain de sel. Elle regarde l'horizon, il n'y a que la mer.

Pour la première fois en cinq ans d'exil, elle envisage un retour.

Rien n'est gagné

Je vais te dire un grand secret Je ne sais pas
Parler du temps qui te ressemble
Je ne sais pas parler de toi je fais semblant
Comme ceux très longtemps sur le quai d'une gare
Qui agitent la main après que les trains sont partis
Et le poignet s'éteint du poids nouveau des larmes

Heureusement, il y a Aragon et la bibliothèque. Enfin, heureusement n'est peut-être pas le meilleur mot. Je choisis les livres les plus sombres, et la poésie. Justine, la bibliothécaire, tente de me refiler quelques nouveautés. Des romans lumineux, elle aime dire. Lumineux mon cul, les murs d'une prison ne laissent pas passer la lumière. C'est faux évidemment, la lumière, bon, tu la trouves partout, et sans virer mystique, c'est surtout toi qui la vois ou pas. Mais j'aime la contredire, Justine est une bonne oreille pour mes élans désespérés. Le départ de Véra m'a mis un coup, sa décision de ne plus venir aussi, même si je la comprends. Les échanges avec Justine parviennent, certains jours, à apaiser mes tristesses. Ils sont nourrissants et, même si je connais les limites d'une relation entre une détenue et une employée de la pénitentiaire, j'y prends un vrai plaisir et je sais qu'elle aussi. Rien à voir avec les matonnes, ni avec mes camarades de longue peine. Après des années entre les murs, j'ai gagné le droit de dire qu'il y a un paquet de connes ici, tant du côté des surveillantes que des détenues. Certainement qu'elles n'ont pas eu la possibilité de, l'occasion de, la chance de, ouais, je sais. À cette période de ma vie et de mon incarcération, je ne suis plus en capacité d'être compréhensive, ni même politique. J'en ai marre, et le temps passe toujours pareil, trop vite et trop lentement à la fois. C'est à se pendre. Le désespoir a tordu le cou de ma colère, je traîne ma défaite. Respirer n'est plus si naturel.

Je lis à cette époque quelques romans indiens, de la poésie aussi, bien sûr, mais très peu de poètes indiens sont traduits en français. Tagore est le seul que je trouve à la bibliothèque. En le lisant je pense à toi.

J'étais là, sommeillant sur mon lit de paresse et je m'imaginais que tout ouvrage avait cessé. Je m'éveillai dans le matin et trouvai mon jardin plein de merveilles et de fleurs.

Pour un temps, je colle l'image du jardin de Tagore aux entrelacs d'ipomées qui ont réussi à ignorer les lames et s'enroulent autour des concertinas, en face de ma cellule. Il faut dire que c'est un bel exploit. En revanche, pour le lit de paresse, on repassera.

Lorsque je partage de mes pensées une infime partie avec Justine, elle a dans le regard cette évidence de la compréhension, cette mélancolie d'être celle qui quitte les lieux après le travail.

Mais, au final et bizarrement, c'est toi, la seule à pouvoir comprendre. Je n'ai jamais cessé de penser que toi aussi, tu as perdu ta liberté en même temps que moi. Peut-être que ça me rassure de penser ainsi.

Les Indiens m'ennuient vite, je reviens vers Aragon. Il me parle de toi.

Je vais te dire un grand secret J'ai peur de toi
Peur de ce qui t'accompagne au soir vers les fenêtres
Des gestes que tu fais des mots qu'on ne dit pas
J'ai peur du temps rapide et lent j'ai peur de toi

Au fond, Mano, tu me permets de tenir, année après année. Tu t'assieds près de moi, en cellule, au bout du lit. Bien sûr, il y a d'autres personnes au bout de mon lit, des vivants et des morts. La petite fille sans père, le mien, Nacer, mon grand-père. Jicé quelquefois, qui n'est pas au bout du lit mais se cache dans son dessin, toujours accroché dans ma cellule. Le papier a jauni, le trait s'est éclairci, mais mon regard se pose sur lui chaque matin. Évidemment, j'ai besoin de comprendre, et je retourne devant le Crédit Municipal régulièrement, mais je ne peux me résoudre à t'accuser de quoi que ce soit. Tu m'es trop précieuse malgré mes doutes. Tu es mon horizon, ma chute, mon oreille absente, mon fantôme.

Un jour – oui, c'est ce jour-là qu'en plus de me briser, je me dissous –, un jour de gris, humide et difficile à aimer, je me prépare à aller à la bibliothèque, lorsque la surveillante refuse de m'y accompagner.

— T'y vas trop souvent.

Saisie par cet argument merdique, je laisse l'incompréhension envahir mon visage, comme lorsqu'on entend une énorme connerie et qu'on oscille entre rire et colère.

— Je suis auxi-biblio.

— Je m'en fous. Elle a pas besoin de toi, et de toute façon vous avez pas besoin de livres, cette bibliothèque, c'est n'importe quoi.

Au moins, les choses sont claires, la bêtise étalée généreusement sous mes yeux ébahis.

— C'est mon travail.

— T'as pas de travail, t'es en taule ! Tu fais juste ce qu'on te dit de faire, c'est clair ? Et la bibliothèque, ça te rend trop heureuse. T'es pas là pour être heureuse.

Puis, dans un rictus haineux, elle ajoute :

— Tueuse de flic.

Depuis tant d'années passées ici, et trois depuis la mort de mon père, la raison de m'y trouver s'est étiolée, bizarrement. Pas pour moi, qui n'ai jamais cessé de le savoir et d'y penser, mais pour l'entourage, qu'il s'agisse des camarades de cellule ou des gardiennes. Meurtre suffisait. La raison légale, l'explication du nombre d'années à passer ici. *Meurtre*. Il va sans dire qu'entre elles, les arrivantes se débrouillent toujours pour connaître les détails, mais personne, depuis de longues années, ne m'a jeté ce grief à la tête. J'en reste presque amusée sans deviner que l'insulte annonce le début d'une période très difficile. Un seul être veut vous détruire et s'il s'y prend bien, il est capable d'y parvenir. L'époque n'est plus à la remise en question des forces de l'ordre, bien au contraire. Ils sont les nouveaux héros, parce que certains d'entre eux ont eu le courage fou d'intervenir au Bataclan, et parce que, tout simplement, les gens ont peur. Bon nombre sont prêts à sacrifier la liberté pour la sécurité, je brasse un poncif, je le sais bien. Ces dernières années, nous avons vu débarquer en prison un tas de petites greluches qui auraient dealé quinze ans auparavant et qui se démarquent aujourd'hui par la lutte religieuse. Je suis en train de vieillir, c'est évident. Parce que je ne supporte absolument pas que les choses aient pu tourner de cette façon, même si je comprends très bien pourquoi. Quel est ce monde dans lequel les seules personnes avec qui parler de colonialisme, de racisme ou d'hégémonie impérialiste prient un dieu vengeur et collaborent avec des connards barbus ?

Te savoir loin de la France, toutes ces années, me fait un drôle d'effet parce que ça nous rapproche. Toi aussi, tu loupes le coche, tu loupes l'histoire de notre pays, celui qu'on aurait voulu voir changer, celui qui nous a vues naître. Toi en exil, moi en prison, on a l'air malignes. On loupe les Nuits debout dans toutes les villes de France, les nuits de réflexion et d'intelligence collective. On loupe #MeToo et ce déferlement de paroles, enfin, qui va changer l'avenir des filles. On loupe les nouveaux pouvoirs donnés à la police, les blancs-seings pour casser du militant, des Gilets jaunes aux écologistes. On loupe ce changement de paradigme, dans lequel sauver la terre prime désormais sur tout le reste, et j'ai comme l'impression que c'est pas gagné.

Trois fois, la gardienne m'empêche de descendre à la bibliothèque. Je commence à renâcler. Au début, je joue l'indifférence pour ne pas lui faire trop plaisir, mais au bout d'un moment c'est difficile. Je n'ai pas grand-chose à quoi m'accrocher, sauf peut-être le nombre d'années à faire encore, moins important que celui des années déjà passées en taule. Mais même ça, qui pourrait légitimement me combler, m'angoisse. Je finis par insister. J'en ai marre de rester en cellule sans rien faire, je ne vais pas bien et Justine me manque, nos échanges, nos discussions littéraires. Et puis, surtout, c'est injuste. Et je n'en peux plus des injustices en prison.

— Vous les terros, vous vous croyez plus à plaindre que tout le monde, me sort l'autre conne, le nez plissé de dégoût.

Terros. L'association faite avec les voilées me met un sacré coup. Même si ça vient d'une gardienne pas futée, c'est quand même là, gluant, puant.

— Écoute, je sais pas exactement pourquoi tu m'en veux comme ça. Tu veux qu'on en parle ?

C'est vrai que je me fous un peu de sa gueule avec ma question en forme d'ouverture psy à la con, mais je ne m'attendais pas à ce que tout son visage se mette à brûler de haine.

— Mon père est flic, connasse.

— Le mien aussi, et alors ?

Je pense qu'elle ne le savait pas, ses yeux s'écarquillent et les plis de sa bouche descendent bas, très bas, jusqu'à son menton.

— Les comme toi, faudrait les buter. Celles qui tuent les flics, ceux qui violent des gosses. Je comprends pas pourquoi on vous garde au chaud.

— T'as raison, viens passer dix-huit ans au chaud

ici, avec les blattes, la chaleur, le froid, les portes fermées et des barreaux aux fenêtres.

— Ta gueule.

Il y a ce moment où j'ai beau savoir que *ça va mal tourner* pour moi, je m'en tape. Parce que c'est trop long de toute façon, et que l'humiliation ne peut pas durer une vie entière. Un moment où l'arbitraire te transforme en furie, alors que je me pensais trop triste pour la colère. J'en rajoute encore, la voix de plus en plus voilée par la rage :

— Viens passer dix-huit ans ici, tu vas voir l'horizon des possibles, pauvre conne.

Le premier coup de matraque me touche à la tempe. La deuxième gardienne, restée en retrait sur la coursive, s'approche. J'entends la première lui expliquer que je l'ai provoquée, que je me crois supérieure et viens de l'insulter, elle ajoute qu'il est temps de me remettre à ma place. L'autre acquiesce. J'ai embrassé le sol et tente de me relever, la tête bourdonnante, une douleur aux cervicales, pleine de pulsations pénibles. J'ai vieilli sans prendre un gramme, toujours ce physique d'adolescente mal nourrie, heureusement que les nerfs et les muscles compensent un peu l'absence d'envergure. Face à une matraque et à la haine d'une surveillante, je ne fais pas le poids. Mais là, il y a l'épuisement, le ras-le-bol, la bêtise de cette femme, ses menaces. Au moment où elle prend son élan, le bras tiré vers l'arrière pour me cogner à nouveau, je saisis la chaise et la jette sur elle de toutes mes forces. Un des pieds vient taper son œil et la renverse violemment. Elle tombe en arrière et beugle plus fort qu'une détenue traînée par les cheveux à l'isolement. Après, ça va très vite. Deux gardiennes arrivent au milieu des hurlements de l'autre salope. Elles me frappent, me plaquent au sol, me tirent à plusieurs le long des couloirs de la prison. Assez vite, je comprends qu'elles me descendent à l'isolement, matraque dans les côtes. Et le cyclope gueule encore dans ma tête :

— Tu vas crever ici, tu m'entends ?

Je reste deux semaines en isolement. Deux semaines, c'est long. Une toux dégueulasse m'attrape et ne me lâche plus, des quintes me secouent jusqu'à me laisser exsangue, le souffle si court que je pense ne jamais respirer à nouveau normalement. J'apprends, par une surveillante, que ma période de sûreté sera donc validée : pas de sortie anticipée pour moi, quel que soit mon dossier. Mes années de bonne conduite, mes remises de peine automatiques, rien n'y fera. Face à ma douleur, elle me confie que la nouvelle surveillante a perdu plusieurs degrés à sa vue. De ça, je n'éprouve aucun remords. Mais d'autre part, le terrorisme ayant frappé le territoire, toute violence idéologique, quelle que soit l'idée défendue, va être encore plus sévèrement punie. J'ai tenu si longtemps en laisse ma colère, ma tristesse, mon impuissance, qu'elles se déchaînent ce jour-là. Je ressors d'isolement dans un état lamentable, physique et moral. J'ai même réussi à me démettre une épaule rien qu'en me jetant contre le mur à plusieurs reprises. Où es-tu, Mano ?

Les quelques années qu'il me reste à faire vont compter triple, alors je cesse de compter et pire, je cesse de lire. Mes cheveux redevenus blancs, mon corps blessé par le passage à tabac et par ma propre violence, je me transforme, deviens vieille. Ma jambe gauche me fait défaut et reste raide, ce qui m'oblige à adopter une drôle de démarche, et je m'essouffle vite. Mais les changements ne sont pas seulement physiques. Je n'y arrive plus, tout simplement. Je tente, voudrais m'acharner, j'ai toujours tenu avec l'idée que la vie est volonté, énergie vive, caprice, parfois même mauvaise conseillère. Mais rien. Que dalle. Je tente et puis plus. Plus envie, plus rien. Écoute ça, mon amour : il y a ce moment où je veux crever sans avoir le talent de ma propre mise à mort. C'est un déclin sans or, sans panache, c'est le début de l'œil vitreux et du corps qui lâche.

Cette même année, un nouveau système est instauré pour éviter les suicides. C'est loin d'être infaillible mais ça a, dans certains cas, prouvé son efficacité, et puis surtout c'est un système de solidarité qui compte sur les ressources internes. Une détenue par étage est chargée de surveiller avec bienveillance les nouvelles arrivées, les détenues fragiles, les anciennes qui plongent après trop d'années. Une codétenue de soutien, ils appellent ça. Qui se réfère au chef de poste, bref, qui collabore des deux côtés, le cul entre deux chaises, plutôt crever en ce qui me concerne. Mais je dois bien avouer que Colette m'évite sans doute de me foutre en l'air, à force de venir me secouer dès que je ferme les yeux. Heureusement qu'elle me laisse tranquille la nuit. Mais la nuit, ce sont les surveillantes qui prennent le relais. Signalée comme dépressive, j'ai droit au passage des fliquettes toutes les deux heures, un enfer. Attendu qu'en pleine nuit elles n'ont pas le droit d'ouvrir les cellules, elles gueulent depuis la porte en tambourinant dessus avec le poing jusqu'à ce que je bouge un bras, une jambe. Juste signifier que je ne suis pas morte. C'est tout ce qui les inquiète vraiment, que je calanche durant l'une de leurs gardes.

La souffrance réduit considérablement le monde. Autour de moi, tout s'étrécit, les murs se rapprochent, tout devient inconsistant, sans relief. Je perds en générosité, coupe les liens avec les autres détenues. La lumière, les ombres grises, les orangés, plus rien ne compte. La lente avancée des fleurs d'ipomée sur les barbelés, pas plus. Je passe mon temps sur mon lit, en boule. Je me lave de moins en moins souvent, mange peu. Je tousse beaucoup à cause de cette faiblesse de poitrine, ça m'oblige parfois à reprendre ma respiration comme si j'avais couru. Au bout d'un moment, elles parlent de me renvoyer à mon boulot d'auxi-bibliothécaire mais c'est trop tard, je n'ai plus envie de rien, pas plus de classer des nouveaux bouquins que de les lire, ni de parler avec Justine ou conseiller une lecture à qui que ce soit. Hormis relire les poètes que je connais déjà par cœur, je n'ai le désir de rien et tout le monde m'indiffère. Parfois, dans un halo d'irréalité pathétique, je te visualise avec un sac à dos dans des décors bollywoodiens. C'est fugace, triste, j'ai l'impression que tu n'existes plus. Tu ne m'écris plus, ou alors on ne me donne plus tes lettres, je ne sais pas. Même ça me devient indifférent. Et, au milieu de mon marasme, la voix de fumeuse de Colette, enrouée et douce à la fois, me ramène parmi les vivants, même lorsque je ne le souhaite pas.

Si tu veux savoir, je tente deux fois. Sans originalité, j'accumule les cachets qu'on me fournit sans barguigner et j'avale le tout d'une seule prise. C'est un échec mais pas complètement, puisque je dors plus profondément et plus longtemps que d'habitude. Après, je vomis tout. La deuxième fois, j'arrête de manger. Je ne dis pas une grève de la faim, je n'ai d'autre revendication que celle de mourir. Ou plus exactement de ne plus être obligée de faire l'effort de vivre. Mais je ne tiens pas, c'est extrêmement difficile de se voir fondre jusqu'à l'état de maigreur létale. Je cesse de moi-même, avant que qui que ce soit ne s'en préoccupe.

La défaite absolue dure des mois, puis des années. Je perds la notion du temps, c'est toujours ce qu'il se passe en pareil cas, il paraît. Il me faudra remonter des abysses pour envisager la sortie. Parce qu'au bout d'un moment, elle va bien finir par s'afficher, cette date de sortie, mes premiers pas hors les murs. Te revoir, te revoir. Je tiens avec ça.

Heureusement, quand je ne dors pas, il y a encore Aragon.

Je vais te dire un grand secret Ferme les portes
Il est plus facile de mourir que d'aimer
C'est pourquoi je me donne le mal de vivre
Mon amour

Deux océans

La fille de Bhavani accuse ses quinze ans et Mano ne peut plus voir en peinture ses simagrées en sari rose et la façon dont elle fait la gueule toute la journée. Elle met une ambiance dégueulasse dans la guesthouse et Mano n'a rien le droit de lui dire. Alors elle fait son sac et annonce qu'elle reviendra l'été prochain. Si Bhavani prend mal son départ, elle n'en montre rien, elle a toujours encouragé Mano à découvrir d'autres coins du pays. Pas d'avion cette fois-ci. Pas de voiture de location non plus, ni de frangine. En retrouvailles avec ses premiers mois ici, Mano marche et prend le train.

Ce que Mano ignore, alors que le paysage défile derrière les barreaux du train et qu'elle reçoit le vent de la vitesse en plein visage, c'est ce qu'elle va vivre durant ces quelques jours. La banquette en cuir bleu électrique tressaute sous ses fesses, les panneaux jaunes aux lettres de sanskrit élégantes passent trop vite pour qu'elle puisse tenter de les déchiffrer.

Rameshwaram est collée à la mer comme Bénarès est collée au Gange. Les pèlerins se baignent et prient tous habillés d'orange à longueur de journée. Ceux qui ne sont pas dans l'eau salée jusqu'à la taille traversent le temple de part en part, puits après puits, tirent des bassines d'eau et s'en aspergent en riant.

Mano a laissé ses affaires dans une piaule en hauteur, une cabane sur un toit qui donne directement sur les haut-parleurs d'un publicitaire pour mariages. Musique festive et annonces promotionnelles ont piétiné son sommeil avant même le lever du jour. Elle a bu un café à la buvette, de ces buvettes ouvertes sur la rue qui proposent deux bancs très bas en bois ou en parpaings. On y boit le café cuit à la casserole, amer et granuleux, en observant la rue s'agiter.

Depuis la virée à Goa avec sa sœur, Mano tergiverse. Elle a mis le doigt sur un mot, l'exil. Depuis, parce que la langue peut ouvrir un monde, le mot résonne en elle et rebat les cartes. Exilée. Dans l'exil il y a la fuite, mais pas seulement. Elle s'est coupée volontairement de son monde, elle sait pourquoi, se demande juste si ça va avoir une fin, et surtout quand. Elle s'approche de la date butoir.

En choisissant de traverser le temple, Mano sait qu'elle va y passer plusieurs heures ; il est immense, semble conçu pour des géants. Preuve en est, un éléphant s'y promène, guidé par son cornac. La lumière est saisissante, régulière et dorée, elle frappe le mur opposé aux piliers, comme dans un cloître aux dimensions d'un conte. Au détour d'une allée intérieure, Hanuman, le dieu singe, se dresse face aux visiteurs. Plus loin, c'est Shiva aux bras multiples, puis Ganesh, son préféré. Mano ne lâche pas l'éléphant des yeux – le vrai, pas le dieu bleu. Elle le suit au travers des galeries du temple, fixant sa marche sur son pas tranquille et lourd. Au cœur du temple, il y a des puits, une dizaine en tout, et les pèlerins vont de l'un à l'autre en un parcours religieux et festif, se vidant des seaux d'eau sur le corps à chaque étape. Les enfants hurlent de joie, pataugent et glissent, s'en amusent. Mano suit l'éléphant. Au bout d'un moment, le cornac se rend compte qu'elle les accompagne, lui et son éléphant. Alors il lui fait signe d'approcher, lui fait comprendre qu'il va lui montrer quelque chose d'intéressant, plus loin. Elle a compris, elle marche plus près du pachyderme, observe sa peau fripée et dure, les dessins peints sur son front qui descendent jusque sur sa trompe. Attentive à ne pas se faire marcher sur les pieds, elle pose ses pas bien à côté des pattes de la bête. Ils marchent tous les trois de concert pendant un bon moment, et Mano a l'impression de flotter. Et puis, dans un renfoncement du temple, il y a une porte, et c'est derrière cette porte que le cornac veut l'entraîner. Avec ses moustaches en guidon de vélo, il a l'air sympathique, mais ça ne suffit pas à la tranquilliser tout à fait. Il lui sourit, lui fait comprendre qu'elle peut y aller seule, qu'il reste avec son éléphant. Il fait de grands gestes d'invite, lui sourit de toutes ses dents. *Look, look*, il répète, *elephant, elephant*. Puis, et c'est alors qu'elle comprend, *Look, baby elephant*.

L'éléphanteau tangue en amble, à droite, à gauche, à droite, à gauche, les oreilles battantes, la trompe en balancier. Sa patte arrière gauche est enferrée, prisonnière jusqu'à la blessure. Ce n'est pas un tout petit animal, il a déjà atteint une taille d'homme au garrot, mais il a encore le crâne velu des jeunes éléphants. Il se balance de plus en plus fort, comme en transe. Sa trompe tape le sol à chaque passage d'un côté ou de l'autre. Ses petits yeux en raisins secs roulent et s'affolent, tandis que sa patte se raidit de plus en plus sous la pression de la chaîne. Mano avale difficilement sa salive, fait demi-tour et s'enfuit.

L'air salin la répare un peu. À deux pas du temple, elle loue un vélo pour la journée et part sur le chemin de Danushkodi, le bout du bout. En face, après, il y a le Sri Lanka. Il paraît qu'il a été bousillé par les tsunamis successifs qui ont balayé ses côtes.

Plus elle avance, plus Mano sent un bouillonnement en elle, quelque chose de douloureux et de libérateur en même temps. Une pointe d'inquiétude aussi, comme si ce vers quoi elle se dirige représentait un grand danger. Ou alors c'est l'image du jeune éléphant enchaîné qui la harcèle.

Elle épuise son corps en pédalant, concentrée sur sa respiration et le mouvement de ses mollets. La route est incroyable, encadrée par des pans d'océan puis des morceaux de forêt. Elle roule une heure avant de poser pied à terre, traverse Danushkodi en marchant à côté de son vélo, jambes tremblantes. C'est une ville fantôme prise par les eaux quand la mer monte. Mano en traverse les ruines, hagarde. Les roues du vélo butent dans le sable, elle le laisse contre un mur à demi effondré, continue à pied, les yeux plissés sous le vent marin. Elle marche, aveuglée, la poitrine gonflée par une émotion indicible, pénible.

La carcasse du bateau sort du sable, agressive comme une mâchoire. De part et d'autre du squelette en bois s'avancent les deux océans. La mer d'Oman, brune et agitée, contre l'océan Indien bleu roi aux vaguelettes d'embruns ivoire. C'est un spectacle qui pourrait rendre fou un plus fragile. Elle se tient debout sur la langue de sable, longtemps, secouée par les vents qui s'affrontent et sifflent à ses oreilles. Désormais, elle sait qu'il faut rentrer en France. Rien qu'une rencontre avec une ville, une toute petite ville, un éléphant qui danse en captivité dans les couloirs en pierre d'un temple immense et cette balade au bout du monde sur ce vélo rouillé loué pour quelques roupies. Une solitude absolue, la conscience de ce qui a été et ne sera plus. Une ville fantôme, deux océans. Parfois, il suffit d'un infime mouvement pour déclencher un bouleversement. La beauté peut faire ça.

Retour à la caravane

Ses yeux brillent lorsqu'elle repense à Rameshwaram et au village fantôme de Danushkodi. En France, Mano n'a repris contact avec personne ou alors par inadvertance. Quand elle est rentrée, ses repères politiques avaient basculé, elle avait perdu le fil en cours de vie. À cause d'une partie d'elle restée avec Axelle, dans un temps figé, les aiguilles de l'horloge arrêtées pour mieux entendre tomber la neige. Mais l'Inde, surtout, lui a permis de stopper le temps. Est-ce qu'il aurait mieux valu se battre ? Mais faire sécession, c'est encore du combat, pas vrai ? Les fils rouges tiennent ses poignets et accompagnent ses gestes. Elle s'est accrochée à ça, les gestes. Cette réalité-là, ce concret d'elle-même. Il n'y en a pas d'autre, au fond. Mano attend, ressasse. Elle attend de voir surgir Axelle, elle attend la rédemption, l'exutoire, les explications douloureuses. Mais aussi et surtout, elle attend l'amour de sa vie. Elle retourne son téléphone portable, il est humide de ses doigts anxieux. Autour d'elle, la campagne est sereine. Elle s'est assise sur les marches d'entrée de la caravane, se dévore l'ongle du pouce. Et puis le désir fou de revoir Axelle rend tout le reste sans importance.

Elle se souvient de son retour. C'était tellement insolite après ses dix années indiennes. Le silence des villes l'a saisie tout d'abord. Rien ne peut rivaliser avec le volume sonore de Delhi, où elle a passé quelques jours en attendant son avion

Très vite, elle a su que Charly s'était marié. Elle n'a pas voulu le revoir, ni en savoir plus. Malgré ça, quelqu'un lui a dit qu'il avait eu un enfant. De leurs amis communs, elle n'a revu personne, et sans regrets. De ses anciens camarades, quelques-uns, oui. Ben, entre autres, lui a raconté avoir vu Axelle à l'enterrement de son père. Ils ont bu quelques bières dans un café de leur petite ville. Il la mangeait des yeux, comme lorsqu'elle servait des bières derrière le comptoir. Elle ne comptait pas rester.

Aller sur la tombe de Jicé, ce n'était pas facile mais nécessaire. Comme pour se convaincre qu'elle était bien seule à présent. Le cimetière, paisible, était vide. Fin de journée, presque la nuit, et pourtant la grille était ouverte. Elle a marché lentement dans les allées, le gravier croustillant sous ses pas, jusqu'à la tombe en marbre blanc, au lettrage doré, le prénom composé, complet, creusé dans la pierre. Elle a compté l'espace entre les dates, même si elle en connaissait déjà l'amplitude. Mille neuf cent soixante-quinze à mille neuf cent quatre-vingt-dix-huit. Vingt-trois ans. Il y avait des fleurs fraîches entre les roses de cimetière en céramique. En pensant à la mère de Jicé, elle a savouré le fait de ne pas avoir d'enfants, ni avec Charly ni avec personne.

Au début, même manger c'était compliqué. Elle s'était habituée au riz et aux bananes frites, aux galettes de pâte épaisse, aux explosions d'épices. Elle avait pu manger de la viande, de temps en temps, du poulet tandoori rouge. Dans le Sud, les plats sont moins végétariens et moins complexes qu'au Rajasthan par exemple, mais ils sont radicalement différents des plats français. Après dix ans, il a fallu se réhabituer aux goûts plus sobres, et oublier les couleurs vives.

Quoique, côté couleurs, lorsqu'elle est arrivée en France, les Gilets jaunes déferlaient sur Paris. Matraquages de la police, yeux crevés, mains arrachées, massacre en règle. Elle n'a pas eu le temps de prendre part à quoi que ce soit, elle a rejoint le village dont Ben lui a parlé, un village d'inadaptés qui sauraient l'accueillir, un lieu d'autonomie où personne ne l'emmerderait. C'était facile de vivre là-bas, si on n'avait pas le goût du luxe et qu'on savait rendre service. Il y avait une ferme en permaculture, elle pouvait apprendre. Ben était trop citadin pour y rester plus d'une semaine mais il les connaissait bien, sûr qu'ils lui trouveraient quelque chose. Elle a envoyé un long mail à Bhavani pour lui raconter, sobrement, son arrivée en France.

Plus tard, elle est passée voir ses parents. Elle n'est pas restée longtemps, son étrangeté les déstabilise, elle ne leur veut pas de mal.

Depuis, elle a l'impression de n'avoir fait qu'attendre la libération d'Axelle. Elle ne savait pas qu'elle était sortie, ne connaissait pas la date exacte. Il lui semble qu'il restait encore du temps de prison.

Aujourd'hui, alors qu'elles vont enfin se retrouver,

le premier réflexe de Mano a pourtant été de fuir. Elle passe une main dans ses cheveux, les rassemble d'un côté, entortillés. Assise sur les marches qui montent de la terrasse à la caravane, elle regarde ses mains et les trouve vieilles, les veines un peu trop saillantes, un autre qu'elle ne le verrait même pas mais elle oui, oh oui. Les constellations, sur leur dos et aux poignets, sont plus proches des taches que des grains. Elle laisse pendre sa tête entre ses genoux, pousse un gémissement. Ses mains viennent se poser sur sa nuque, coudes écartés. Derrière elle, son sac gît, ouvert, dans l'entrée. Évidemment qu'elle ne va pas s'enfuir. Elle a bien trop envie de revoir Axelle pour s'enfuir. Et puis, pourquoi fuir ? Fuir quoi, fuir qui. Soudain, elle pense à Axelle lorsqu'elle posait sa main sur sa nuque en cherchant son regard, attirait son visage vers le sien pour l'embrasser à pleine bouche. Elles étaient douces et moites, amoureuses. Un carré de lumière blonde les saisissait au lit, enroulées dans les draps, vibrantes. Le téléphone glisse entre ses doigts, il s'illumine d'un nouveau message de John.

Elle arrive.

Pêches

Lorsque ma libération approche, je commence par avoir peur. Je connais les étapes, j'en ai parlé avec la psy qui rôde vers nos cellules à chaque fois que l'une d'entre nous va bientôt plier bagage ou remonte d'isolement. La peur d'abord, puis la projection, deux-trois choses qui brillent dehors et la volonté de passer la porte parce qu'on nous attend de l'autre côté. Je n'ai plus rien à faire ici. Je ne sais pas encore si je serai capable de vivre mais je ne veux pas rester plus longtemps malgré la peur. Alors le décompte commence. Et penser que peut-être, tu m'attends dehors. J'ai appris que tu avais quitté l'Inde par une lettre de Ben.

Ah, te revoir. Ton visage qui s'animait, creusait des fossettes dans la peau de tes joues lorsque je disais Viens, on danse. Ta voix, le timbre envahi par la fumée, le débit un peu lent, rêveur, comme si tu découvrais tes propres mots par résonance. Le jour de ma sortie, je ne pense qu'à toi, tout en sachant parfaitement que je ne te verrai pas tout de suite.

C'est ma mère qui vient me chercher, mon grand-père est désormais trop vieux pour prendre la voiture, sa vue a baissé, il tremble et marche avec difficulté. Il est si vieux qu'il ressemble à un pruneau. Je voudrais qu'il soit immortel.

Nous sommes en juin, mois des sorties d'école, des examens réussis, des départs en vacances. Le début de l'été, pollen et odeurs de sueur, de fruits, montées de sève. Je n'ai prévenu que ma mère et mon grand-père. Pas de journaliste sur le parking de la taule, ma libération n'a pas été ébruitée, peut-être m'a-t-on enfin oubliée ? Tout mon corps se détend. Je tousse, reconnais ma mère au volant de la Twingo. Elle n'est pas descendue de la voiture, je repère son visage de cire, lèvres pincées, derrière les reflets du pare-brise. Elle est venue, quand même. Je suis remuée, incapable de savoir pourquoi elle est venue, quelles sont ses motivations exactes. Je monte côté passager et elle démarre tout de suite. Nous n'avons pas encore parlé. Alors que la voiture prend de la vitesse, j'ouvre la fenêtre, sors la tête et hurle jusqu'à perdre le souffle, un mélange de rage, de joie, d'euphorie terrifiée. Je m'en étouffe, ma toux caverneuse coupe mon élan. Je rentre la tête dans l'habitacle comme une tortue.

— Il faudra prendre rendez-vous chez le médecin.

Ma mère parle enfin, et c'est pour se préoccuper de moi.

— J'en ai vu un à l'intérieur.

— Et ?

— Et rien. Il m'a à peine examinée. Il m'a dit d'arrêter de fumer.

— Il a raison.

Je lève les yeux au ciel. Vingt-cinq ans de taule et l'urgence est d'arrêter de fumer. Un rire fou me secoue par vagues. Puis je m'endors. Écroulée sur le siège passager, bercée par les mouvements de la voiture, je pique du nez et bascule dans un sommeil sans rêves.

Quand j'ouvre les yeux, nous avons quitté l'autoroute et roulons sur une route de campagne. Je reste bouleversée par les couleurs. Juin, les coquelicots rougissent les champs, je les dévore des yeux. Avant, je me foutais des fleurs. Et puis je vois le baraquement sur le bas-côté, avec une grande ardoise et les prix affichés.

— Arrête-toi !

La voiture fait une embardée, ma mère freine et les pneus crissent sur le gravier quand elle vient se garer près du marchand de fruits. Melons, pêches, cerises, fraises. La salive envahit ma bouche, que j'avale comme de l'eau. J'ai du mal à parler. Ma mère prend les choses en main, choisissant pour moi une poignée de burlats noires qu'elle fourre dans un sac en papier et tend au primeur. Je finis par m'approcher, pose la main sur un plateau de pêches, en caresse une du bout des doigts, la sors de son alvéole en papier.

— Tu veux aussi des pêches ? me demande ma mère, sans réaliser dans quel état je suis.

Elle tend la main pour saisir le fruit que j'ai choisi et, sans doute, pour l'associer à d'autres et les payer, mais son geste est une attaque et je mords dans le fruit, vite, le dévore avant qu'elle tente de le récupérer à nouveau. Le jus coule sur mon menton, le sucre inonde ma bouche, je dois avoir des yeux de folle à voir la tête du vendeur et celle de ma mère. Vingt-cinq ans sans un fruit sauf une pomme de temps en temps et on verra vos gueules, hein, je leur dis à l'intérieur. Mes sourcils froncés, j'écrase les morceaux de pêche contre mon palais. Elle fond. Je la termine en quatre bouchées puis je suce le noyau. Ma mère s'en rend compte et tend la main pour le récupérer, elle chuchote :

— Tu vas pouvoir en manger d'autres.

Comme je ne réagis pas, l'œil aux aguets, mâchouillant le noyau avec conviction, elle prend un ton suppliant :

— Je te promets, Axelle.

Je crache doucement le noyau dans sa main ; elle le jette au loin, dans un champ. Je sens qu'elle évite le regard du vendeur, je sens qu'elle a honte. C'est pas la première fois, je m'en fous. Moi, je pense soudain à la région où tu vis, pas loin d'ici, à cette campagne que Ben m'a décrite, celle où j'irai te voir bientôt. De te savoir si proche, en temps et en géographie, j'en reste interdite, la bouche encore sucrée, les lèvres collantes. C'est entre nous, un fil qui caresse sans serrer. J'ai toujours voulu t'impressionner, tu sais. Dès le premier jour, face à ta maturité parfaite, ton défaitisme résolu, j'ai voulu briller. Quand ton sourire venait ponctuer mes saillies, je me disais que j'avais gagné, un peu. Nous n'avions pas les mêmes armes. Pour toi nous étions des vaincus, et tu en tirais la force de vivre malgré les vainqueurs, un pied de nez aux puissants ; la mienne était de nous vouloir vainqueurs, un jour ou l'autre. Maintenant que je suis là, si près de te revoir, je m'accorde le temps de manger des fruits, le visage en pleine lumière. Vingt-cinq ans. Tu n'as pas idée. Ma mère paie les fruits, sort une pêche du sachet et me la tend.

Je vais te dire un grand secret J'ai peur de toi.

De grands enfants

Certains d'entre nous étaient encore des enfants à la chute du mur de Berlin. De grands enfants qui prenaient tout juste conscience que l'Histoire n'existait pas que dans les livres. De la guerre froide, nous ne connaissions que les grandes lignes, un film d'espionnage entre Russes et Américains, pas beaucoup plus. Nous sommes d'une génération qui n'a pas connu la guerre. Ou alors de loin, celle des autres, même quand la France leur vendait des armes.

Puis nous avons eu des colères – concrètes, idéologiques –, mais nous n'avons jamais eu peur des bombes, quelle chance. Nous n'avons jamais connu la fuite le long des routes, les descentes aux caves, la perte de proches déchiquetés par un missile. Nous nous sommes pensés en guerre, avec d'autres, contre l'impérialisme, les abus de pouvoir, les puissants, les flics, les CRS. Nous avons connu quelques guerriers tombés au combat, et même des innocents. Mais nous pouvons les compter sur les doigts d'une seule main. Nous pouvons égrener leurs noms, ils ne s'empilent pas dans les rues d'une ville occupée, devenus anonymes, nombre. N'empêche, nous avions raison de nous battre. Il paraît que j'ai perdu voix au chapitre en tirant sur un homme. Peut-être même qu'à partir du moment où j'ai choisi l'illégalité, j'ai perdu mon droit au débat. Je n'ai pourtant pas perdu ma capacité à penser. Et même, j'ai eu du temps pour le faire. Et depuis nous, d'autres illégalités ont vu le jour, toutes légitimes, toutes réprimées.

Quand le mur de Berlin est tombé, je me souviens d'avoir regardé les images sur l'écran bombé qui venait de faire son entrée dans l'appartement familial. J'avais onze ans. La fin de la guerre froide mais pour en faire quoi, je m'étais posé la question, mes parents n'étaient pas en mesure de répondre. Mon père était heureux, puisque les communistes n'avaient pas vraiment le beau rôle dans cette affaire, et qu'il détestait les communistes. La chute du mur était donc une bonne nouvelle puisqu'elle entraînait avec elle l'avènement du néolibéralisme, victoire de la liberté. Il n'en était rien, et ce qui viendrait n'aurait pas exactement les couleurs escomptées. J'étais capable de deviner que la réunification ne poserait pas les bases d'un monde plus libre, mais j'étais bouleversée par ces images de liesse, les cris et les mouvements de foule. Mon père n'en revenait pas, il a monté le son et s'est tapé sur la cuisse, a engueulé ma mère qui faisait trop de bruit avec le mixeur, dans la cuisine. Porte de Brandebourg, des centaines de Berlinois rassemblés, les autorités débordées. Je n'avais pas conscience d'entrer dans une ère de désillusions et de reculs sociaux systématiques, j'imaginais tout de même être au début de quelque chose. À onze ans, forcément, comment prédire que la suite ne serait qu'une enfilade de déceptions, de lâchetés, comment deviner que la politique publique se viderait peu à peu de tout son sens, de toute son intelligence, pour devenir de la gestion d'entreprise ? Quand on s'est rencontrés, des années plus tard, on y croyait, à la possibilité d'agir. Encore suffisamment empreints des idéologies ouvrières, on était cortiqués pour la lutte à l'ancienne. On ne savait pas que la destruction de la planète avait déjà commencé.

Le regard happé par les images de Berlin-Est, mon père a posé une main sur mon épaule, et c'était comme un animal mort perché près de mon cou. J'avais onze ans. Étrangement, je me souviens exactement de cette sensation-là – avoir onze ans.

Diagnostic

— Vous toussez comme ça depuis longtemps ?

— Quelques années.

Le spécialiste grogne, affligé par ma négligence. Il étale devant lui les radios de mes poumons, les images de l'IRM. Son bureau est vite recouvert. Il se laisse tomber en arrière sur son siège à roulettes.

— Vous avez laissé la situation se détériorer, madame, à un point…

Il agite son bras, me laissant deviner à quel point j'ai laissé mon poumon s'atrophier.

— Pourquoi vous n'êtes pas venue me voir plus tôt ?

Entre agressivité et compassion, le médecin ne sait que choisir. J'hésite à inventer une histoire, un voyage en Inde, tiens, ça me traverse. Mais il faut qu'il sache, et puis le secret médical l'empêchera de se répandre.

— J'étais en prison.

Un petit éclat de rire lui échappe, puis il comprend que ce n'est pas une blague, sa bouche s'entrouvre.

— Pardon. Excusez-moi pour le rire, j'ai cru que…

Il est fort pour ne pas finir ses phrases.

— Que je plaisantais.

— Voilà.

Sa voix se fait plus douce, et surtout moins surplombante. Il m'observe avec plus d'attention tout en essayant de ne pas le montrer. Je sais qu'il se demande pourquoi j'ai été en prison, et qu'il cherchera mon nom sur Internet dès que j'aurai quitté son cabinet. Alors je profite de ces derniers instants où je ne suis pas encore une tueuse de flic.

— C'est grave ?

— Oui, je ne vais pas vous mentir. Voyez, ici…

Saisissant une radio, il me montre des taches que je vois à peine, m'explique qu'elles se sont multipliées depuis des années, secoue la tête, me demande pourquoi je n'en ai pas parlé avant, on est en France, j'aurais pu voir un médecin.

— J'ai vu un médecin.

Il reste quelques secondes silencieux, saisi par mes mots, semble se demander ce que signifie exactement cette information. Il renonce, mais pas tout à fait.

— Mais enfin, c'est impossible qu'il n'ait rien vu !

— Je n'ai pas fait de radio. Il a soigné ma toux.

Je rêve peut-être mais j'ai l'impression que tout s'affaisse en lui, et qu'il me rejoint soudain, à cet endroit où ce que j'ai fait il y a vingt-cinq ans n'importe plus, où il s'agit de me traiter humainement, ce que la pénitentiaire n'a pas fait, parce que c'est comme ça, il n'y a pas les moyens, il n'y a pas le désir, s'il faut grever un budget ce sera forcément celui de la prison avant celui de l'éducation et de l'armement. Mais dans son regard et son visage fermé, je devine ce qu'il pense, je n'ai pas à payer au-delà de ma peine.

— C'est trop tard ?

Dans son hésitation avant de me répondre, la sentence tombe. Même s'il tente d'adoucir les choses.

— Vous allez vous battre.

— Vous croyez?

Il soupire, me regarde fermement, longtemps.

— Vous pouvez vous battre, mais le traitement va être très lourd. J'ai peur que vous ayez du mal à le supporter, parce que vous êtes très affaiblie.

— Combien? Combien de temps il me reste?

— C'est impossible à dire, on a vu des rémissions miraculeuses, des situations stables se dégrader à toute vitesse. Il ne faut pas sous-estimer le mental, vous savez.

Je n'écoute plus. Il se lance dans des explications techniques et je bascule dans ma réalité parallèle, celle où tu es là, Mano, celle où je te retrouve enfin. Je me suis fait le film cent fois, c'est une berceuse d'un romantisme honteux, la partie tendre qui cède en moi, c'est mon secret.

Tu viens contre moi, hésitante, échevelée. Tu ne dis rien. Ta bouche rencontre la peau de mon cou et déclenche des décharges d'adrénaline dans tout mon corps. Tu recules soudain, tes mains entourent mes bras au niveau des coudes, une camisole de doigts. Tu serres un peu, penches la tête. Nos fronts se touchent. On dirait que tenir mes bras à distance de ton corps te donne la possibilité de choisir le rythme, de ne pas me laisser t'envahir trop vite, tout de suite. Ou d'engager un combat, une danse, la guerre. Un combat où perdre c'est gagner, une danse qui n'a pas d'âge. En parlant d'âge, je crois que tu as toujours moins de trente ans.

Je vais te dire, mon amoureuse loupée, ma vie à côté: tu m'inviteras chez toi et tu me serviras un de ces thés au goût étrange. Je n'en aimerai aucun. La Ricoré sur ma langue a tué tout autre possible, tes eaux chaudes me laisseront cette sensation d'être, pour toujours, une taularde. Je ferai semblant, pour t'aider, pour couvrir ton malaise.

Ta peau sera encore plus douce que dans mes rêves de prisonnière. Ton goût, celui d'une femme libre. Le mien aussi à présent, j'en ai la certitude. Nos armes sont désormais de chair et d'émois. Elles ont été de plomb parce que le son claqué d'un flingue sera toujours plus écouté que la plus délicate des tessitures. Je t'entends me souffler que d'autres ont su lutter bien mieux que nous. Nous n'avons pas réussi grand-chose, et deux d'entre nous sont morts. *Si c'était à refaire* n'est pas la bonne question. *Et maintenant* a beaucoup plus de sens.

— Et maintenant? je demande au toubib.

Malgré mes dents serrées, je suis toujours incapable de chialer.

— Maintenant, souffle le toubib en me tendant un Kleenex inutile, il va falloir être courageuse. Je suis sûr que vous l'êtes.

Maintenant

Derrière Mano, la campagne s'étire de terrasses en surgis de chênes blancs, les chants d'oiseaux déchirent le silence sans l'atteindre. Son cœur bat à toute allure.

La femme qui émerge entre deux bosquets marche doucement, avec la prudence de ceux qui savent pouvoir tomber. Elle est menue, porte le cheveu blanc argenté, une coupe courte. Mais ce n'est pas Axelle. Elle lève la tête, essoufflée par sa marche dans la colline, aperçoit Mano et tente un sourire qui ressemble à une grimace. Mano a entendu parler d'elle il y a longtemps mais ne l'a jamais rencontrée. En revanche, elle l'a aperçue chaque matin du procès, il y a vingt ans. La mère d'Axelle a vieilli mais elle ressemble à sa fille, c'est indéniable. Même gabarit de souris, même œil vif aux aguets, le cou long comme une tige. Mano se lève, fait quelques pas en direction de cette femme qu'elle s'étonne de voir sans comprendre immédiatement, énonce un fait qui pourrait être une question.

— Axelle n'est pas venue.

La petite femme secoue la tête, les yeux mouillés.

Alors Mano comprend, anticipe.

— Elle est morte, c'est ça ?

Ses mains saisissent ses propres coudes et malaxent.

Elle ne sait pas encore ce qu'elle ressent. La mère d'Axelle lui tend une grosse enveloppe brune, épaisse comme un petit livre.

— Je pense que c'est pour vous.

Mano tire un feuillet, reconnaît sa propre écriture.

— Mes lettres ?

— Pas seulement.

Les doigts hésitants, elle sort une autre feuille. L'écriture petite, serrée, difficile à déchiffrer, se déploie sous ses yeux. La mère d'Axelle hausse les épaules.

— Je n'ai rien lu mais elle voulait que ça vous revienne. J'ai mis un peu de temps à vous trouver.

— Quand est-ce que…

— Il y a six mois.

Les oiseaux, indifférents, chantent au-dessus d'elles. Une respiration rauque, grave, fait lever la tête de Mano. John se tient là, essoufflé et inquiet. Il l'interroge du regard, une chèvre à son côté qui a choisi de le suivre entre les chênes blonds et jusqu'à la clairière. Elle lui sourit.

— Je vous laisse, chuchote la mère d'Axelle.

— Mais vous êtes venue comment ?

— Jusqu'ici, à pied, mais ce n'est pas très loin du village. Ma voiture y est garée.

Mano ne trouve rien à dire. Plus tard, elle se demandera comment se sont passés les derniers moments de vie d'Axelle, mais elle ne pense pas à poser la question à sa mère. Celle-ci piétine un peu, sourit à John.

— Tiens, je vous ai aperçu au café.

Puis, comme personne ne lui répond, elle serre son sac contre elle et s'apprête à redescendre par le sentier des chèvres. Mano semble se réveiller, elle souhaite bonne route à la vieille femme, la remercie. La mère d'Axelle s'en va à petits pas et disparaît entre les arbres.

Demeurés seuls, John et Mano restent immobiles dans la clairière. Elle a l'impression d'avoir rêvé la scène, elle a du mal à avaler sa salive. Ses doigts serrent l'enveloppe jusqu'à les froisser, elle et son contenu.

— Tu veux que…, commence John.

Mais Mano le fait taire d'un geste.

— Je veux que tu t'en ailles, John.

Elle accompagne les mots durs d'un regard très doux.

— Viens prendre un thé demain matin. Ma caravane sera ouverte.

D'un pas lent, un peu somnambule, Mano marche jusqu'à l'avancée de bois, devant la caravane, s'assied sur les marches. Elle serre contre elle l'épaisseur de papier.

— Aujourd'hui, j'ai besoin d'être seule.

Dénuement

Charly est venu me voir. Pas ici, personne ne sait que je suis à l'hôpital. Charly est venu me voir en taule, à peu près un an avant ma sortie. Je sais qu'il nous a balancés, je sais pourquoi, et je sais que c'est toi l'imbécile qui lui as donné l'info sans savoir qu'il nous trahirait. Je ne t'en veux pas. Ce n'est pas une histoire de pardon ou je ne sais quoi, je n'ai rien à te pardonner, c'était idiot de lui en parler mais c'est si loin. Je sais que tu ne l'as pas fait pour qu'on tombe. Charly n'est pas exactement une ordure, mais je lui ai quand même dit le reste. Il allait être père, je crois qu'il avait besoin de mettre les compteurs à zéro. Je ne l'ai pas laissé partir serein, c'est ma vengeance. J'imagine à quel point ça a dû être terrible pour toi, de découvrir que c'était lui, l'enfoiré. Il m'a raconté le glacier, ta fuite. Moi, ça m'a soulagée. Depuis l'enterrement de mon père, ça tourne dans ma tête et ça me grignote le cerveau, de ne pas savoir. Maintenant, je sais. À toi, je souhaite le meilleur, Mano. Sois heureuse, fais l'amour souvent et brûle ! Brûle jusqu'à la fin.

J'ai eu le temps de revoir mon grand-père une dernière fois, je crois qu'il a tenu jusqu'à ma sortie, plus rien ne le retenait après ça. Quand il a su que j'étais malade, il a secoué la tête et j'ai rarement vu une expression aussi triste dans les yeux de quelqu'un. Tu n'as vraiment pas de chance, il a soufflé avec ses paupières roses et flasques qui se fermaient toutes seules. Je ne suis pas sûre que la chance ait grand-chose à voir avec tout ça mais je voyais l'idée. Sa mort m'a rendue si triste que j'ai enfin pleuré, et quand on ouvre une vanne après avoir construit un barrage si solide que le mien, c'est compliqué de la refermer – j'ai chialé pendant des jours et des jours.

Dans la chambre que je ne quitte plus, je te dessine sur chaque mur, lorsque j'ouvre les yeux. J'espérais vraiment te revoir mais pas pour ça, pas pour que tu me regardes décliner et mourir. Pour ça je préfère être seule, mais je ne le suis pas tout à fait : ma mère est là souvent, et même si nous ne parlons quasiment pas, sa présence ne m'agresse pas comme je l'aurais pensé. Il me reste si peu de temps, et je suis si fatiguée. Ma faiblesse lui laisse l'opportunité de retrouver en moi l'enfant sans volonté propre, j'imagine. Et puis mon père n'est plus là pour l'effacer. J'avoue que c'est précieux, de ne pas être seule. Si j'en crois la délicatesse particulière des infirmières et les efforts de plus en plus intenses que je dois faire pour respirer, je pense qu'il ne me reste plus très longtemps à souffrir. Personne ne va s'apitoyer sur mon sort, sauf toi peut-être. Je ne veux pas de ta pitié, c'est ton amour que j'ai toujours désiré, pas autre chose.

Sur l'écran de la télévision que ma mère a réclamée et dont j'ai coupé le son, le feu dévore une forêt ardéchoise, une manifestation de précaires est réprimée dans le sang et un adolescent se fait descendre à bout portant par un policier. Il me semble, à moi, que rien ne s'arrange et qu'on s'est fait baiser jusqu'à l'os.

Alors je préfère fermer les yeux et retourner devant le Crédit Municipal, avant que tout explose. Tu essuies la sueur sur ton visage d'un revers du poignet, lâches le volant pour approcher résolument ton visage du mien, tu me dévisages sans que je puisse définir exactement ce qui brille derrière tes yeux. Quand je jette ma clope par la fenêtre ouverte, ta main vient se poser sur ma gorge. Et mon cœur bat dans ta paume lorsque tu m'embrasses.

REMERCIEMENTS

Merci :

à Anouk, Mathilde et Patricia, qui ont accepté de me parler de leurs longues peines,

au professeur Anthony Gonçalves, au docteur Monique Cohen et à toute l'équipe de l'IPC,

à Caroline Ripoll, qui a su jongler avec délicatesse entre son rôle d'amie et celui d'éditrice.

DE LA MÊME AUTRICE :

Aux éditions Albin Michel

L'ÉTÉ CIRCULAIRE, 2018 ; Le Livre de Poche, 2020.
VANDA, 2020 ; Le Livre de Poche, 2021.

Aux éditions In8

KATJA, 2021.
DES RIRES DE HYÈNES, collection «Faction», 2022.

Aux éditions PKJ

SANS FOI NI LOI, 2019.
PLEIN GRIS, 2021.
ILOS, vol. 1 et 2, 2024.

Aux éditions Sarbacane

FRANGINE, 2013 ; J'ai lu, 2020.
LA GUEULE DU LOUP, 2014 ; paru au Livre de Poche sous le
    titre CE QU'ELLES NE SAVAIENT PAS, 2022.
DANS LE DÉSORDRE, 2016 ; Points, 2019.

Collection « Pépix »

Retrouvez

Marion
BRUNET

PAPIER CERTIFIÉ

Composition réalisée par MAURY-IMPRIMEUR

Achevé d'imprimer en mars 2025 en France par
MAURY IMPRIMEUR – 45300 Manchecourt (Loiret)
N° d'impression : 283300
Dépôt légal 1ʳᵉ publication : février 2024
Edition 03 – mars 2025
LIBRAIRIE GÉNÉRALE FRANÇAISE
21, rue du Montparnasse – 75298 Paris Cedex 06

89/4599/7

NOS ARMES

Marion Brunet vit à Marseille. Après des études de lettres, elle a travaillé comme éducatrice spécialisée dans différents secteurs, notamment en psychiatrie. Autrice reconnue et primée pour ses romans *young adult* (*Sans foi ni loi,* 2019, *Plein gris,* 2021, Pocket jeunesse), elle a été fortement remarquée avec la parution aux éditions Albin Michel de *L'Été circulaire*, Grand Prix de littérature policière 2018 et Prix des libraires du Livre de Poche 2019, ainsi que pour *Vanda* (Albin Michel, 2020), salué par la presse.

Paru au Livre de Poche :

CE QU'ELLES NE SAVAIENT PAS
L'ÉTÉ CIRCULAIRE
VANDA

MARION BRUNET

Nos armes

ROMAN

ALBIN MICHEL

Citations :
P. 311, 313, 321 : Louis Aragon, *Elsa*, © Éditions Gallimard, 1959.
P. 312 : Rabindranath Tagore, *L'Offrande lyrique*,
traduction d'André Gide et Hélène du Pasquier,
© Éditions Gallimard, 1963.
© Albin Michel, 2024
ISBN : 978-2-253-25018-0 – 1re publication LGF